TAKE
SHOBO

嘘と微熱

財閥御曹司は嘘つき姫を一途な愛で満たし蕩《と》かす

桜月海羽

ILLUSTRATION
篁ふみ

JN138471

CONTENTS

MITSU YUME

イラスト／篁ふみ

財閥御曹司は嘘つき姫を
一途な愛で満たし蕩《と》かす

嘘と微熱

下

プロローグ

今日も猛暑日を記録した、八月のある日。

九月はもうそこまで来ているというのに、日が暮れてもなお蒸し暑い夜だった。

反して、ホテルのスイートルームにも劣らないような一室は、空調管理が行き届いている。暑くもなく寒くもなく、まさに適温そのもの。

窓の向こう側に広がるのは、高層ビルの灯り。

仁科《にしな》茉莉花《まりか》がいるマンションは、東京都内でも有数の高級住宅地にある。

窓越しに見える似たような高さの建物は、都会の弱々しい月明かりを浴びていた。

「今ならまだ戻れるよ」

静かな寝室に、どこかたしなめるような意図を孕《はら》んだ声音が落とされる。

迷っているような、少しだけ呆《あき》れているような。もしかしたら、怒っているのかもしれない。

けれど、茉莉花の心はもう決まっていた。

この恋は一生叶《かな》うことはない。

茉莉花の中で芽吹いた恋心は、この先どうあっても花を咲かせることはできず、蕾《つぼみ》のまま枯れさせるしかなかった。

いくら水を与えても、上質な肥料を撒いてみても、土壌の中で眠っている根っこにはもう細い茎を支える力すらないのだ。

これが最初で最後のチャンス。

だから、茉莉花には迷う時間すらなかった。

「戻らないよ」

小さく、けれどきっぱりと告げれば、美麗な顔が困ったような笑みを浮かべる。

「茉莉花はいつも俺を困らせる」

その言葉に、茉莉花の胸の奥がぎゅうっと締めつけられた。

（私は、彼のことを〝いつも困らせていた〟のかな……）

そんな気持ちが芽生え、なにも言えなくなる。

沈黙が降りた数秒後、目の前に立つ彼がどこか悩ましげな微笑を零したあと、茉莉花の唇にそっとキスを落とした——。

一章　はじまりはひとつの嘘《うそ》

一　憧れの人との密会

じめじめとした暑さに見舞われた、八月某日。

昨日から降り続けている雨のせいで湿度が高く、どこか身体が重い。

仕事中じゃなければベッドに横になっているだろうな……と、茉莉花はため息をついた。

「仁科さん、そろそろ定時だから仕事を切り上げてね」

聞き慣れた課長の言葉に、茉莉花が頷《うなず》く。

「お気遣いありがとうございます」

そう返しながら、苦笑が漏れてしまいそうだった。

ＪＲ大久保駅から程近いビルに会社を構える、『仁科フーズ』。

従業員が百名にも満たない菓子メーカーで、有名企業とは言えない会社だ。けれど、最近は世間での認知度が少しずつ上がってきている。

数年前までの細々とした事業方針とは変わって、大手スーパーやコンビニとタイアップをするようになったからだろう。

特に、二か月前にコンビニとのタイアップで出したガレットがSNSで大きな反響を得たことが、仁科フーズの名を一気に周知させた。

一個二百円ほどのガレットは売り切れ続出で工場での生産が追いつかず、一時期は販売中止になったほどだ。

ただ、悲しいことに、世の中の興味や流行の移り変わりは早い。

今は他社が出しているチーズケーキに人気を奪われてしまった。発売当初に比べると、売上も半分近く落ちている。

そんな仁科フーズの総務部で事務を担当する茉莉花は、仁科フーズの社長の娘である。

社長の娘とはいっても、仁科フーズは大企業には程遠い規模の会社だ。

生活面では不自由なく育ててもらったが、中野区にある実家は平均的な一軒家よりも少し広い程度で、中学校や高校だって都立だった。

有名私大に進学して海外留学をしていた兄の裕人《ゆうと》や姉の百合《ゆり》とは違って、茉莉花はごく一般的な人生を歩んでいる。

お世辞にも〝社長令嬢〟という感じではない。

にもかかわらず、課長が茉莉花にだけあんな風に声をかけるのは、社長である茉莉花の父――仁科浩人《ひろと》から『茉莉花には残業をさせないように』と通達があったせいだ。

わけあって異常なくらい過保護な浩人から離れたかったため、茉莉花は仁科フーズ以外に就職することを考えていた。

けれど、浩人がそれを許さず、どれだけ話しても平行線のままの状態が続き、結局は茉莉花が父親に従う形で収まった。

その代わり、一人暮らしをするという交換条件だけは呑《の》んでもらい、実家から程近い単身者向けのマンションに住んでいる。

ただし、これも浩人が決めた物件だ。

せめてもう少し実家から離れた場所で暮らしたかった茉莉花の意見は、まったくと言っていいほど通らなかった。

それらが浩人なりの愛情であることは理解しつつも、まだ業務を続ける同僚もいる中で上司から自分だけ『仕事を切り上げてね』と言われるといたたまれず、肩身の狭さは相当なもの。

だからといって、茉莉花が残って仕事をすると、総務部長や課長が浩人から注意を受けるだろう。

浩人が上司たちに言いそうな内容も想像できるからこそ、茉莉花は笑顔で「お先に失礼いたします」と頭を下げて退社するしかなかった。

肩身が狭くても情けなくても、これが一番他人に迷惑をかけない方法なのだ。入社してからの日々で、それを学んだ。

就業時間は、朝九時から一時間の休憩を挟んで十八時まで。茉莉花ほどきっちりとそれを守っている社員は、きっと他にいない。

大学を卒業後、仁科フーズに入社して約一年と四か月。退社時間が毎日十八時ぴったりなのは、茉莉花だけだと知っている。

裕人や百合ですら、残業は珍しくない。

もっとも、優秀なふたりは今年から設立された海外事業部の部長と課長という役職があり、いてもいなくても変わらない茉莉花とは立場が違う……ということもわかっている。

（せめて普通に働きたいのに……）

誰でもできるような雑務しか任せてもらえないが、それでも人並みに仕事がしたい。

裕人や百合のような肩書きが欲しいなんて贅沢《ぜいたく》は言わないから、同僚たちが残業している中、ひとりだけ退社するようなことはやめたい。

そんな思いを浩人に伝えたことは一度や二度ではなく、今ではもう数え切れない。そして、毎回変わらない浩人の答えを聞いて、深いため息をつくまでがセットだ。

思い出すと、また嘆息してしまう。

気持ちが沈んだまま人の流れに沿うように電車を降り、子どもの頃から見慣れた最寄り駅の改札口を抜けた。

会社がある大久保駅から電車で二駅の、中野駅。そこから徒歩七分。

通勤時間は三十分にも満たない。

恵まれた環境に、感謝しなくてはいけないのだと思う。

それなのに、なにもかもがただ与えられただけのものだという現実に、ときおりどうしようもないほどの虚しさを抱いてしまう。

私には自分自身の力で手に入れたものがひとつもない……という思いが、茉莉花の心を静かに蝕《むしば》んでいた。

何度目かわからないため息が漏れたとき、ちょうど家に着いた。

十階建てのマンションの五〇三号室。トイレとバスがセパレートの、1LDK。

セキュリティも万全なオートロックマンションは茉莉花だけの城なのに、気が重いせいか息が詰まる。

夕食を作るのも億劫《おっくう》だと思ったとき、スマホが鳴った。

「はい」

『もう帰ったか?』

「ちょうど帰ってきたところだよ」

『なんだ、いつもより少し遅いな』

「駅前のスーパーに寄ってたから。でも、十五分くらいだよ」

電話の相手である浩人の怪訝《けげん》そうな声に、茉莉花が呆れながら事情を話す。

『そうか。今日は雨のせいか少し冷える。暖かくして過ごしなさい』

「お父さん、私もう子どもじゃないよ。体調だってずっと悪くなってないし、就職してからは風邪もひいたことないでしょ?」

『親にとっては、子どもはいつまで経っても子どもなんだ』

「だとしても、毎日電話までしなくても……」

『一人暮らしを許してやったんだ。電話くらいで文句を言うんじゃない』

「文句じゃないよ。一般論っていうか……ほら、みんな毎日親から電話がかかってきたりしないよ」

『他人の話はどうでもいい。これは父さんと茉莉花のことだ』

「でも、お兄ちゃんとお姉ちゃんには毎日電話なんてしないでしょ？」

『あいつらはいい大人だ』

浩人と口論しても敵わないことは、この二十四年間で身に染みている。

それでも、どうしても言っておきたいことがあった。

「じゃあ、電話のことはいいから、仕事の話をしてもいい？」

『仕事の話？　なにかあったのか？』

「なにもないよ。でも、なにもないってことがおかしいの」

『なにがおかしい？』

「いつも私だけ定時ぴったりに上がるのっておかしいよ！　みんなが残業してるのに私だけ退社を促されるなんて、明らかに贔屓《ひいき》でしょ？」

『贔屓じゃない。区別してるだけだ。それもこれも、すべてはお前のためだと何度も言ってるだろう。この話はここまでだ』

浩人はぴしゃりと言い切ると、『早く寝なさい』と告げて電話を切った。

「早く寝なさいって……まだ七時過ぎだよ」

小学生だって、塾に行ったりゲームをしたりしているような時間帯だろう。

今日も今日とて浩人に言い負けてしまい、茉莉花の唇からはとてつもなく大きなため息が落ちる。

（本当に頑固なんだから……！　もう少し話を聞いてくれたっていいのに）

浩人がここまで過保護なのには、理由がある。

予定日よりも二か月近く早く生まれた茉莉花は、未熟児だったせいか新生児の頃から何度も体調を崩し、中学生になるまで入退院を繰り返していた。

成長に伴って少しずつ入院することは減ったが、主治医から『激しい運動は避けるように』と告げられていたため、体育の授業はいつも見学だった。

けれど、心臓などに異常があったわけではなく、ただ身体が弱かったというだけ。

成長とともに少しずつ体力がついて体調が安定するようになり、高校生になる頃にはすっかり体調を崩すことはなくなった。

大学に入学したあとからは、年に数回風邪をひく程度だというのに、浩人は今でも茉莉花のことを病弱だった頃のままだと思っている。

だから、自分の目の届く範囲に茉莉花を置きたがり、会社ではあからさまな特別扱いをし、毎日必ず電話をかけてくるのだ。

友人と遊びに行くときだって、『誰とどこに行くのか』まで問われることも少なくはなく、ときどき無性に息苦しくなる。

ただ、茉莉花は幼い頃に何度か医師から『危険な状態です』と言われたことがあるらしく、浩人の態度が未だに軟化しないのはそのせいだろう。

当時、茉莉花が病院のベッドで目を覚ますと、浩人が目を腫らすほど泣いていたことをなんとなく覚えている。

だとしても、さすがに浩人の言動は行きすぎていると思うけれど。

(でも、なにを言っても聞き入れてもらえないんだよね……)

どれだけ話をしても、結果はいつも同じ。

そのせいか、簡単に諦める癖がついてしまった。

おもちゃや服はたくさん与えてもらえたが、こういうときに意見を聞き入れてもらえたことは一度もない。

たとえ実家まで徒歩五分の距離であっても、一人暮らしの承諾を得られただけでも大きな進歩なのだ。

「でも、せめてあからさまな贔屓だけでもやめてくれないかな……」

ああいうとき、茉莉花はいつも情けなくて恥ずかしくてたまらなくなる。

それでも、できるだけ浩人の言う通りにしているのは、幼い頃に病弱だったせいで両親に散々心配や迷惑をかけたとわかっているから。

心労をかけた分、今は父親の願いを最大限叶えたいと思う。

浩人との話し合いもまともにできない茉莉花にできることは、こんなことくらいしかないのだ。

(情けないなぁ……)

茉莉花がいつも通り自分自身にがっかりしたとき、スマホが短く震えた。

【明日の夜、時間ある?】

バナーに表示された差出人の名前と文面を見て、一気に頬が緩む。メッセージアプリを開く頃には、満面に笑みが広がっていた。

急いで【うん!】と返すと、定型文のように見慣れた店名が送られてくる。

クラゲのキャラクターが【了解】と書かれた看板を掲げているスタンプを返すと、あんなにも憂鬱だった心が軽くなっていた。

＊＊＊

翌日。

総務部は特にトラブルもなく業務を終え、金曜日ということもあってか定時退社をする人がほとんどだった。

いつも通り課長に帰宅を促された茉莉花は、周囲の状況を見てほんの少しだけ気がラクになる。

もっとも、理由はそれだけではないのだけれど。

「オミくん！」

いつもの待ち合わせ場所であるバー――『segreto《セグレート》』の店内に入ると、先に来ていた男性に笑顔を向けた。

「茉莉花。お疲れ様」

「オミくんこそ、海外出張お疲れ様でした」

「ありがとう」

瞳を柔らかく緩めてスツールを引いた彼に、茉莉花の胸の奥が甘やかな音を立てる。

茉莉花がオミくんと呼ぶ男性――鷹見《たかみ》雅臣《まさおみ》は、茉莉花の十二歳上の兄である裕人の友人だ。

ふたりは学校も職場も違うが、裕人が大学時代に留学していたサンフランシスコで出会い、同い年ということもあってかすぐに友人関係になった。当時、すでに仕事をしていた雅臣は、父親について海外での仕事を学んでいたのだとか。

人懐こく社交性のある裕人は、帰国後に雅臣を実家に招待し、茉莉花はそのとき初めて彼に会った。

雅臣が二十二歳、茉莉花が十歳のこと。

茉莉花にとっては、初恋と一目惚《ひとめぼ》れというものを知った日――でもある。

それから十四年。

よく言えば一途、悪く言えば諦めが悪い茉莉花の恋心は、今もすくすくと育っている。

雅臣に会うたびに胸が高鳴って、また彼を好きになって。この十四年、まるで同じ映画のワンシーンを観ているように、その繰り返しだ。

けれど、この恋が叶うことはないとわかっているから、想いを伝える日は来ない。

一回りの年齢差、雅臣の茉莉花への態度、茉莉花の事情、そして彼の肩書き。

上げればキリがないほど、茉莉花たちは釣り合わない。

雅臣は、かつては大財閥と呼ばれ、現在も世界中にその名を轟かせている『鷹見グループ』が所有する高級ホテル、『TAKAMI《タカミ》 HOTEL《ホテル》』の国内事業部取締役である。

鷹見グループといえば、国内五大企業に入るほどの大企業。

タカミホテルの創始者の直系の出自である彼は、れっきとした御曹司。

経済誌を含めた雑誌にも顔が載るほどで、その華々しい経歴はサラブレッドなんてものではない。

国内の名だたる私立幼稚舎からエスカレーター式で高校まで通い、その後は世界大学ランキングで上位に入るアメリカの有名大学で学士号を取得している。

高校在学中から父親について仕事を学び、海外のグループ企業で研鑽《けんさん》を積み、四年前にタカミホテルの国内事業部取締役に就任した。

小さな会社の社長の娘なんかでは決して手が届かないくらい、遠い存在なのだ。

こうして会えているのは、雅臣の優しさと、彼が茉莉花のことを妹のように可愛がってくれているから……というだけ。

だから、茉莉花は雅臣の前では兄を慕うように接することに徹している。

「はい、これ」

「お土産？　いつもありがとう。すっごく嬉《うれ》しい！」

「どういたしまして。茉莉花が喜んでくれて俺も嬉しいよ」

雅臣が自分のために選んでくれたのだから、嬉しくないはずがないのだ。

たとえ、キャンディーやチョコレート一粒だって、彼がくれるのなら茉莉花は満面の笑みで喜べる自信がある。

「オミくんは忙しいのに、私のことを考えて選んでくれたことが嬉しいんだよ」

「茉莉花のためにお土産を選ぶのはいい息抜きになるし、楽しいからいいんだ」

茉莉花の精一杯のアピールに、雅臣は柔らかい笑みを返す。

下心のある茉莉花とは違って、彼の言葉は純粋な思いやりから来るものだとわかっているが、笑いかけてもらえるだけで嬉しい。

「お土産、見てもいい？」

「どうぞ。その前に飲み物は？　いつものやつでいい？」

笑顔で頷けば、雅臣がマスターにミモザを頼んでくれる。

その隣で茉莉花が紙袋に入っていた小さなグリーンの箱を開けると、四角いキャンディーのようなものがたくさん並んでいた。

「これ、お菓子？　可愛い色だけど見たことない」

彼を見ると、ウイスキーを一口飲んでから説明してくれた。

「それは、クッサン・ド・リヨン。リヨンで有名な砂糖菓子だって」

コバルトブルーのような色のお菓子は、チョコレートガナッシュをアーモンド生地でコーティングしたもの。リヨンでは定番の名菓で、お土産としても人気らしい。

「茉莉花はスイーツが好きだろ？　マカロンとかより、こういう現地ならではのものの方が楽しめるかと思って」

「おいしそう。食べるのが楽しみだな」

「結構甘いよ。俺はブラックコーヒーが欲しくなった」

「オミくんは食べたことあるんだ」

「一個だけね。どれにしようか悩んでたら、スタッフが『試しに食べて行って』ってくれたんだ」

「……そのスタッフさん、女性だったでしょ？」

「どうしてわかったんだ？」

雅臣の目が、少しだけ見開かれる。

「オミくんって、女性スタッフさんだとだいたいなにかサービスされるんだもん」

「そんなことないけど」

わずかに芽生えた嫉妬を隠し、小さく笑ってみせる。

切れ長の二重瞼《まぶた》の、焦げ茶色の瞳。絵画で描かれるような、通った鼻梁《びりょう》。キリッとした凛《り》々《り》しい眉に、綺麗《きれい》な形の唇。

メディアで『精巧な美術品のようだ』と形容される美しさを持つ雅臣は、いつでもどこでも多くの女性の目を引く。

一八二センチという高身長に、海外のイケメン俳優のように長い手足。服の上からでも鍛えられていることがわかる筋肉も、程よく日焼けしている肌も、どこか色っぽい。

天に二物どころか有り余るほどのものを与えられたと言っても過言ではないくらいに、彼の外見は美麗なのだ。

一方で、茉莉花は裕人や百合とは顔の系統が違う、見事なまでの童顔だ。

母譲りの丸みのある二重瞼。少し低い鼻に、すぐに紅潮する頬。

一五四センチの身体は華奢《きゃしゃ》なのに、胸だけは手足のわりにボリュームがあり、なんともアンバランスなのである。

色白ということもあってか、余計に年齢よりも幼く見える気がするのだ。

そんな茉莉花たちが一緒にいても、きっと恋人のようには見えないだろう。

茉莉花が妹のように振る舞わなくたって、周囲にはせいぜい上司と部下か兄妹くらいにしか思われないに違いない。

安堵《あんど》するような、悲しいような……。微妙な気持ちを呑み込むように、茉莉花は出されたばかりのミモザのグラスに口をつけた。

「茉莉花は最近どう？　なにか悩んでることとかある？」

「いつも同じだよ。悩みは色々あるけど、目下の悩みはお父さんが頑固なこと」

「相変わらず、おじさんの言う区別は続いてるんだ」

「本当に困ってる。過保護になるのはわかるけど、ちょっと行きすぎだよ」

「それだけ茉莉花が心配なんだよ」

「わかってる。わかってるけど……」

歯がゆさと情けなさのせいで、ため息が零れてしまう。

鷹見グループの御曹司で国内事業部取締役の雅臣から見れば、茉莉花の悩みなんてちっぽけすぎるだろう。

「茉莉花は優しいね」

しかし、茉莉花の頭をポンポンと撫《な》でる彼の顔つきは、いつもと同じように優しい。

「おじさんの言う通りにするのは嫌なのに、自分がわがままを言えば上司を困らせるとわかってる。おじさんの気持ちだって理解してあげようとしてる。だから、肩身が狭くても自分を押し殺してるんだろ」

浩人に言わせれば、本当は社会に出すことなく嫁がせたかったのだとか。

本気で実行しようとしていた浩人に、茉莉花は『それはあまりにもひどいよ』と泣きながら必死に訴えて……。そうしてどうにか手に入れたのが、今の生活だった。

「私にはそうすることしかできないからだよ。でも、もっとちゃんと頑張りたいって思ってるの」

「うん、知ってるよ」

「お兄ちゃんたちに比べたら、私なんて戦力にならないだろうし……。お父さんは聞く耳も持ってくれないけど、残業だって勉強だってするのに……」

「もったいないね」

雅臣の瞳が、柔らかな弧を描く。

「茉莉花はこんなに努力したがってて、本当は人一倍努力できる子なのに、それをわからないなんて。おじさんはすごくもったいないことしてるよ」

社交辞令のような励ましなのかもしれない。ただ、子どもをあやすように慰めてくれているだけなのかもしれない。

それでも、彼の言葉が嬉しい。

家族にも友人にも言えないことだって、雅臣の前だけではいつも素直に打ち明けられる。

自分の想い以外なら、彼にはたくさんのことを聞いてもらっている。

月に一度か二度の、ほんのひととき。

今の茉莉花を支え、どんなものよりも心を癒してくれる。

雅臣と過ごせる時間は、茉莉花にとってそういうものなのだ。

二　天国から地獄へ

茉莉花が雅臣と会えてから十日ほどが経った、お盆明けの八月下旬。

今朝の総務部のフロアは、空気がピリピリしていた。

昨日の夕方、部署内でのミスが発覚して総務部の社員の大半が残業する中、例によって茉莉花だけが定時に帰されてしまったのだ。

もちろん、『私にもなにかお手伝いさせてください』と申し出た。

ただ、予想通り拒絶された上、『君に残業させるなと社長から言われてるんだ』と部長に苦い顔をされてしまい、帰路に就くしかなかった。

だって、自分がいるだけで迷惑になるということなのだから……。

仮に残らせてもらえていたとしても、戦力にはなれないことくらい自覚している。

しかし、あまりにもあからさまな言葉を受け、『お先に失礼いたします』と頭を下げたときは申し訳なさと情けなさでいっぱいになった。

その結果、今日はいつにも増して居心地が悪く、同僚たちの視線も冷たい。

周囲にとって自分が迷惑な存在であるというのもわかっているが、こういうときにはやっぱり肩身が狭くて仕方がない。

それでも、こうなることをなんとなく予想しながらも仁科フーズに就職することを承諾したのは、他の誰でもない茉莉花自身。

責任も原因も、浩人を納得させられない自分自身にあるのだと、茉莉花は痛いほどわかっている。

申し訳なさで押し潰されそうになりながら業務をこなし、ようやく迎えた昼休憩。

「お嬢様、早く寿退社でもしてくれないかな～」

ひとりぼっちでお弁当を食べたあと、メイク直しをするために化粧室に入ろうとした直前で迷惑そうな声が聞こえ、反射的に足をぴたりと止めた。

「いてもいなくても同じだしね。むしろ、ここにいられると私たちに仕事が回ってきて迷惑だし。曲がりなりにもお嬢様なんだから、家で大人しくしてればいいのにさ」

「まあ、お嬢様って言ってもうちの会社程度じゃね」

「それもそうね。それにしても、毎日毎日自分だけ定時に帰ってるのに会社に居続けるんだから、気弱そうな顔して意外と図太いよね」

「確かに！」

共感とともに上がった笑い声に、胸の奥がズキズキと疼《うず》く。鼻の奥がツンと痛んだが、唇をグッと嚙《か》みしめてこらえた。

（泣くな……！　言われて当然なんだから、これくらいで泣いちゃダメ……）

自分自身に言い聞かせながらも、会社から逃げ出したくなる。

逃げてもなにも変わらないとわかっているのに、一瞬でもそんなことを考えてしまう自分はとてもずるくて弱いのだろう。

お見合いをするように言う浩人に『まずは働きたい』と何度も懇願し、苦い顔をしながらも『仁科フーズに就職するならば……』と言われて頷いた。

社会に出られないままお見合い結婚するよりも、この方がいいと思った。

仕事もせず、実らない恋心を押し殺して知らない男性のもとに嫁ぐくらいなら、父親の監視下に置かれていても仁科フーズで働く方がいい……と。

けれど、現実は茉莉花が思い描いていたよりも厳しく、会社ではずっと息苦しい。

ただ、逃げたくはなかった。

ここで逃げたら、茉莉花は心から自分を嫌いになってしまいそうだったから……。

噛みしめたままだった唇の力を緩め、息をそっと吐く。メイク直しは諦めてその場を離れた直後、マナーモードのスマホが震えた。

【突然で悪いけど、今夜時間ある？】

【この間話してた本、渡したいんだけど】

用件だけの、たった二文。

端的な文面なのに、泣きたかった気持ちが和らいで笑みが零れる。

絶妙なタイミングで連絡をくれた雅臣がまるで正義のヒーローのように思えて、喜びと甘切なさで胸の奥が微かに苦しくなる。

【大丈夫だよ。ありがとう！】

茉莉花が急いで返事を送ると、すぐに【十八時半にセグレートで】と返ってきた。

午後も頑張れそうだ……と思ったとき、今度は電話がかかってきた。ディスプレイを見て、不安混じりの疑問が過る。

「……はい」

『昼食を済ませたら、すぐに社長室に来なさい』

浩人からの電話の内容はそれだけで、一方的に切れてしまった。

（わざわざ社長室に呼び出すなんて……）

浩人が強引なのは、今に始まったことではない。ただ、なぜ呼び出されたのかは見当がつかなかった。

仕事のことで話があるとは思えない。

もしかしたら贔屓をやめてくれるのかも……と考えたが、それもありえないという答えに一瞬でたどりついた。

とはいえ、わざわざ社内にいるタイミングで電話をかけてきたくらいだから、急を要する可能性はある。

仕方なく、五階建てのビルの最上階にある社長室に足を向けた。

古びた茶色のドアをノックして程なく、「入りなさい」と告げられる。

気が重いことは隠して「失礼します」と声をかけてから中に入ると、最奥にあるデスクに座る浩人の傍に裕人と百合もいた。

「なにかあったの？」

三人の表情に緊迫したような雰囲気はない。

しかし、社内にいる家族全員が揃っているという光景に、実家にいるはずの母——裕花《ゆうか》になにかあったのだろうか……と考え、心臓が嫌な音を立てた。

「海外事業部の山重《やましげ》くんをどう思う？」

ところが、緊張していた茉莉花に飛んできたのは、予想もしていなかった疑問。

「はい？」

質問の内容もその意図もわからず、茉莉花は無意識のうちに首を傾げていた。

「山重くんだよ。知ってるだろう？」

従業員は百名にも満たない会社。そして、海外事業部には裕人と百合がいる。

茉莉花が直接関わることは滅多にない部署だが、裕人を介して山重を紹介される機会があり、それからは挨拶を交わすことはあった。

それに、社内にいれば、茉莉花たち兄妹が声をかけられるのは珍しくはない。

周囲から慕われていたり一目置かれていたりする裕人や百合とは違うものの、曲がりなりにも社長の娘である茉莉花にも社員たちは挨拶くらいするからである。

だから、浩人の問いに対する答えは「はい」だった。

「彼のご両親は歯科医で、都内でクリニックを開業されているそうだ。お兄さんがふたりいて、ご長男が家を継ぐことが決まっているらしい」

その話が自分になんの関係があるのか、と疑問が大きくなったとき。

「山重くんさえよければ茉莉花とお見合いしてみないか、と訊《き》いてみようと思ってな」

頭を鈍器で殴られたような、大きな衝撃を感じた。

「えっ……？」

「彼はなかなか仕事ができる人間だ。裕人と百合に聞いたが、人当たりもよく家族仲も良好そうだということだし、ご実家も近いなら遠くに引っ越す必要もないだろう」

（待って……。なに？　どういうこと……？）

「山重くんが家業を継ぐなら大変かもしれないが、ご長男がすでに副院長のようだし、次男は公務員だそうだから、山重くん自身の肩身が狭いということもなさそうだ。茉莉花が嫁ぐことになっても、家業のことで悩む必要はないだろう」

浩人の言葉が、耳をすり抜けていく。

『他の会社で働きたい』

『好きな人と結婚したい』

『せめて普通に働きたい』

これまで訴えてきたことは、なにひとつ聞き入れてもらえなかった。

どう足掻《あが》いても浩人の考え方が変わらないことは察していたし、いずれお見合いをさせられることも覚悟しているつもりだった。

けれど、唐突すぎて頭がついていかない。

「仁科フーズはいずれ裕人が継ぐことになるが、山重くんは海外留学の経験があって語学も堪能だし、百合とともに裕人を支えてくれるだろう。これで茉莉花と結婚することになれば、会社も茉莉花もきっといい方向に行く」

なにより、お見合いなんてもっと先のことだと思っていた。

「茉莉花はゆっくり過ごせるし、今みたいに仕事のことで悩む必要もなくなるはずだ」

笑顔を見せた浩人の意図が、ようやく読めてくる。

浩人は、茉莉花が結婚すれば家庭に入ることになり自分の働き方について不満を唱えることはなくなる……と考えているのだ。

仁科フーズにも女性社員はたくさんいるし、百合は今後もキャリアを積むだろう。

茉莉花には結婚を勧める浩人も、百合に対してはそこまで口うるさくない。

百合が『私は仁科フーズで働き続ける』と言い切っているのもあるが、そもそも仕事ぶりを認められているからだ。もちろん、それだけの努力を重ね、実績を積み上げてきたからこそなのだというのもわかる。

反して、茉莉花は結婚して家庭に入ることを望まれている。きっと、浩人の中にあるその考えを覆すのは不可能に近い。

「お父さん……私はまだっ……！」

「ああ、心配しなくてもいい。お見合いと言っても簡単なものだし、そう肩肘を張る必要もない。それに、海外事業部は新しいプロジェクトが動き出したところだから、今すぐというわけでもない。そうだな、秋くらいが妥当か」

茉莉花の言葉を遮った浩人は、微笑んでいる。

しかし、目の奥にある厳しさが、ＹＥＳ以外の返事を受け付ける気がないのは明白だ。

「ひとまず茉莉花の耳にも入れておこうと思っただけだ。そろそろ休憩が終わるから、百合と茉莉花は戻りなさい。裕人は少し残ってくれ」

ろくに返事もできないまま、百合とともに社長室をあとにする。エレベーターに乗り込んですぐ、百合が口を開いた。

「山重くんね、一年くらい付き合ってた恋人がいたんだけど、今年の春に別れたそうよ。お父さんは前から彼を気に入ってて、最近たまたまその話を聞いたみたい」

「そう……なんだ」

浩人はきっと、山重が恋人と別れたと知り、チャンスだと感じたに違いない。だから、早々に今回の件を実行しようとしているのだろう。

「嫌ならはっきり拒絶したら？　お父さんはああ言ってたけど、先月くらいから山重くんによく話しかけてるし、たぶんできるだけ早く話を纏《まと》めるつもりよ」

それができるなら、茉莉花だってそうしている。

雅臣への恋が実らなくても、せめて次の恋に進めるときが来れば誰かと恋愛する未来だってあるかもしれない。

たとえそれが、どれほど淡い期待だったとしても可能性はゼロではないはず……。

そう思うのに、言葉が出てこなかった。

「相変わらず、すぐ黙るんだから。そんな態度だから、お父さんの言いなりになるしかないのよ。本気で嫌なら自分でどうにかしなさいよ。茉莉花の人生なんだからね」

百合はため息混じりに正論を言い置き、四階でエレベーターを降りていった。


茉莉花がセグレートに行くと、ちょうど雅臣からメッセージが届いた。

内容は一時間ほど遅れるというもの。謝罪とともに【待たせるのは悪いから今度にしようか】と書かれていたが、今日はほんの少しでも彼の顔が見たい。

わがままだとわかっていながら、【私は大丈夫だから待ってるね】と送った。

「マスター、ミモザをください」

ひとまず注文をすると、六十代後半のマスターが優しい笑みを浮かべる。

「かしこまりました。今日は雅臣くんの方が遅いみたいだね。彼、いつも茉莉花ちゃんを待たせないようにしてるのに」

「オミくんは忙しいから」

多忙な中、雅臣はいつだって先に来て待っている。茉莉花がひとりで待たなくて済むように、必ず彼の方が店に早く着ける日に誘ってくれるのだ。

「彼の代わりにはなれないが、こんなおじさんでよければ話し相手になるからね」

マスターの気遣いを笑顔で受け取りつつ、ミモザのグラスに口をつける。

やるせない感情を流し込むように、ほとんど一気に飲んでしまった。

「マスター、おかわりもらえますか？　あと、少し濃いめにしてください」

「え？　大丈夫かい？　茉莉花ちゃんはあまり強くないだろう？」

マスターが目を丸くするのも無理はない。

茉莉花はあまりお酒が飲めず、いつも頼んでいるミモザも雅臣が軽めの度数で作ってくれるようにお願いしているものだ。

「でも、今日はどうしても飲みたいんです」

けれど、アルコールの力でも借りていなければ、今にも泣いてしまいそうだった。

どうして泣きたいのかはわからない。

はっきりと言えないこと。

言いたいことを呑み込んでしまうこと。

すぐに諦めること。

情けないと思いながらも、自分ではなにもできないこと。

恋が叶わないこと。

それどころか、好きでもない男性と結婚させられそうなこと。

思いつく限りのなにもかもが嫌になって……。それなのに、自分の力ではなにひとつ変えられない自分自身に、もううんざりしているのかもしれない。

百合の言う通り、自分の人生なのだから自分でどうにかしなくてはいけない。

それはわかっているのに、『嫌』という一言すら言えなかった。

「お待たせいたしました、ミモザです。でも、アルコールは軽めね。茉莉花ちゃんを酔わせたら、僕があとで雅臣くんに叱られるから」

どこか茶目っ気のある笑顔のマスターに、小さな笑みが零れる。

お礼を言ってグラスに口をつけ、彼が離れたのを確認してからため息をついた。

「夢は見てないつもりだったんだけどな……」

雅臣との結婚なんて、大人になってからは夢見ることすらなくなった。

まだ少女だった頃には、彼との結婚式を想像してみたりもしたが、それが叶うと思い続けられるほどもう子どもではない。

いくら世間知らずでも、身の程知らずではいられなかった。

「でも、オミくんには告白もできなくて、お父さんには本心すら言えないのに、私に初恋を引きずる資格なんてないよね……」

小さく小さく呟《つぶや》いた言葉が、薄暗い店内に落ちていく。

ひとりで雅臣を待っているのは心細いが、マスターが他の客から話しかけられていてよかったのかもしれない。

だって、彼を想う茉莉花の心はひどく痛み、今にも涙が零れてしまいそうだったから。

「茉莉花、遅れてごめん」

雅臣がセグレートにやって来たのは、十九時半近くになった頃だった。

「オミくん！　オミくんだぁー」

ぼんやりとしていた茉莉花が、彼に笑顔を向ける。

「もしかして結構飲んだ？」

「んーっと……三杯だったかな……」

「ごめんね、雅臣くん。茉莉花ちゃん、今日は飲むって聞かなくて。普段よりもかなり薄めにしておいたんだけど、それで五杯目なんだ」

「やだ、マスター。私、五杯も飲んでませんよー？　ちゃんと数えてましたから」

眉を寄せ、マスターに抗議する。

しかも、いつもよりも濃いめに作ってほしいとお願いしたのに、『普段よりもかなり薄めにしておいた』なんて……。まったくどういうことだろう。

そう思って口を開きかけた茉莉花だが、言おうとしていた言葉を忘れてしまった。

（なんだっけ？　ああ、もう……なんでもいいや……）

なんでもいいよりも、きっと〝どうでもいい〟だった。

心がやさぐれているのがわかって、雅臣の前では笑顔でいたいのに口角が上がらない。

「今日はチェックでお願いします。また近いうちに改めて来ます」

泣きたいほど苦しかったはずなのに、今はなんだか陽気な気分だ。

「茉莉花、行くよ」

「私、まだ帰りたくないよ……」

「なにか食べに行こう。お腹空いてるだろ？」

「うーん、空いてない気がする」

「だとしても、今日はもう飲まないよ。ほら、おいで」

もう少しここにいたいのに、手を取った彼が茉莉花を立たせて歩き出す。

「茉莉花ちゃん、またね」

優しい笑みで送り出してくれたマスターに、茉莉花は空いている方の左手を振った。

雅臣は外に出ても茉莉花の手を離さず、近くのコインパーキングの前にある自動販売機でミネラルウォーターを買ったあと、目の前に停めていた車のロックを解除した。

流線的なデザインの漆黒の車体は、洗練された雰囲気を醸し出している。

茉莉花は車種には詳しくないが、裕人がこのイタリア産の車に憧れていることは知っていて、そういう男性は多いと聞いたこともある。

ぼんやりと車体を見ていると助手席のドアを開けられ、「乗って」と促される。

「はーい」

不服さはあっても、陽気になっている思考がそれを消してくれる。茉莉花が素直に助手席に座ると、雅臣も運転席に乗り込んだ。

「オミくんの車、久しぶりに乗せてもらったねー」

ふふっと笑った茉莉花は、車内の空気を吸い込むように深呼吸をする。

ウッディ系のアロマのような香りとムスクが混じった、どこか高貴な香り。彼がずっと愛用している、老舗ラグジュアリーブランドの香水だ。

エレガントな雰囲気を纏う雅臣に、よく似合っている。あまり人工的な香りは好きではないのに、彼が身につけているこの香りだけはとても好きだった。

「茉莉花、水飲める？　できれば飲んだ方がいいよ」

雅臣がペットボトルの蓋を開け、ミネラルウォーターを差し出す。

「うん、飲む」

茉莉花が受け取ってごくごく飲むと、彼がホッとしたように微笑んだ。

「空腹で飲んだらダメって教えただろ？」

「お腹は空いてなかったよ」

「だとしても、五杯も飲まない。茉莉花はアルコールに弱いんだから、いつも通り二杯目からはモクテルにしないと」

「今日は飲みたかったの！」

浮ついた思考でも、雅臣に迷惑をかけていることは薄々気づいている。

「私にだって、たまにはそういう気分のときがあるよ」

それでも、膨れっ面で子どもじみた言い訳を零していた。

彼が息を小さく吐き、どこか困ったように眉を下げる。

呆れられてしまったんだ……と察して、茉莉花は雅臣の顔を見られなくなる。

無理やり忘れていた涙が、今にも込み上げてきそうだった。

「そんなに嫌なことがあった？」

ところが、次に言葉を紡いだ彼の声が予想外に優しくて、思わず視線を上げる。すると、穏やかな眼差しが茉莉花を見つめていた。

「飲みすぎるのは茉莉花らしくないけど、そうしたくなるくらいのことがあったんだろ？茉莉花は人に迷惑をかけることをすごく嫌がるのに、今日はそれをわかってても飲んだんじゃないか？」

雅臣が「どうしたい？」と、茉莉花に判断を委ねた。

「話ならいくらでも聞くし、泣きたいなら泣いてもいいよ。俺に泣き顔を見られたくないなら、俺はしばらく外にいる」

彼のフォローはいつも絶妙だ。

茉莉花が話を聞いてほしいことを察して。けれど、ずっと涙をこらえているのを見透かしていて。それでいて、泣き顔を見られたくないというところまで理解してくれている。

だからこそ、茉莉花はいつだって雅臣を求めてしまうのだろう。

（でも、絶対に泣かない……。自分が全力で問題にぶつかってないのに、泣くのはずるいから……）

喉の奥の熱を飲み込み、窓の方を向いてからヘッドレストに頭を預けた。

もし泣きそうになっても、彼と顔を合わせていなければごまかせるかもしれない……なんて淡い期待を持って。

「私ね、お見合いすることになったみたいなの」

曖昧な言い方をしたのは、まだ現実だと認めたくなかったから。断言すれば、これでもう雅臣を想うことすら許されなくなると思った。

けれど、茉莉花はまだ……今はまだ、この恋心だけは大切にしていたかった。

「仁科フーズの社員で、条件がいい人なんだって。お父さんがすごく乗り気なの」

窓越しに見える彼がどんな顔をしているのか、よくわからない。

知りたい気持ちはあるのに、意気地なしの茉莉花には振り向く勇気がなかった。

「お見合いなんてしたくない……。でも、私はお父さんを……」

裏切れない、というのとは少しだけ違う。

ただ、どういう言葉にすれば適切なのかが思い浮かばず、口を噤《つぐ》んでしまった。

「安心させてあげたいんだろ？」

「え？」

返ってきた言葉に、思わず振り向いていた。

「茉莉花がおじさんの言うことを聞いてるのは、おじさんが茉莉花の言い分を聞き入れてくれないのもあるだろうけど、一番はおじさんをちゃんと安心させてあげたいからじゃないのか？」

優しい双眸《そうぼう》を茉莉花に向けている雅臣は、きっぱりと断言してしまう。

「そう……なのかな」

確かに、茉莉花は浩人を安心させたいとは思っている。

子どもの頃に病気がちだったせいで、両親には随分と迷惑をかけた。裕人や百合にも心配させてしまったが、両親の心情はその比ではなかったはず。

そういった日々が浩人の過保護ぶりに拍車をかけたのは明白で、裕花でさえも茉莉花が実家を出ることをとても嫌がっていた。

ふたりとも、きっと茉莉花に目の届くところにいてほしいに違いない。

しかし、それに甘え続けていれば自分自身の足で歩けなくなりそうで、本当はずっと怖かった。

だから、なにかひとつでも変えたくて一人暮らしを始め、茉莉花はもう大丈夫だ……と両親に安心してもらいたかった。

結局は上手くいっていないし、浩人を裏切れないという思いや自分の気持ちなどもあるが、それ以上に両親を安心させてあげたいというのが一番の本音なのかもしれない。

「茉莉花は優しいから、おじさんたちを傷つけるのが怖いんだ。だから、相手を傷つけるくらいなら、自分が我慢すればいいと思ってる」

茉莉花の本心を見透かした雅臣が、眉を小さく寄せる。

「でも、そしたら茉莉花の幸せは？　本当にそれでいいのか？」

よくない。

ちっともよくない。

これでいいなんて思ったことは、今までに一度だってない。

ただ、今さら浩人の意見が変わるとは思えないし、どれだけぶつかろうとしても話を聞き入れてもらえない未来も見えている。

きっと、両親を傷つけたくないという思い以上に、茉莉花は浩人と向き合うことを諦めるのが癖になってしまっている。最初から無理だと思い、言葉を呑み込んでしまう。

それを募らせ続けた結果が、今。

詰まるところ、茉莉花の自業自得なのだ。

「好きでもない人と結婚したら、幸せにはなれないのかな……」

せめて夢を見たくて呟けば、雅臣が息を吐いた。

「どうかな。お見合い結婚で幸せになる夫婦はいるし、大恋愛の末に結婚して別れる夫婦もいるからね。お見合いだからと言って、幸せになれないわけじゃないと思う」

それは、彼なりの慰めだったのかもしれない。

優しいのにどこか他人事みたいな言い方で、胸がじくじくと疼くように痛む。

雅臣には関係のないことだから当たり前なのに、悲しくて仕方がなかった。

「キスくらい、好きな人としてみたかったな……」

窓の外に顔を向けながらふと零れたのは、そんなこと。

いつもなら恥ずかしくなるような言葉を口にしたのに、アルコールのせいか悲しみのせいか……。もう羞恥を感じる気力もない。

「ねぇ、キスってどんな感じ？」

投げやりな気持ちから振り向けば、彼がなんとも言えない表情をしていた。

「……さぁな」

別に訊きたかったわけではない。

むしろ、雅臣の女性関係なんて知りたくない。

彼に恋人がいた時期があるのは知っているが、そういう話題に触れることはほとんどなかった。

聞いてしまえば嫉妬でいっぱいになって、泣いてしまうだろうから……。

今だって、雅臣の過去をほんの少しだけ想像したくらいで、醜い感情がふつふつと湧いてくる。

「オミくんに教えてほしい」

半分は自棄だった。

けれど、半分は本気だった。

「キスも、その先も……教えて」

きっと、冗談めかして笑うべきだったのに、自ら無謀な場所へと飛び込んでいた。

意表を突かれたように目を見開いた彼が、茉莉花の真意を読もうとしているのがわかる。

程なくして、深いため息が落とされた。

「大事に取っておけ」

雅臣らしくない突き放した言い方に、胸の奥が鈍い音を立てて軋《きし》む。

「大事に取ってきたよ……！」

直後、茉莉花は八つ当たりだと自覚しながらも、声を荒らげてしまった。

「でも、このままだと好きでもない人に捧《ささ》げなきゃいけないと思うと、やるせなくなるの！　だから、初めては……」

好きな人がいい。

そう言いたかったのに……。

「好きな人じゃないなら、せめて心を許せるオミくんがいい……っ！」

茉莉花の唇は、嘘《うそ》を紡いだ。

胸の中で荒波のように渦巻く熱を隠し、自分自身の心を大きく偽った。

わがままを言うのなら、胸に秘めてきた彼への想いもきちんと伝えればいい。

そうすれば、こんなどうしようもない願いだって、雅臣は少しくらい理解してくれたに違いない。

受け入れられなくても、彼なりに考えて言葉を選んでくれただろう。

けれど、意気地なしで弱い茉莉花は、振られてしまうことが怖くて……。この恋心を一番知ってほしいはずの男性に、大切な恋情を隠してしまった。

どれほどの後悔に繋《つな》がるのかを考えもせずに……。

それでも、茉莉花はバカみたいに願う。

嘘つきな唇は、キスで塞いで。隠した本音には、どうか気づかないで――と。

無言だった雅臣が、眉間に皺《しわ》を寄せる。

「……わかった」

数秒後、彼の唇から零された答えに、茉莉花は思わず瞠目《どうもく》してしまった。

本気なのか確かめようとした瞬間、雅臣の双眸に怒りとも悲しみともつかない光が宿った。

彼の本心が見えないのに、その鋭い視線を前に言葉を失う。

にもかかわらず、オミくんがバーに来る前にお父さんからのいつもの電話が終わっていてよかった……なんてことを頭の片隅で考えていた。

三　嘘で壊れた境界線

六本木の大型複合商業施設。

その上階にあるマンションに、雅臣は住んでいる。

就職したとき、彼から『お祝いはなにがいい？』と訊かれて、茉莉花は『オミくんの家に行ってみたい』と答えた。

雅臣は『別になにもないよ』と苦笑しながらも、この部屋に招いてくれた。

あとにも先にも、彼が部屋に入れてくれたのはあの日だけ。

そして、あのときは『他の部屋はダメ』と先手を打たれ、３ＬＤＫのうちリビングしか見ることができなかった。

つまり、茉莉花が雅臣の家に来るのは二度目。寝室に入れてもらったのは、今夜が初めてだった。

三十帖《じょう》はあるリビングの半分ほどの広さの、寝室。部屋の中心には、クイーンサイズのベッドが置かれている。

綺麗に整えられている真っ白なリネンのせいか、それとも物が少ないせいか、ホテルのような雰囲気がある。

もっとも、寝室全体が彼の香りに包まれているため、明らかに違うのだけれど。

「今ならまだ戻れるよ」

突っ立っていた茉莉花の前にいる雅臣が、静かに告げた。

茉莉花の意思を確かめるように、なによりも『戻ろう』とたしなめるように。

けれど、茉莉花は気づかないふりをする。

好きな人に抱いてもらえる機会は今夜を逃せば訪れない——と知っているから。

一生に一度の、千載一遇のチャンス。

もう未来が決まっている茉莉花に与えられる、最初で最後の幸福。

嘘偽りの言い訳で手に入れた身勝手な幸せだが、彼にキスもその先も教えてもらえるのなら、今は他のことなんてどうでもよかった。

雅臣自身の気持ちでさえも……。

「ごめんね、オミくん」

幻滅させたこと。

傷つけたかもしれないこと。

自分勝手なわがままに巻き込んでしまうこと。

それだけではないかもしれないが、思いつく限りの理由を頭の中で並べる。

「戻らないよ」

その上で、小さな声音ではっきりと答えた。

刹那、茉莉花を見つめる美麗な顔が微かに歪《ゆが》んだ。

「茉莉花はいつも俺を困らせる」

困り顔で微笑む雅臣を前に、胸がぎゅうっと締めつけられた。

(私は、彼のことを〝いつも困らせていた〟のかな……)

脳裏に過った疑問が茉莉花を責め、心を深く突き刺す。

それでも、後戻りはしない。

ここまで来て戻りたくない。

たとえ、この先ずっと、大好きな人に笑いかけてもらえなくなったとしても……。

そんな身勝手な気持ちが、茉莉花の心を奮い立たせるようだった。

「言っておくけど、俺は優しくないよ？」

足を一歩踏み出した雅臣が、うっすらと笑みを湛《たた》える。

「茉莉花が泣いて叫んでも、きっとやめてあげない」

次いで冷たくひどい言葉を吐かれたとき、改めて覚悟が決まった。

「いいよ」

自然と零れた微笑で彼を見つめ、もう一度「いいよ」と口にする。

「後悔なんてしないし、これきりでいいから……全部奪って」

好き。

大好き。

愛している。

本当に伝えたい本心はすべて自身の胸の奥に押し込め、必死に笑顔を見せる。

強がりでもなんでもない。

好きでもない男性ではなく、ずっと好きだった雅臣に〝初めて〟を捧げられることが嬉しかった。

それだけで、この先なにがあっても生きていける気さえした。

彼の瞳が翳《かげ》る。その顔は悩ましげで、諦めを孕んだような苦笑が浮かんだ。

茉莉花に近づいた雅臣が、三歩目で茉莉花の手首を掴《つか》んで引き寄せた。

鼓動が高鳴る。こんな形でも、単純な胸はドキドキしている。

バカだな、と茉莉花が自嘲しかけたとき。

「……っ」

茉莉花の顎を掬《すく》い取った彼が瞼を閉じ、唇をそっと塞いだ。

ムスクの香りが鼻先をくすぐり、唇に感じた熱に胸の奥が戦慄《わなな》く。

泣きたくなるほど嬉しくて、同じくらいの切なさが突き上げてきて。瞳を閉じれば、すぐに前者が勝った。

触れていただけの唇が離れて目を開けると、瞬時に視線が交わる。

怜悧《れいり》な双眸はもういつも通りで、さきほど見え隠れしていた困惑や迷いはない。

それどころか、熱を孕んだ瞳の奥には獣じみた鋭い光を宿し、今にも喰《く》いつかれてしまいそうだと思った。

「茉莉花」

落ち着いた重低音が、茉莉花を呼ぶ。

再び唇が重なり、今度は角度を変えるようにして何度もキスが落とされた。

雅臣に名前を呼んでもらえると、自分の名前がとても特別なもののように感じられて嬉しかった。

セグレートで待ち合わせをしているときだって、茉莉花に気づいた彼が柔らかい笑みを浮かべて『茉莉花』と声をかけてくれるたび、鼓動は甘い音を奏でていた。

しかし、茉莉花が結婚すれば、あのささやかな幸せはなくなってしまうのだ。

これまでが特別だっただけなのに、唯一無二の時間が終わる予感に悲しくなる。

けれど、何度も唇を重ねてくる雅臣の体温に心が囚われ、他のことを考える余裕なんてなくなっていった。

不意に、触れ合うだけだった唇を食まれた。肩が小さく強張り、拍動がさらに速くなる。

彼は、茉莉花の唇の形や感触を丁寧に確かめるように、繰り返し啄《ついば》んでくる。触れるだけだったキスとは違った感覚に、下腹部に淡い熱が芽生えた。

キスの経験すらなかったのに、身体がこんな風になってしまうのはどうしてだろう。

遺伝子に組み込まれた人間の本能か、それとも女としての本能か。

茉莉花に答えはわからないが、ただひとつ言えるのは自分の身体が雅臣を欲しているということ。

なにも知らないはずの身体なのに、ひっそりと育っていた恋心が、微かに疼き始めた下腹部が——目の前の男性を求めている。

これが欲情だと、初めて知った。

「茉莉花、口を開けて」

鼻先が触れ合うほどの至近距離にいる彼の吐息が、肌にふわりと触れる。言われるがまま口を小さく開ければ、怜悧な瞳がたわんだ。

「そのままだよ」と囁《ささや》いた雅臣が、再び唇を重ねてくる。

直後、唇に熱いものが触れ、それが口内に押し入ってきた。

その熱塊が彼の舌だと気づいたのは、すぐのこと。どうすればいいのかわからない茉莉花の口腔《こうくう》は、たちまち侵食されてしまう。

舌先が歯列を舐《な》め、頬の内側をくすぐって。口内を味わうようにうごめき、強引に支配していく。

舌を捕らえられたときには呼吸もままならず、茉莉花の脚がわずかに震えた。

「ん、っ……ふっ、ぅ」

艶めいた水音の合間に、吐息とくぐもったような声が零れる。

容赦のない激しさで口内を蹂躙《じゅうりん》されながら、茉莉花は無意識のうちに雅臣のシャツの胸元を握っていて。そんな中で、思考が鈍っていく感覚だけが妙に鮮明だった。

搦《から》め取られた舌を結んでは解かれ、また絡んでは離れる。

彼に抱かれた腰がじんと熱くなって、今にも膝から崩れてしまいそうだった。

ようやくして顔が離れたとき、唇が腫れぼったくなったような感覚に包まれていた。

呼吸を整えることに必死だった茉莉花の頭の中は、靄《かすみ》がかかり始めている。そのせいで、自分の視界が反転したことに気づくのが一瞬遅れてしまった。

雅臣に身体を倒されたのだと理解したときには、彼が茉莉花に覆い被さってくるところだった。

しっかりとしたマットレスに、大人ふたり分の体重が乗る。

「茉莉花。ちゃんと見ていて」

スプリングが軋み、ベッドに残っていた雅臣の香りが鼻先をかすめる。

茉莉花を組み敷く彼からはもっと濃い匂いがして、頭の芯がくらりと揺れた。

「自分の身体が誰にこじ開けられて、初めてをどんな風に奪われるのか」

「……っ」

生々しい言葉に、脳が酩酊《めいてい》感に包まれる。

色香を纏った瞳に射抜かれて、思い知らされる。

目の前にいるのは、優しい兄のような男性ではない。雄の欲望を纏った男だ、と。

少しだけ怖いのに、胸の奥からは喜びが込み上げてくる。

ずっと妹のようにしか見てくれていなかった好きな人。それなのに、今だけは女性として見てもらえている。

雅臣が自分を恋愛対象にしてくれないことはわかっていたからこそ、茉莉花は身体だけでも女性として求めてもらえることが嬉しかった。

「茉莉花もそんな顔ができるんだな」

「……そんな顔って？」

「俺が欲しい、って目をしてる」

瞳に熱を孕んでいたのは、どうやら茉莉花も同じだったようだ。指摘されて羞恥を感じたが、視線を伏せながらも小さく頷いた。

「うん……。今夜だけは私にオミくんをちょうだい」

最初で最後、たった一度きりのこと。

そう思うと、不思議なほど大胆になれた。

「そういうセリフ、いったいどこで覚えてくるんだ」

箱入り娘のくせに、と彼が笑う。

次に開こうとした唇は、キスで制されてしまった。

最初から舌を搦め取られたくちづけはすぐに深くなり、唾液や呼吸すら奪っていく。

そのさなか、スカートに入れていたパステルブルーのブラウスの裾が捲《まく》られ、ついでとばかりにキャミソールまでたくし上げられる。

抵抗する間もなく、骨ばった手が直接肌に触れた。刹那、くすぐったいような感覚に、身体が小さく跳ねる。

臍《へそ》周りをゆったりと撫でる手つきは優しいのに、まるで身体の形を確かめるようでもあって。茉莉花はキスに翻弄されながらも、羞恥が徐々に膨らんでいく。

キスを堪能していた唇が首筋に下りていくと、戸惑いはあるのに甘苦しさが和らいだせいで少しばかり余裕ができてしまって、余計に恥ずかしくなった。

「この程度で恥ずかしがってどうするんだ。これから全部脱がせて、身体の隅々まで触れて舐めて……そうやって俺に好き勝手されたあと、俺を受け入れるんだよ？」

クスッと笑う雅臣は、どこか楽しそうに見える。

悪戯に瞳をたわませる顔つきが、なんとも色っぽい。知らない表情を見せる彼に、胸の奥がきゅうっと締めつけられた。

「あっ……⁉」

不意に鎖骨を舐められ、少しずつ上に向かっていた手が双丘に触れた。弾力のある膨らみを下着越しにやんわりと揉《も》まれて、勝手に吐息が零れてしまう。

「茉莉花って、華奢だけど胸は大きいよね。すごくそそられる」

喜悦混じりの声が、茉莉花の鼓膜をくすぐる。

「ここ、誰かに触らせたことはある？」

そんなこと、あるわけがない。

キスもその先も、すべてが初めてだというのに。

茉莉花が咄嗟《とっさ》に首をブンブンと振れば、雅臣が満悦の笑みを浮かべた。

「そう。じゃあ、本当になにもかも初めてなのか」

話し終わるよりも早く、彼は両手で胸を揉みしだき始めた。

布ごと撫でられていると肌がこすれ、鋭利な刺激が生まれて。小さな蕾が過敏に反応し、ピリピリと痺《しび》れた。

知らない感覚ばかり与えられ続けている茉莉花の頭も身体も、すでにキャパシティーを超えている。

それなのに、容赦のない責めはとどまることがなかった。

「……やっ！」

右の膨らみを弄んでいた左手が下着を押し上げ、そのまま突起を摘まんだ。ピリッ……と電流のような刺激が広がり、思わず腰が引けそうになる。

しかし、雅臣はそれを見透かすように膝で茉莉花の両脚を押し開き、右手で内ももを撫でた。

上半身と下半身を襲う手に、じりじりと追い詰められていく。

多少の知識は持っているつもりだったが、現実に味わう感覚は想像を絶するほどの刺激で、茉莉花の身体に甘やかな痺れをもたらした。

「言っておくけど、セックスってこんなものじゃないからね」

彼の口から聞くなんて考えたこともなかった単語が耳元で落とされ、頭がおかしくなりそうだった。

反して、雅臣はどこか余裕そうな微笑を浮かべている。

それでいて、彼の手技は未経験の茉莉花ですら抜かりがないとわかるほど鮮やかで。ブラウスもキャミソールも剝がれ、ついには下着まで外されてしまう。

ストッキングはどこに行ったのかもわからず、サイドのファスナーを下ろされていたスカートはもうほとんど役割を果たしていない。

「茉莉花の身体を見られる日が来るとは思ってなかったよ。この身体を初めて見た男が俺だなんて……興奮するな」

感極まったように聞こえたのは、きっと思考が使い物にならなくなっているから。雄の欲を孕んだ熱っぽい瞳が、茉莉花の思考を惑わせる。

（オミくんが喜んでる、なんて……）

そんなことはありえないのに、彼の言葉ひとつで勝手に期待してしまう。

身勝手な妄想を打ち消そうとした刹那、舌先が双丘の先端に触れた。

「……ッ！」

鋭すぎる感覚に、茉莉花が喉を反らす。

首筋や鎖骨に与えられていたくちづけなんかの比ではない衝撃が走り、一瞬混乱してしまう。

それなのに、雅臣の手や指先で散々愛でられていた身体は、すぐにそれを喜悦だと理解した。

彼の舌や唇が触れるたび、茉莉花の下肢が戦慄《わなな》く。自分のものとは思えないような甘ったるい声が飛び散り、背中が弓なりになった。

勝手に逃げようとした腰は、力強い手によって押さえられて。逃げ場を失くした茉莉花は、甘切ない痺れを受け入れるしかない。

舐めて、食んで、吸って。

舌先でつつかれたかと思えば、くるりとねぶられて……。身体の奥底から、熱と切なさが込み上げてくる。

募っていくそれらは、どうしようもないほどに茉莉花を翻弄した。

「オミくっ……。もっ、やだぁ……」

「……恥ずかしい？」

胸元に顔を埋めていた雅臣が、唇の端だけを持ち上げる。その質問に頷く茉莉花は、潤んだ目で彼を見つめた。

「これくらいで恥ずかしがってたら、最後までできないよ？　これからもっと恥ずかしくなるようなことをするのに」

言うが早く、雅臣の手がスカートを剝ぎ取る。

ショーツだけが残った姿は妙な生々しさがあり、茉莉花の中の羞恥がぶわりと膨らんだ。

「待っ……！」

「待たないよ。俺にねだったのは茉莉花だろ？」

現実を突きつけられ、揺らぎかけていた茉莉花の意志がとどまる。

熱を孕んだ彼の目を見ていると、羞恥も不安も戸惑いもどうでもよくなっていく気がした。

「それとも、やっぱりやめる？」

「っ……やめない」

雅臣がふっと眉を下げ、どこか困ったように微笑む。その表情の意味を読み取るよりも先に、彼の顔が内ももに近づいた。

「ぁ、っ……」

柔らかな肌にくちづけられ、茉莉花は息を呑む。くすぐったいようなもどかしいような、よくわからない感覚だった。

雅臣は再び唇を寄せると、今度は少し強めに吸い上げた。

息を詰める茉莉花の柔い肌に、赤い痕が刻まれる。陶器のように白い肌との対比で、艶めかしさを感じさせた。

「ひっ……！」

不意に、節くれだった指が割れ目をたどった。布一枚越しの感覚なのに、指で撫でられているのが鮮明にわかる。

「ああ、ちゃんと濡《ぬ》れてるな」

混乱寸前の茉莉花を余所に、静寂に包まれた寝室に喜々とした声が響いた。

「茉莉花、全部脱がせるよ？」

質問は、形だけだった。茉莉花が返事をする前に、彼がショーツを抜き取ってしまう。

悩む時間どころか一瞬も抵抗できず、茉莉花は一糸纏わぬ姿になった。

思わず両手で胸元を隠せば、「今さら？」と嗤《わら》われた。愉しげな声音からは余裕が窺《うかが》え、涙目で困惑する茉莉花とは正反対だ。

「言っておくけど、ここも見るよ？　茉莉花の身体の隅々まで、ね？」

〝ここ〟という言葉と同時に、指先があわいをたどる。直接触れられる感覚は、さきほどよりもずっと鋭い。

くちゅっ……と微かな水音まで聞こえたものだから、その理由に気づいた茉莉花は赤面した。

「ここ、自分で触ったことはある？」

卑猥《ひわい》な問いかけに、茉莉花が全力でかぶりを振る。

赤かった顔はさらに朱に染まり、言葉もなく口をパクパクとさせていた。

「じゃあ、まずはこっちでイこうか」

秘裂の上の方に、右手の指先が触れる。

「あっ……！」

予期せぬ行為と予想以上の刺激に、茉莉花の全身がビクッと跳ねた。

隠れていた小さな蕾を軽く撫でられただけなのに、今までに経験したことのない痺れが走り抜ける。

ゆるゆるとこすられる中で、得体の知れない感覚に襲われた。

「やっ……！　そこ、やだっ……」

思わず雅臣の手を摑もうとするが、彼はその手を一纏めにして茉莉花の頭上で押さえつけた。

わずかな抵抗もできない茉莉花は、不安と涙を浮かべた目で雅臣を見つめる。

「大丈夫だよ。ただ気持ちよくするだけだ。怖くないから、茉莉花は素直に感じて」

彼の中指が蜜口に下り、雫《しずく》を纏って戻ってくる。そのまま幼気な突起を捕らえると、優しく上下にこすり始めた。

「あっ……！　んっ、ぁっ……ああっ……！」

電流のような刺激に、茉莉花が喘《あえ》ぎながら首を横に振る。まだ快感だと理解できていない身体には、少しばかり酷だった。

「茉莉花、怖がらなくていい。すぐに気持ちよくなれるから」

そんな茉莉花をなだめるように、雅臣がそっと囁く。耳朶《みみたぶ》に唇を這《は》わせ、あやすように頬や瞼にもくちづけていった。

なにがなんだかわからない中で、彼の優しい言葉だけは耳に届く。

思考はそれを理解し切れていなかったが、柔和な声音は茉莉花をわずかに安心させた。

「ほら、いい子だから俺に集中して」

素直な茉莉花は、言われるがまま雅臣の指先に集中する。もっとも、そんなことをしなくても意識の大半はそこに囚われていた。

彼は、無垢《むく》な花芽を優しくこすり続け、じっくりと快楽を注入していく。

未知の感覚に翻弄されるばかりだった茉莉花だが、唐突に指の腹で蜜粒を押されて息を詰めた。

「っ……」

上下に動かされていた指が、クルクルと円を描き始める。少し力を入れて、ゆっくりと捏《こ》ね回された。

軽くこするだけだった動きよりも刺激が強く、身体に容赦のない愉悦を植えつけられていく。

脆弱《ぜいじゃく》な真珠には苛烈に思える愛撫《あいぶ》なのに、ようやくこれが喜悦なのだと理解した。

そっと上下にこすって、蜜を纏った指先で優しく回して、下から持ち上げるように押して。絶えず変化をつけられると、茉莉花の意識はそこばかりに集中してしまう。

数秒前までは苦悶《くもん》に似た感覚もあったのに、今はただ快楽だけを感じていた。

「あんっ……アッ、んっ……ふぁっ」

動かせない手も、のしかかられている身体の重みも、巧みな指先も。すべてに翻弄されていく。

蜜核を指で嬲《なぶ》られるたびに痺れが増し、得体の知れない感覚が押し寄せてきた。

「ぁっ……？　ああっ……ダメッ……！　待っ……」

「大丈夫。このまま感じていればイけるから」

荒波のような法悦に怖くなって首を横に振るが、雅臣は茉莉花を逃がさない。さらに体重をかけ、指を激しくうごめかせた。

蜜に塗れた指はよく滑り、ツンと尖《とが》った粒をクリクリと転がす。

「ふっ……んっ、アッ、ああっ！　やぁっ……あぁぁぁっ……！」

挙げ句、グリッ……と押し潰されると、茉莉花は為す術もなく背中を反らせた。下肢や下腹部がビクビクと震え、爪先が丸まる。頭の中が真っ白になる中、足掻くようにシーツを蹴った。

眦《まなじり》から零れた涙を、彼の唇が受け止める。そのまま唇にもくちづけられ、茉莉花はぼんやりと視線を動かした。

「上手にイけたね」

雅臣の指摘で、今のが達するということなのだと知る。

知らない感覚に襲われる恐怖があったのに、どうしようもないほど気持ちよくされたことに気づいて羞恥が蘇《よみがえ》ってきた。

「オミくん……」

「ん？」

「ギュッてして……」

子どものようにねだれば、眉を下げた彼が微笑む。困ったような表情だったが、そっと抱きしめてくれた。

「怖くなった？」

「……ううん」

少し考えて、首をゆるりと横に振る。

確かに、初めての感覚に戸惑ったが、今はまったく怖くない。

それどころか、雅臣の腕の中にいると、早く彼のものになりたいとすら思った。

「まあ、もし怖くなったって言われても、もうやめてあげないけどね」

雅臣は誰に言うでもなく呟き、おもむろに離れていく。

それはまるで、茉莉花の望みを叶えるような、けれどそれだけではないような言い方だった。

「さっきのはまだ序の口だからね。もっと感じて、俺のことだけを考えて」

どこか切なげな声に小首を傾げそうになった茉莉花だったが、体勢を変えた彼に目を見開く。

しかし、止める間もなく、下肢に顔を埋められた。

「オミく……ッ！」

雅臣の唇が、さきほど甘い痕を刻んだあたりに落とされる。

なにも纏っていない秘部が丸見えなのは想像に容易く、茉莉花は焦りと混乱で言葉も出なかった。

「あぁっ……」

そんな茉莉花に、鋭い刺激が与えられる。茉莉花が必死に首を起こせば、彼があわいにくちづけていた。

「やだっ……！　そんなとこ、汚いからぁっ……！」

やめて、と制止するより早く、舌が秘所を這う。

蜜口をくすぐり、秘唇を食んで、ゆったりと舐め上げられていった。

指よりも遥《はる》かに強い悦楽が、一気に与えられる。

雅臣は指で割れ目を広げると、恥じらうように控えめに姿を見せた秘芯をくるりとねぶった。

「あっ……？　うぁっ……アッ……あんっ」

ビリビリと、痛いくらいの痺れが広がっていく。剝き出しの蜜核は敏感すぎて、恐ろしいほどの愉悦に見舞われる。

甘苦しい刺激を受け止め切れない茉莉花は、咄嗟に彼の髪に指を差し込んでいた。

雅臣の舌が這い回る感覚が、明確すぎるほどにわかる。

秘所の中心を行き来し、蜜を吸っては上に戻り、姫粒を丹念に嬲る。

そこを執拗《しつよう》なほど弄ばれ、茉莉花はイヤイヤをするように首を振る。一度果てることを覚えた身体は、すでに頂へと走り始めていた。

「ひっ……！」

けれど、唐突になにかが秘孔に触れたことで、意識が鮮明になる。

彼が指を浅く挿し込んだのだとわかると、茉莉花は反射的に身を強張らせた。

「これから指を挿《い》れるから、痛かったら言って」

返事を聞きもせず、節くれだった指が押し入ってくる。たった一本なのに、なにも受け入れたことがない隘路《あいろ》は抵抗を見せた。

それなのに、雅臣の指は確実に奥を目指していく。

浅いところを撫でながら奥へ向かい、また手前に戻ってくる。

それを繰り返されているうちに、最初のような抵抗感はなくなっていった。

彼はそうして姫筒に指を抜き差ししつつ、蜜芯は舌で愛で続けている。

ともすればあやすように、ときに少し強く。絶妙な緩急のつけ方に、茉莉花はされるがままだった。

「あっ、ンッ、あんっ……」

「茉莉花、痛くない？」

啼《な》いてばかりの茉莉花を、雅臣が気遣う。

しかし、痛みどころか違和感もなくなった今、茉莉花が感じているのは喜悦だけ。

それが怖いのに、甘美な刺激から逃げられない。

雅臣が顔を上げ、ふっと瞳を緩める。まるで茉莉花の心情を読み取るように微笑んだかと思うと、再び秘部に顔を埋めた。

彼は決して焦ることなく、指を丁寧にうごめかせている。

真っ赤に膨らんだ突起を舌先で執拗に可愛がり、きゅうきゅうと収縮する柔襞《やわひだ》をじっくりと時間をかけて解した。

いつの間にか指が二本になっていたことに気づいたが、それを知ったところで茉莉花にはなにもできない。

二本の指で内壁を撫で、広げるように掻き回されているのはわかるのに、ただただ花粒からの快感を受け止めるだけで精一杯だった。

されるがままの身体は、もう思考とともに溶け始めていたのかもしれない。

時間をかけて茉莉花の弱い部分をじっくりと探るようにしていた雅臣に、とっくに陥落していた。

茉莉花はシーツを摑んで乱れ、あられもない姿を彼に見られている。

それなのに、今夜だけで果てを教えられた身体は、さきほどよりもずっと激しく雅臣を求めていた。

「んぁっ……！　ダメッ……」

痺れがより鮮烈になり、茉莉花は限界が近いことを悟る。

あの感覚に陥ることが怖いのに、身体はそれを求めている気がする。

上手く働かない思考でよくわからないことを考えていると、舌で丹念に嬲られていた蜜芯をちゅうぅっ……と吸い上げられた。

「やっ……あああぁぁっ……！」

茉莉花が身体をガクガクと震わせて果てると、彼が顔を上げて指を引き抜いた。

同時に、蜜口から蜜がどぷっと零れる。

ようやく唇と指から解放された。しかし、茉莉花の思考は働かず、無防備な肢体をさらしていることを気にする余裕もない。

彼は茉莉花から離れると、上質なスーツを脱ぎ、ネクタイを緩めた。

ぼんやりとした視界に映る雅臣は、茉莉花から視線を逸らさないままに服を脱ぎ捨てていく。

ジャケットやシャツは、ベッドの周囲に散乱していた。

茉莉花の目の前に現れた雅臣の上半身は、想像よりもずっと雄々しかった。

隆起した胸元と、綺麗に割れたシックスパックの腹筋。腹斜筋の線もくっきりと浮かび、上腕は太いわけではないのに逞《たくま》しい。

上品な仕草や美麗な顔に似合わず、体軀《たいく》はしっかりと鍛えられていることがわかる。

「茉莉花」

熱と艶を孕んだ重低音が、鼓膜を撫でる。

彼がベルトを外し始めた音がやけに響き、寝室の空気が艶めかしさを増した。

ボクサーパンツに包まれた雄の象徴は、その形が浮かび上がるほど大きくなっていた。

布が取り払われると、猛々しい欲望が姿を現す。初めて見るそれは、なんとも形容しがたいものだった。

天を仰ぐようにそそり勃《た》ち、肌の色よりも少しばかり黒い。

禍々しく、そして凶暴なものに思え、茉莉花は羞恥と不安に怯《ひる》むように視線を逸らした。

パチッ、とゴムが弾けるような小さな音が鳴り、避妊具をつけているのだと察する。直視はできなかったが、雰囲気でわかった。

「今さら怖くなった？」

正直に言うと、少しだけ怖かった。

けれど、茉莉花は咄嗟にかぶりを振って否定する。

「大丈夫だから……やめないで」

「やめないよ」

震えそうな茉莉花の声に、雅臣が間髪を入れずに答える。

再びのしかかってきた彼と密着すると、不思議と恐怖心が和らいだ。

互いの肌に触れる吐息も汗も、もうどちらのものかわからない。

わかっているのは、触れ合う肌の熱が心地いいことだけ。ただそれだけでも、茉莉花は幸福感を抱いた。

雅臣が、茉莉花の両脚を大きく開く。

恥ずかしくて、少しだけ不安と恐怖心もあって。一瞬だけ、身体が強張った。

「痛かったら俺の背中に爪を立てていいから、しっかりしがみついてて」

けれど、彼の言葉がそれらを掻き消してくれた。

すべての境界線が認識できなくなるくらい、強く激しく抱いてほしい。

最初で最後だからこそ、痛くても苦しくても記憶に刻みつけてほしい。

雅臣の熱を、彼のすべてを。

キスを与えてくれた雅臣が、秘孔に雄幹の先端を押し当てる。

触れただけでもその熱さが伝わってきて、茉莉花はたとえ身体だけでも反応してもらえていることに嬉しくなった。

間もなくして、彼がグッと腰を押しつけてきた。

「力を抜いて」

圧迫感に息を詰める茉莉花に、雅臣はなだめるように囁く。耳元に落とされた声音と耳朶に触れた唇に、身体が小さく跳ねて力が抜けていく。

「んっ……ぁ……」

それでも、未知の圧迫感と下肢が引き攣《つ》るような感覚に、茉莉花は戸惑う。思わず彼の背中に回した手に力がこもり、無意識に爪を立てていた。

雅臣は一度腰を引き、軽く前後に動かした。入口あたりから徐々に解れていくと、さらに奥へと進めた。

「痛い?」

「へいき……」

涙混じりの瞳で答えれば、彼がふっと苦笑を零す。

「嘘つきだな。眉間に皺が寄ってるよ」

雅臣があまりに優しい顔をするものだから、茉莉花は自分が愛されているのではないかと勘違いしそうになった。

(ダメ……。これは、ひとときだけの夢なんだから……)

まるで自分に酔っているような言葉だったが、心の中で言い聞かせる。

これは夢なのだと自覚し続けておかなければ、もっと欲張りになる気がして怖かった。

それなのに、彼は茉莉花の額に唇を落とし、眦や鼻先、唇にもキスを与えてくれる。

リラックスさせるための行為だと理解しながらも、茉莉花の心は簡単にときめいた。

「……アッ」

不意に、下腹部にグッと圧がかかる。

痛みと痺れ、そしてよくわからない感覚に襲われたあとで、茉莉花は自身のナカが雅臣の欲望に埋め尽くされたことを悟った。

「全部挿《はい》ったよ」

「うん……」

髪をそっと撫でられて、涙が唇で掬われる。

優しくされればされるほど切なくなるのに、今だけは彼を独り占めできていることが嬉しい。

たとえ夢物語だとしても、魔法が解ける前のシンデレラのように幸せでいられた。

雅臣はただ茉莉花にキスをするだけで、決して動こうとはしない。

秘孔にみっちりと埋まる雄杭《ゆうぐい》が、ときおりピクッと跳ねているのに……。茉莉花の唇を繰り返し啄み、甘やかすようなくちづけをくれる。

「オミくん……」

労わられるのは嬉しいけれど、もっと自分に夢中になってほしい。

「優しくしなくていいから、オミくんがしたいようにして……？」

そんな気持ちからキスの合間に告げれば、彼が意表を突かれたように目を見開き、すぐに眉を下げた。

「バカ。初めてのくせに、俺のことは気にしなくていい」

「でも……」

唇が触れそうになる寸前で、茉莉花が微笑を浮かべる。

「私は、オミくんに気持ちよくなってほしいの」

そして、素直な気持ちを紡いだ。

わがままを聞いてくれた雅臣に、茉莉花には返せるものはない。だからせめて、彼にも快楽を感じてほしかった。

「……本当にバカだな」

悲しげに緩められた瞳が、それでいて微笑んでいる。その表情をどう受け止めればいいのか戸惑う茉莉花に、雅臣が息を短く吐いた。

「後悔しても知らないからな」

「え？　ッ……？」

言うが早いか、彼が腰を引く。

楔《くさび》が抜けないギリギリのところでとどまったかと思うと、すぐさま腰を打ちつけられた。

「あぁっ……」

浅いところから奥へと、引っかかれていく。ゆっくりと、けれど休むことなく柔襞をこすられ、緩やかな律動が繰り返される。

「んっ、ぅぁ……」

まだ違和感の方が大きくて、苦悶の声が飛び出た。

身体が引き裂かれるような痛みを感じたのは、最初の数回のこと。

そこには次第に甘さに似たものが混じり、疼痛が少しずつ変化していった。

雅臣は眉を寄せ、茉莉花を真っ直ぐに見つめている。ぶつかる視線が絡めば、茉莉花の胸の奥が戦慄いた。

抵抗ばかりしていた隘路が、徐々に雄芯に吸いつき始める。

狭い蜜口から淫道まで押し広げられていく感覚が明確になっていき、茉莉花は自身の粘膜がきゅうきゅうと収縮していることに気づいた。

「ハッ……わかる、茉莉花？　茉莉花のここ、俺を受け入れ始めてるよ」

下腹部に触れた彼が、白い肌を撫でる。その瞬間、剛直の感触がより鮮明になった。

「わかんなっ……」

「そう？　俺はよくわかるよ。茉莉花のナカ、最初よりずっと柔らかくなってる」

キユッと双丘の突起を摘まみ上げられ、茉莉花の喉が仰け反る。

「あんっ、アッ……」

両方一緒に弄ぶように捏ねられ、下肢ばかりに集中していた意識が分散した。

その間にも、雅臣は茉莉花のナカを暴いていく。

無垢だった蜜壁をこすり、襞を伸ばすように丹念に撫でて。ときおり腰を軽く回しては、様々な刺激を送り込む。

やがて痛みが和らぎ始めると、茉莉花の体内で甘い愉悦が膨らんでいった。

彼の動きに合わせて、茉莉花の全身が揺さぶられる。シーツに触れている背中がこすれて、綺麗に整えられていた寝具に皺を作っていく。

ベッドが軋む音が、どこか遠くで聞こえる気がした。

「アッ、ぁっ……んっ」

いたぶられ続けた小さな果実は真っ赤に腫れ、ツンと尖っては存在を主張している。

痛いくらいにじんじんと痺れているのに、確かな喜悦がそこから広がっていく。

その感覚に翻弄される茉莉花を、雅臣がさらに追い詰めようと秘部に手を伸ばした。

「やぁぁっ……」

唐突に花芯を捕らえた指先が、指の腹を押し当ててクルクルと回す。

思わず腰を引きそうになった茉莉花だったが、彼はすかさず左手で茉莉花を抱きすくめるようにした。

きつく抱きしめられることに、心も身体も戦慄いてしまう。

茉莉花の恋心が、雅臣を愛おしいと叫ぶ。

全身が引き攣るような感覚も、甘く切ない苦しさも、初めてだと思い知らされる熱と痛みも……。

ただただ、すべてが愛おしくて仕方がなかった。

「オミくん……ッ、ぁ……オミく……っ」

無我夢中で彼にしがみつき、何度も名前を呼ぶ。

この恋心を伝えられない代わりに、想いを込めて繰り返す。

『好き』と言えない分、雅臣の名前を紡ぐことで恋情を昇華させたかった。

「茉莉花っ……！」

それなのに、彼も茉莉花の名前を呼ぶものだから、白んでいく意識の中でも想いはより強くなるばかり。

体内を穿《うが》たれて、ぐちゃぐちゃに混ぜられて……。全身が痺れるほどの法悦に呑まれる中で、雅臣への恋情が膨らんでいく。

「あっ……ああっ……！」

「クッ……」

脳芯がじんじんと痺れて意識が朦朧《もうろう》としているのに、好きという気持ちだけはずっと心に強くあった。

まるで、それだけは手放せないとでも言うように。

「オミくっ……！」

茉莉花が無我夢中でしがみつけば、彼はいっそう律動を速めた。

蜜孔が縦横無尽に引っかかれ、容赦なくこすり上げられて。けれど、茉莉花がそれだけでは達せないことを見透かすように、雅臣が秘芯を転がしてはいたぶる。

高みへと駆けていくさなか、腰を打ちつけられたまま蜜核をグッと押し潰された。

「んぁっ……あぁぁぁぁぁっ――！」

「ッ……ハッ！」

茉莉花が喘ぎながら喉を仰け反らせ、全身をビクビクと戦慄かせる。彼はその反応に歯を食いしばり、大きく胴震いしながら欲望を迸《ほとばし》らせた。

程なくして、雅臣がゆっくりと身を重ねてくる。

茉莉花は、もう働かない思考とは裏腹に、身体には心地よい重みを感じていた。

涙で濡れた頬に触れられた感覚に、そっと瞼を開ける。

優しく撫でていた手はそのままに、彼が張りついた前髪を掻き分けて茉莉花の額に唇を落とした。

嬉しいのに切なくて、茉莉花の想いごと涙となって零れてしまう。

「茉莉花」

甘くて低い声がしたと思うと唇が塞がれ、胸の奥がきゅうっと締めつけられた。

結局、茉莉花は最後の最後まで彼への恋心を募らせただけだった――。

しばらく放心していた茉莉花が、ようやく整った息をゆっくりと吐いた。

「オミくん……」

「ん？」

茉莉花を抱きしめていた雅臣が、優しい眼差しで顔を覗《のぞ》き込んでくる。

「わがままを聞いてくれてありがとう」

せめて彼に責任を感じてほしくなくて、精一杯笑ってみせる。

「茉莉花はバカだな。こんな風に傷つかなくてもいいのに」

傷ついてないよ、と呟いた言葉はすぐに消えた。

幸せな思い出が欲しかった。

この先の心の支えになるような、愛する人に抱かれた記憶が欲しかった。

『茉莉花が泣いて叫んでも、きっとやめてあげない』

けれど、最初にそう言ったはずの雅臣は、濁流に呑み込まれたような激しさとは裏腹に、触れる手も唇もずっと優しかった。

こんな幸福感は知りたくなかった。

甘美で幸せな行為を知ってしまった今、茉莉花は自分自身の恋心と決別できなくなってしまったことに気づいたから。

後悔はしないと決めたはずだったのに……。

彼に愛されたい――と、欲深く願ってしまった。

「少し休むといいよ。あとで家まで送ってあげるから」

素直に頷いたのは、一分でも一秒でも長く雅臣の腕の中にいたかったから。

自分たちは恋人にはなれないから、彼がこうして抱きしめてくれるのは今だけ。

これは、優しい雅臣がくれた特別な時間なのだ。

せめて朝まで一緒にいたい……とは、間違っても彼の前で口にしてはいけない。

頭の中ではそんなことばかりが浮かんでは消え、茉莉花に切なさを抱かせた。

それに、浩人は茉莉花が家にいると思っている。

セグレートにいたときにかかってきた電話では『友人と食事に行く』と告げたが、浩人にこういう嘘をついたのはたぶん初めてだった。

本音を言えない茉莉花の、なけなしの反抗だったのかもしれない。

子どもじみたやり方に、茉莉花から自嘲混じりの笑みが漏れる。

けれど、微睡み始めた身体も思考ももう働いてくれそうになく、今はすべてがどうでもよかった。

睡魔に抗わずに瞼を閉じれば、雅臣が茉莉花の髪をそっと撫でた。

慈しむように触れる彼の手つきすら愛おしくて、胸の奥がひどく軋むのに……。心が痛みを感じながらも、意識は夢の中に堕ちていく。

「……本当に、茉莉花は俺を困らせてくれるよ」

思考が閉じる寸前に聞こえた声は、夢か現か……。

わからなかったのに、茉莉花の眦から一筋の涙が零れて肌を伝った。

四　本心　Side Masaomi

眠りに就いた茉莉花を見つめ、ため息混じりの言葉が漏れる。

「……本当に、茉莉花は俺を困らせてくれるよ」

刹那、ずっと切なげな顔をしていた彼女の眦から、透明な雫が零れた。

すでに寝息を立て始めていた茉莉花は、間違いなく眠っている。

にもかかわらず、夢の中でも泣くほどつらいのなら、どうして雅臣に『教えて』なんて言ったのか。

それだけ追い詰められていたのは、想像に容易い。

ただ、結果的に涙を流させてしまうくらいなら、たとえ泣かせてでもきちんと止めてあげるべきだったのかもしれない。

雅臣はできるだけ冷静にたしなめ、念を押すように確認したつもりだったが、彼女のお願いに少なからず心が高揚したのは事実。

なぜなら……雅臣は、ずっと茉莉花が欲しかったのだ。

十二歳も年下の彼女を想い、けれど一回りも離れた自分が恋愛対象になるとは思えず、これまでは『兄のような友人』として振る舞ってきた。

茉莉花が自分を慕ってくれるのは、〝そういうこと〟だと思っていたからだ。

信じて疑わず、むしろ疑いようもなかった。

だからこそ、雅臣は彼女に手を出すつもりはなかったし、これまで通り大切に扱うつもりだった。

ところが、茉莉花の方から自分たちの境界線を壊しにきた。

あの瞬間、彼女を前にした雅臣の心は、どうしようもなく震えていた。

大人ぶって『大事に取っておけ』なんて心にもないことを吐きながらも、脳内では茉莉花を抱く方法に思いを巡らせて。身体の奥底から込み上げてくる熱に理性はいとも簡単に揺らぎ、彼女のすべてを奪うことばかり考えていた。

だから、強く拒み切れなかったのだ。

自分の方が十二歳も年上だからとか、一回りも離れた妹のような存在だからとか。

頭に過った理性の欠片はことごとく溶け、あっという間に唇を奪ってベッドに組み敷いた。

この無垢な身体に初めて触れた男が自分だと思うと、言葉にできないほど興奮してたまらず、感動に似た感情でいっぱいになった。

華奢な身体とはアンバランスな胸。色白できめ細かな肌に、柔らかい肢体。

重ねた唇も柔らかく、身体はどこを舐めても花のごとく甘い香りがして、まるで甘美な毒のようだった。

あまりにも魅惑的で、なにも知らないくせに潤んだ大きな瞳は蠱惑《こわく》的で。雅臣を誘惑しておきながら恥じらう茉莉花を前にして、理性なんてひとたまりもなかった。

初めてでもないのに、頭も身体も煮えたぎってどうにかなりそうだった。

そして、茉莉花をこの手で抱いた今、征服欲で心が満たされているのがわかる。

『ちゃんと見ていて』と言いつけた雅臣は、自分自身こそ一瞬たりとも彼女の反応を見逃さないように必死だった。


（初めて会ってから十四年くらいか……）

出会ったときに小学生だった茉莉花に対しては、『友人の妹』という感情しか持ち合わせていなかったし、会うたびに軽く話し相手をするくらいだった。

それなのに、八年ほど前に鷹見グループが主催したパーティーで久しぶりに彼女と再会した際には、なんとも言えない熱と感覚を抱いた。

茉莉花は、招待された父親の浩人に代わって出席した裕人と百合に同行した形だったが、淡いピンクのドレス姿はそれまでの幼いイメージと違い、意表を突かれたような気持ちになった。

十六歳という、瑞々《みずみず》しさの中に幼さが残る姿。

にもかかわらず、彼女が纏う雰囲気には微かに色香が混じり、目の前の少女に劣情を抱いたのを自覚したときには、自分にそんな趣味があったのか……と絶望した。

十二歳も年の離れた女の子を性の対象として捉えた、罪悪感。自身の汚さや、後ろめたさ。

雅臣の心は、そんなものでいっぱいになった。

もともと茉莉花と会う機会はあまりなかった雅臣だが、それを機に彼女とは意識的に距離を置いていた。

ところが、茉莉花が二十歳の誕生日を迎えた頃。

ひょんなことから裕人とともに仁科家に行くことになり、いっそう綺麗になった彼女と鉢合わせたのだ。

一瞬にして、心を奪われた。

面映ゆそうにしながらも無垢な笑顔で話しかけてくる茉莉花に、らしくもなく鼓動が早鐘を打って。理性を覆い尽くすような本能が、彼女を欲しているのがわかった。

それでも、この想いは穢《けが》れたものだと自身に言い聞かせ、必死に平静を装って『今度おいしいお酒でもご馳走《ちそう》するよ』と笑みを向けた。

社交辞令のつもりだった雅臣に反し、これ以上ないほどに嬉しそうな顔をした茉莉花を前に、雅臣はもう自分の想いをごまかせなかった。

他の女性では埋められなかった心が、彼女の笑顔ひとつで満たされていく。

その瞬間、茉莉花でなければダメなのだ……と思い知った。彼女以外の女ならいらないと感じたほどだった。

さらにその数週間後、雅臣は茉莉花と出かけることになった。

バーに行ったことがないという彼女をセグレートに連れて行き、アルコールに弱いことを恥じらう姿に庇護《ひご》欲がそそられた。

しかし、雅臣の下心なんて知る由もない茉莉花は、別れ際に『また連れて行ってくれる?』と言って見つめてきた。

願ってもないチャンスに雅臣が即答したのは、言うまでもない。

素直で純粋な彼女は、ただただ喜びを浮かべていた。

茉莉花の両親はとても過保護だったが、雅臣には信頼を置いてくれているらしい。茉莉花は雅臣と会うことを隠さず、雅臣も遅くならないうちに彼女を送り届けるようにした。

もちろん、これは茉莉花の両親にさらに信用してもらうためである。

そのためには、行き先も何時に帰宅させるかも、きちんと伝えるようにしていた。

最初は遠慮がちだった茉莉花も、次第に自身が抱えている悩みを打ち明け始め、一年が経つ頃には甘えてくれるようになった。

就職が決まったときに浮かない顔だった彼女は、念願の一人暮らしが始まっても浩人の保護下に置かれていることに苦しんでいるようだった。

優しい茉莉花が、浩人を始め、誰かを悪く言うことは滅多にない。

父親との関係性に不満を口にしても、最終的には『私が子どもの頃に心配をかけたせいだから』というところに行きつき、反抗もしない。

傍で見ているだけの雅臣にとっては、いつも歯がゆくてたまらず、少しでも彼女の力になりたいと思っている。

反面、茉莉花自身が心からそれを望まなければ手出しはできない、と理解もしていた。

雅臣から見れば、浩人の行動は行きすぎている。それが彼女自身を苦しめていると感じるが、本人は気づいていないのだろう。

赤の他人でしかない雅臣には、そこに口を出す権利はない。

だからこそ、茉莉花と定期的に会うようになったこの四年間ずっと、彼女の話を聞くだけにとどめてきた。

そうすることが一番いい方法だと、雅臣は思っていたからだ。

（でも、それももう限界か……）

本当は、浩人から確固たる信頼を得てから行動に移すつもりだった。

ところが、彼が茉莉花の結婚に対して動き出したと知り、雅臣に焦りが芽生えた。

予想よりもずっと早くに見合いを纏めるつもりのようで、彼女がその話を聞いたのなら
それだけ間近に迫っているということだろう。

まずは、茉莉花の気持ちを大切にしたい。

だが、雅臣には彼女の意思がわからないままだ。

見合いを望んでいないが破談は考えていないようだし、雅臣に対しても……。

ときどき、雅臣を見る茉莉花の目に恋情が宿っている気がしていた。

雅臣は今日までずっと、自分自身の欲望が生み出したつまらない希望だと思っていたが、もしかしたら期待してもいいのだろうか……と思い始めていた。

ただ、今はまだ確信が持てない。

これまでは、女性が自分をどう見ているか、どう振る舞えばいいのかなんて、手に取るようにわかった。

ところが、茉莉花が相手だと彼女の本心がまったく読めないのだ。

ファーストキスも初体験も捧げてくれた上、普段の茉莉花の態度を見ていれば少なからず好意はあると思えるけれど……。それだって、色恋沙汰に鈍そうな彼女だからこそ、自信は持てない。

「本当に……茉莉花はいつも俺を困らせてくれるね」

雅臣がこれまでどれだけ必死に自制し、仁科家や茉莉花の信頼を得られるように振舞ってきたか。

それなのに、彼女にいとも簡単にすべてを崩されてしまった。

とにかく、もう悠長なことは言っていられない。

茉莉花が自分に対して恋愛感情がないのなら、彼女を振り向かせればいいだけ。

幸い、茉莉花の好みや性格なら、家族と同じくらいは把握している。

この四年でしっかりとリサーチしてきたのだから、昨日今日出てきたような見合い候補の男に負けることはないだろう。

「そもそも、逃がすつもりはないけどね」

雅臣は、茉莉花を抱きしめている腕に力を込め、そろそろ起こさなければいけないと考えつつも髪を撫で続ける。

肩につくくらいのブラウンの髪は柔らかく、このままずっと触れていたい。

「早く俺のところに堕ちておいで」

眠る茉莉花の耳元で囁き、唇をそっと奪う。
二、三度食んだところで劣情が芽生え、なんとか理性でそれを押し込めた。
彼女の味を知った今、これからはもっと自制心を試されることになるだろう。

（これは思ったよりも苦労しそうだな……）

それでも、もう逃がさない。

どんな手を使ってでも、茉莉花を手に入れる――。

雅臣は密かにそう誓い、優しい声音で名前を呼んで彼女を夢の中から呼び戻した。

＊　＊　＊

恵比寿駅の目の前に建つ、高層ビル。

一棟丸ごと鷹見グループが所有している本社ビルの最上階で、雅臣の第一秘書の小倉《おぐら》がため息をついた。

「社長、聞いていらっしゃいますか？」

「聞いてるよ。来年の創業記念パーティーのことだろ？」

彼が銀縁フレームの眼鏡のブリッジを押し上げ、「ええ、そうです」と頷く。

「今日はずっと上の空のようでしたので、てっきりお聞きになられていないのかと」

雅臣よりも十歳ほど年上の秘書は、たしなめるような視線を向けてくる。

「ちゃんと聞いてただろ？　で、パーティーがどうしたって？」

「会長と社長のご挨拶のあとに、雅臣社長からもご挨拶を……とのことです」

顔をしかめると、小倉が白々しく微笑んだ。

会長とは鷹見グループ五代目総帥の雅臣の祖父――耕三《こうぞう》、社長とは鷹見グループ六代目社長である雅臣の父――耕哉《こうや》のことだ。

鷹見グループは、来年の一月で創業一五〇周年を迎える。

グループの基盤であるラグジュアリーホテルを中心に、二十年ほど前からは飲食業や高級スーパーといった小売業にも参入し、収益はすべて右肩上がり。

貿易商として鷹見グループを築いた創業者の代からずっと一族経営で業績を伸ばし、今では国内五大企業に数えられるほどの大企業へと成長した。

高校時代から父親について仕事を学んでいた雅臣は、アメリカの大学に進学しながらグループ企業で経験を積み、タカミホテルの国内事業部取締役に就任して四年になる。

取締役という肩書きは、一族の中でも最年少で得たものだ。

それだけに耕三や耕哉からのプレッシャーは大きく、パーティーなどでは必ず壇上に立たされていた。

「面倒くさいな」

「社長……。来年は節目である一五〇周年なんですから」

「今年も挨拶しただろ。おじい様や父にとっては何周年だろうと関係ないんだよ」

「仕方ないでしょう。あなたは鷹見グループの看板とも言える方なんですから」

「顔が無駄に知られてるだけだ」

「イケメン御曹司、現代の王子様、顔面国宝、ですからね」

「いい年してなにが王子様だ」

嘆息する雅臣に、小倉がクスリと笑う。

「ルックスもれっきとした武器ですよ。広報部なんて、『社長がメディアに出れば広告効果が抜群だ』といつも喜んでいます」

「冗談じゃない。誰かに代わってほしいくらいだというのに」

「そうおっしゃらず。どうせなら、テレビにも出ていただければもっと喜ばれると思いますけどね」

「俺は芸能人じゃないんだ。鷹見のために雑誌のインタビューくらいは受けるが、それ以上のことはしない」

雅臣の決まり文句に、小倉が「承知しております」と笑みを浮かべる。

その企むような表情に対して無言で眉を寄せ、あくまで今の姿勢は変えないことを暗に伝えた。

ただでさえ、数年前に雑誌に載ったのを機に世間で顔が知れ、ミーハーな女性たちに声をかけられることが増えて辟易《へきえき》しているのだ。

よく知りもしない女性と会話をする暇があるのなら、茉莉花との時間を作りたい。

セグレートで会うのもいいし、ディナーやドライブに行くのもいい。

彼女が喜ぶデートプランを立てるためなら、喜んで徹夜でリサーチする。もちろん、デートのあとはベッドでたっぷりと可愛がるのだ。

「それと、今夜の会食ですが」

楽しい想像から現実に戻された上、今夜の予定に触れられて眉をひそめてしまう。

「わかってる。『万里《ばんり》家具』の万里小路《までのこうじ》社長だろ」

万里家具は、タカミホテルで使用しているインテリアブランドのひとつである。

デラックスルームの椅子やソファは、すべて万里家具のものだ。

タカミホテルでは一般的なホテルで言うところのスタンダードルームがなく、デラックスルーム以上しか用意していない。

鷹見グループのビジネスホテル『タカミステーションホテル』ではエコノミーやスタンダードルームが中心となっているが、タカミホテル自体はラグジュアリーホテルとして展開しているためである。

つまり、万里家具の製品は一般的なホテルで言うところのスタンダードルームでしか使用していないのだが、ここの社長の万里小路がなかなかに曲者なのだ。

祖父の代からの付き合いのために無下にはできないものの、スイートルームなどでも万里家具を使用してほしいと何度も言われている。

さらには、彼の娘——希子《きこ》と雅臣をくっつけたいらしく、最近では秘書という肩書きである彼女も同席することが増え、こちらもまた厄介だった。

万里小路との会食も仕事の一環ではあるが、どの会食よりも一番億劫だ。

「月曜から万里小路社長と会食か。そんな暇があるなら、視察でも行きたいんだが」

「これもお仕事です。ところで、ご連絡はいつものように？」

「ああ、頼む。一時間で電話を入れてくれ」

「承知いたしました」

頭を下げた小倉は、会食が始まってから一時間後に電話をくれるだろう。

万里小路との会食中の会話は、大半が一人娘の話だ。

仕事の話ならまだしも娘の話なんて興味はないため、適当なところで切り上げられるように小倉に連絡を入れさせるのが最近の通例になっている。

優秀な彼は、いつも一時間前後で電話をかけてくると、急用だという方便で雅臣を会食から逃してくれるのだ。

仕事であれば、万里小路も文句は言えない。

雅臣に言わせれば、そもそも会食自体が無意味ではあると思うが、先々代から恒例になっている三か月に一度のものをなくすことは難しい。

結果的に、これが一番角を立てずに無駄な会食を終わらせる方法なのだ。

「会議は十三時半からだったな。他に用件は？」

「ありません。社長はこれからどちらへ？」

雅臣が立ち上がると、即答した小倉が怪訝そうな顔をした。

「私用だ。ちょうど昼休みに入ったんだし、別にいいだろ？」

有能な秘書である彼は、「承知いたしました」と言い置いてＣＥＯ室をあとにした。

その姿を見送り、雅臣は急いで会社を出て車に乗り込んだ。


「茉莉花」

「オミくん……！　どうしたの？」

雅臣が仁科フーズの前に車を停めると、すぐさま茉莉花が駆け寄ってきた。

その表情がどこか気まずそうなのは、あの夜以来初めて顔を合わせるからだろう。

「近くまで来たから、ちょっと顔を見て行こうかと思って。急に連絡してごめん」

まるで息を吐くように嘘をつける自分自身に、雅臣は心の中で自嘲の笑みを零す。一方、素直な彼女は頬を赤らめ、純粋な反応を見せた。

「ううん。でも、オミくんは仕事中なんじゃ……」

「今は昼休みだから大丈夫だ。でも、時間がないからすぐに会社に戻るよ」

雅臣が運転席から降りもしないのは、本当に時間がないからだ。助手席に置いていた小さな紙袋を取り、茉莉花に差し出す。

「茉莉花、マカロン好きだったよね？　昨日、最近評判のパティスリーに行く機会があったからプレゼントしたくて」

「いいの？」

「ああ、もちろん。茉莉花のために買ったんだから」

「ありがとう」

嬉しそうな彼女に「どういたしまして」と微笑み、一拍置いて続けた。

「身体は大丈夫？」

「っ……！　へ、平気……」

顔を真っ赤にした茉莉花が、動揺を隠し切れずに視線を泳がせる。

先週の金曜日に彼女を抱き、週末には体調を窺うメッセージを送ったが、どうしても顔を見て確認しておきたかった。

茉莉花なら、つらくても【大丈夫だよ】と返事をするに違いないと考えたからだ。

ただ、彼女を見る限りはいつも通りで、どこか痛そうな様子もない。

「それならよかった。でも、なにかあれば連絡して。病院に連れて行くから」

「大袈裟《おおげさ》だよ……。本当に大丈夫だから」

恥ずかしそうな茉莉花に、安堵の笑みが漏れる。

「別に大袈裟じゃないよ。じゃあ、俺はもう戻るね。急に連絡したのに、下りてきてくれてありがとう。午後も頑張って」

「うん……。オミくんも頑張ってね」

「また連絡するよ」

雅臣が車を出すと、ルームミラーに映る彼女は車が見えなくなるまでこちらを見つめていた。

数分の逢瀬《おうせ》では物足りなくて、今すぐに引き返したくてたまらなかった。

二章　絡みゆく想い

一　ふたりだけの秘密

茉莉花が仕事を終えて帰宅すると、いつも通り浩人から電話がかかってきた。

辟易する気持ちとともに、罪悪感が色濃くなる。

先週の金曜日の夜、茉莉花は雅臣に抱かれた。

彼はきっと、納得も同意もしていなかった。

雅臣の戸惑いを感じながら強引に迫り、優しい彼に付け込んだ。

車の中で『教えて』と訴えたときには、雅臣が受け入れてくれるなんて思っていなかった。

泣き落とし、捨て身の勝負、背水の陣。

無我夢中で彼に訴えた茉莉花の姿は、きっとそんな感じだった。

予想外だったのは、雅臣の反応である。

彼は大人で、とても理性的な人間だ。茉莉花のわがままなんて、華麗にたしなめると思っていた。

けれど、雅臣は願いを聞き入れてくれた。

冷たい言葉を吐きながらも、まるで慈しむように優しく丁寧に抱いてくれた。

初めては痛い……という知識があったのに途中からは痛みをあまり感じなかったのは、彼がそれだけ気遣ってくれたからなのかもしれない。

あの夜、抱かれたあとに眠った茉莉花は、雅臣の腕の中で目を覚ました。

それはまるで幸せな夢の中にいるようで、彼がずっと抱きしめてくれていたのだと思うと、泣きたくなるほど嬉しかった。

帰路ではあまり会話はなかったが、雅臣はいつも通りマンションの前まで送り、翌日には体調を気遣うメッセージまでくれた。

その上、週明けの今日には昼休憩の合間に会いに来てくれた。

マカロンは恐らく口実で、彼は茉莉花のことを気にしてくれていたに違いない。

縁を切られても仕方がない、と思っていた。

もうセグレートでの逢瀬がなくなることを覚悟していた。

それなのに、雅臣は今までと同じように優しくて、それが本当に嬉しくて……。同時に、茉莉花は彼への恋情を消す術がますますわからなくなってしまった。

「オミくんは優しすぎるよ……」

幻滅されると思っていた。

もしかしたら、本当はとても呆れられているのかもしれない。

茉莉花の兄の友人という立場や、両親とも付き合いがあるから、ただ茉莉花を無下にできないだけ……ということだって充分にありえる。

そう考える一方で、茉莉花の思考はすぐに自分にとって都合のいい解釈に持っていこうとしてしまう。

「まだもう少しだけこのままでいてもいいのかな？」

お見合いをすれば、いくら妹のように可愛がってもらっているだけだったとしても、雅臣とはもう会わない方がいい。

タイムリミットは、せいぜい二か月程度。

彼が普段通りでいてくれたとしても、セグレートで会えるのは残り二、三回ほど。

それでも、許されるのならこのままでいさせてほしい。

茉莉花は、身勝手なことを思う自身に自嘲混じりの笑みを零し、雅臣にもらったマカロンの箱を開けてみた。

長方形の箱の中には、カラフルなマカロンが整然と並んでいる。

色とりどりのマカロンは、まるでこれまでに茉莉花が抱いてきた雅臣への感情のように鮮やかだった。

連絡をもらえると嬉しくて、会えるだけで幸せで。

笑いかけてもらえるとドキドキして、けれど決して埋まらない距離に切なくなって。

彼に対する想いは複雑に混ざり合い、様々な感情を知って喜んだり落ち込んだりしながらも、どんどん色づいていった。

（私がもっと早く生まれてたら、恋愛対象として見てくれた？　それとも、お姉ちゃんみたいだったら、年齢差なんて関係なかった？）

心の中で呟いたあとで、首を横に振る。

ありもしないことを想像するのは、もう飽きるほど繰り返した。

そして、こんなことを考えてもなにも変わらないことはわかっている。

自分のことすら自分で決められないのに、ただ駄々をこねるように甘えているだけなのだ……と。

呆れ混じりのため息を呑み込み、レモン色のマカロンをひとつかじる。

サクッとした食感の次に甘酸っぱいシトロンの風味が口腔いっぱいに広がり、ふっと頬が綻んだ。

「オミくんはマカロンを買う姿も様になるんだろうな」

そう呟いて、ついクスッと笑ってしまう。

裕人がおしゃれなパティスリーでこんな可愛いスイーツを選ぶ姿は想像できないが、雅臣なら違和感がない。

「現代の王子様……だもんね」

雅臣が載っている経済誌を手に取り、インタビューの見出しを口にする。

その言葉がおかしくないのが、なんだか無性におかしい。

現代の王子様なんて言われている彼に、抱いてほしいと懇願したなんて……。身の程知らずにも程がある。

けれど、甘やかで幸せだったあの夜を、茉莉花は生涯忘れられないだろう。


寝支度を整えてベッドに入っても、雅臣のことばかり考えてしまう。

金曜日の夜に帰宅してから土日も含め、ベッドに横になるたびに甘美で淫らな行為を思い出している。

考えないようにしようとしても、彼の熱っぽい瞳が脳裏に蘇ってくるのだ。

骨ばった手、柔らかい唇。綺麗な指先から繰り出される刺激に、全身に落とされたくちづけ。

雄臭い表情も、熱を帯びた吐息も、生々しいほど記憶に刻まれている。

女性としての悦びを知った身体が、密やかな熱を呼び起こしそうになるくらいに……。

「ダメッ……！　やっぱり眠れない……」

こんなことの繰り返しで、金曜日からの三夜は明け方になるまで寝付けなかった。

寝不足で疲れている今日こそ眠れると思っていたのに、昼間に会った雅臣の笑顔が脳裏に焼きついているせいで、彼に抱かれた記憶がより鮮明になっている。

水でも飲もうかと上半身を起こしたとき、ベッドの傍に置いているサイドテーブルの上でスマホが震えた。

時刻は二十三時過ぎ。こんな時間に電話をかけてくる相手に心当たりはなく、怪訝に思いながら手に取ったスマホのディスプレイを確認する。

直後、茉莉花は目を大きく見開いた。

「……っ、もしもし？」

脊椎反射で通話ボタンをタップし、耳に当てるのと同時に言葉を発していた。

『茉莉花？　遅くにごめん。もしかして寝てた？』

電話口から聞こえてきたのは、雅臣の優しい声音。勝手に高鳴った胸が、柔らかく締めつけられる。

「う、ううんっ、全然……！　まだ起きてたよ！　どうしたの？」

『いや、特に用件はないんだけど、昼間にあんまり話せなかったから』

（それって……私と話したかったってこと？　そう受け取ってもいいの？）

都合がよすぎる解釈だと思うのに、茉莉花の単純な心は勝手に弾む。

「あ、えっと……マカロン、ありがとう。さっき、ひとつだけ食べたんだけど、すごくおいしかった」

『ひとつだけ？』

「うん。可愛くておいしそうだし、もったいないから毎日ひとつずつ食べようかなって思って」

本当は、雅臣にもらったものだから大切に食べたいだけ。

彼からのプレゼントはいつも特別で、消費期限がなければずっと取っておきたいくらいだ。

『マカロンくらい、いつでもプレゼントするのに。気に入ったのなら、今度会うときにも買っていくよ』

〝いつでも〟とか〝今度〟という言葉に、鼻の奥がツンと痛む。

あんなわがままを言ったのに、雅臣の中には茉莉花との〝次〟がある。

たとえお情けでも、彼の中に自分と会う未来があることが嬉しかった。

「ありがとう」

『これくらい別に構わないよ。それより、本当に身体は大丈夫？』

電話口で紡がれた疑問に、胸の奥が小さく疼く。

（そっか……。それが本題だったんだ……）

茉莉花の身体を必要以上に気遣ってくれている雅臣は、きっと責任や罪悪感を抱いているに違いない。

こんな時間に滅多にしない電話をしてきたのも、そういうことだったのだ。

浮かれてしまったことが恥ずかしくて、どうしても悲しい。

けれど、彼には決して悟られないように努めた。

「もう……オミくんは心配性なんだから。本当に平気だよ」

本当はまだ、身体の中に違和感がある。

雅臣が刻まれた下腹部の奥に、彼の感覚が残っている気がする。

だからこそ、毎晩あの情事を思い出してしまうに違いない。

『それならいいんだけど』

「あのね、オミくん」

『ん？』

「オミくんは優しいから罪悪感とか責任感とか持ったのかもしれないけど、そんなものを感じる必要なんてないからね」

雅臣に気に病んでほしくない。

わがままを聞いてくれた優しい彼は、なにも悪くないのだから。

「オミくんは私のわがままを聞いてくれただけだし、全部私が望んだことだから。オミくんはなにも気にしないで」

あの日、茉莉花は大きな嘘をついた。

実りすぎた想いを隠して、偽りですべてをごまかした。

「私、本当に嬉しかったの。オミくんが私のわがままを受け入れてくれて……。だから、すごく感謝してるんだ。ありがとう」

だからせめて、今だけは本音を伝えておきたい。

そんな気持ちが芽生えた茉莉花の心は、どこか穏やかだった。

『茉莉花……。でも、俺は──』

「あ、えっと……お礼！」

『え？』

なにかを言いかけた雅臣を遮ったのは、茉莉花の心に不安が過ったから。

彼の中に罪悪感があるのは、重々わかっているけれど……。もし謝罪をされてしまったら、あの夜の幸せが消える気がして怖かったのだ。

「あんなことをお願いしたんだし、お礼がしたいと思ってたんだ。私にできることなんて限られてるけど、なにかさせてほしい」

『別にいらないよ。お礼って言うなら、大事なものを捧げてくれた茉莉花に俺がなにかしないと』

茉莉花の頬がかあっと熱くなる。

「そ、そんなのいらないよっ……！」

恥ずかしさのせいで大きな声を出すと、雅臣がクスクスと笑った。

空気が和らいだことに、わずかな安堵感を抱く。

柔和に笑う彼の声を聞けたことが嬉しくて、ホッとしたこともあいまって茉莉花からも笑みが零れた。

「えっと……だから、私になにかさせてほしい」

気を取り直して再び提案すると、雅臣は少し逡巡《しゅんじゅん》するように『そうだな』と呟いた。

『じゃあ、デートしよう』

「えっ？」

予想だにしないリクエストに、きょとんとしてしまう。

「それって……」

『いつもみたいにセグレートで会うんじゃないよ』

茉莉花の心を見透かした彼が、クスリと楽しげな声を漏らす。

『少し会って飲むようなデートじゃなくて、ちゃんと昼間に出かけるやつ』

「それでいいの？」

そんなデートなんて、茉莉花にとってメリットでしかない。

しかし、彼の中ではもう決まってしまったらしく、『うん』と返ってくる。

茉莉花は嬉しいが、雅臣へのお礼になる気がしなかった。

『むしろ、今までそういうデートはしたことがなかったし』

茉莉花たちは、これまでずっとセグレートで会うばかりだった。

金曜日の夜、ほんの二時間ほどバーでお酒と会話を楽しみ、雅臣が家まで送ってくれる。

まるでルーティンのように、そう決まっていた。

二十歳のお祝いに連れて行ってもらったのもディナーで、彼の部屋に入れてもらったのはその後にセグレートに立ち寄ったあとのこと。

毎月のようにバーで飲み、数日前にはとうとう身体の関係も持ったのに……。今さらになって、順序がめちゃくちゃだと気づいて少しだけおかしくなる。

けれど、恋人ではないのだから仕方がない。

『どこか行きたいところはある？』

「私じゃなくて、オミくんの希望は？」

『俺は、茉莉花がデートしてくれるのならどこでもいいんだ』

（な、なにそれっ……！　そんなの、まるで……）

茉莉花と一緒ならどこでも楽しい、と言われているみたいだ。

本来なら、それは彼を想っている茉莉花のセリフのはずなのに……。

雅臣にそんなつもりはないとわかっていても、勘違いしそうになる。

『もし茉莉花の希望がないなら、俺が勝手に決めてもいい？』

「え？　う、うん。それはもちろん……」

『じゃあ、考えておくよ。日程は……そうだな、今週の土曜は空いてる？』

空いていなくても、彼とのデートのためなら空けるに決まっている。なんてことは言えないが、茉莉花はすかさず「うん」と短く答えた。

『それなら土曜の十一時に迎えに行くから、茉莉花は家で待ってて』

「うん、わかった」

きっと、雅臣はきちんと送迎もしてくれるつもりなのだろう。

これだとまったくお礼にはならないが、彼なりに思うところがあるのかもしれない。そう結論付け、言う通りに待っていることにした。

『それじゃあ、また土曜日に。楽しみにしてるよ』

「う、うん！　私も楽しみにしてるね」

オウム返しのように言うと、電話の向こうで雅臣がふっと笑った気がした。彼が纏う柔らかな雰囲気に、茉莉花の胸の奥が甘やかに高鳴る。

『おやすみ、茉莉花』

「おやすみなさい、オミくん」

そこで電話が切れてしまい、静寂が戻ってくる。

あの夜のことは、幻のような思い出として抱えて生きていくつもりだった。

それなのに、雅臣の声を聞けただけで鼓膜はくすぐったくなり、彼とデートの約束ができたことに喜びを隠せない。

この無謀な恋情を、いったいどうやって消せばいいのだろう。

答えなんてわからなくて、また募った想いを持て余して……。それでも、雅臣と会えることが嬉しい。

彼とふたりだけの秘密が増えていくたびに、恋心はより大きくなっていく。

お見合いのことを考えるだけで、絶望したくなるのに……。土曜日のことを思えば、茉莉花はすぐに笑顔になれた。

二　消せない体温と香り

九月最初の土曜日。

今日が待ち遠しくてたまらなかった茉莉花は、昨夜はなかなか寝付けなかった。

この日のために肌の手入れを普段よりも入念にし、昨日のお風呂上がりにはとっておきの高級フェイスマスクを使ったのに……。興奮しすぎて寝付けず結局は睡眠不足になったせいで、この数日の努力が台無しになったかもしれない。

ナチュラルメイクに合わせて髪も緩く巻くだけにし、服は淡いブルーグレーのワンピースを選んだが、身に纏うものくらいはもっと華やかにした方がよかった気がしてくる。

そんなことを考えていると、角を曲がってくる雅臣の車が見えた。

茉莉花の顔からは自然と笑みが零れ、ソワソワしながら前髪を軽く整える。

「おはよう、茉莉花」

「おはよう。お迎え、ありがとう」

「これくらいいいよ。それより、『暑いから家で待ってて』って言ったのに」

運転席から降りて眉を下げた彼に、茉莉花が「平気だよ」と笑ってみせる。

雅臣とのデートだというのに、大人しく待っていられるわけがない。

一分でも一秒でも早く会いたいし、長く一緒にいたいからこそ、家で待っているなんてもったいない。

「じゃあ、とりあえず乗って。朝食は済ませた？　食べられそうなら、先にランチに行こうかと思うんだけど」

「朝は軽くしたから、お腹空いてきたかも」

「それなら、ランチを済ませてから遊びに行こう」

助手席に促され、ドアを開けてくれた彼にお礼を言って車に乗せてもらう。

車内に漂う香りに、鼓動が高鳴った。

「茉莉花、和食は好きだったよね？」

「うん、大好き」

ハンドルを握った雅臣が、前を向いたまま瞳を緩める。

彼からデートプランはなにも聞かされていないが、行き先もランチの内容も茉莉花にとっては重要ではない。

雅臣と一緒にいられることが最高に嬉しくて、助手席から彼が運転する姿を見られるだけで特別感でいっぱいだった。

二十分ほどで着いたのは、高級住宅街の一角。

駐車スペースから見える門をくぐると、手入れの行き届いた大刈込の庭には立派な池があり、美しい柄の鯉《こい》が悠然と泳いでいた。

その奥にひっそりとたたずむ日本家屋のような造りの建物は、まるでどこかのお金持ちの家のようだった。

店名がわかるような看板などはないものの、確か有名な料亭だったはず。

大物政治家や芸能人も御用達と噂《うわさ》で、先月くらいに観たバラエティー番組の突撃インタビューを女将が毅然《きぜん》と断っていたのを覚えている。

「あの……ランチにしては高級すぎないかな？」

女将に案内された長い廊下を進んだ先にある奥の部屋は、広い和室だった。

今日はお礼という名目だからこそ、茉莉花がご馳走するつもりだ。

けれど、よく考えれば、雅臣が行くお店なんて高級店ばかりに決まっている。茉莉花は浮かれすぎて、そんな当たり前のことをすっかり失念していた。

財布の中には下ろしたばかりの現金やクレジットカードは入っているものの、入社二年目の社員の給料なんてたかが知れている。

裕人や百合がどのくらいもらっているのかは知らないが、そこに関しては社長の娘でも特別扱いはなく、茉莉花の年収はきっと雅臣の月収にも満たないだろう。

色々な不安を隠しながら、大きな座卓の向かい側に座る雅臣を見た。

「心配しなくても、茉莉花は財布なんて出さなくてもいいから」

「え？」

「茉莉花のことだから、『今日はお礼だから私がご馳走する』とか言い出す気がしてたんだけど、違った？」

彼は、千里眼でも持っているのだろうか。

いつも心の中を見透かされている気がして、恋心がバレていないことがいっそ奇跡にように思えてくる。

本当はわかっていて知らないふりをしている……なんてこともあるのかもしれない。

茉莉花は、そんな嫌な予想を瞬時に追い出し、小さなため息をついた。

「オミくん、最初から私が考えてること全部わかってたでしょ？」

「そういうわけじゃないよ。でも、どちらにしてもデートで女の子に財布を出させる気なんてないから、茉莉花は大人しく俺に甘えて」

いつも甘やかされている自覚はある。

それなのに、雅臣はさらに甘やかしてくれるつもりのようだった。

女性ではなく女の子扱いなのは、やっぱり妹のように思われているんだ……と感じて、胸がチクチクと痛くなったけれど。

「本当にいいの？」

そこには気づかないふりをして、控えめに窺う。

「ああ、もちろん。ほら、食べよう」

茶懐石を前に微笑んだ彼に頷き、ふたり仲良く両手を合わせてから箸を手に取った。

次に雅臣が車で向かった先は、品川区にある水族館だった。

チケット代も当然のように支払ってくれた彼に、茉莉花はお礼を言ってから「どうして水族館なの？」と尋ねる。

「楽しみにしてた遠足、行けなかっただろ？」

思わず目を見開いた茉莉花の心に、喜びが突き上げてきた。

「そんな話、覚えててくれたの？」

「そりゃあね。茉莉花の話なら、結構なんでも覚えてると思うよ」

胸の奥が高鳴るのは、きっとどうしようもなかった。

だって、茉莉花が雅臣にこの話をしたのは、就職した頃だったはずだ。

セグレートで会っていたとき、なにかの話の流れで『中学生のときの遠足は体調を崩して行けなかった』と口にした。

中学二年生の遠足は、この水族館。

友人たちと行けるのを楽しみにしていた茉莉花は、当時とても落ち込んだ。

その話をしてから『楽しみだったんだけどなぁ』と呟くと、彼は『残念だったね』と言っていた。

あんな他愛のない話を覚えてくれているなんて思いもしなかった。

「嬉しい……！　ありがとう」

「喜ぶのはまだ早いよ。イルカショーとクラゲが見たかったんだろ？　茉莉花の友達にはなれないけど、今日一日はエスコートさせてもらうよ」

些細《ささい》なことまで記憶してくれている雅臣を、もっと好きになってしまう。

当たり前のように『エスコートさせてもらう』と言う彼に、どんどん惹《ひ》かれていく。

諦めなくてはいけない恋情なのに、想いは膨らんでいくばかりだ。

「せっかくだから、手でも繋ごうか？」

「へっ……⁉」

動揺した茉莉花に、雅臣がおかしそうに笑う。

「冗談だよ。ほら、行こう」

茉莉花は促してくる彼を見つめ、戸惑いと緊張感を抱えながら視線を泳がせた。

今日だけは、もっと甘えても許してくれるだろうか。

わがままなおねだりを、受け入れてくれるだろうか。

わずかな期待を込め、勇気を出して口を開いた。

「つ……繋ぎたいですっ！」

直後、意表を突かれたように目を見開いた雅臣が、一拍置いて顔をくしゃりと崩す。その笑顔に、茉莉花の鼓動が甘い音を立てた。

「なんで敬語？」

「……ッ、だ、だって……！」

「おいで」

眉を寄せて楽しそうに笑う彼が、左手を差し出してくる。

その手をおずおずと摑むと、骨ばった手に右手が優しく包み込まれた。

嬉しくて、ドキドキして……。茉莉花の心は、ますます雅臣に夢中になる。

自分の中にある〝好き〟はもう限界値に達していると思っていたのに、それを突き破ってまだ大きくなる。

「手を繋いだくらいで真っ赤にならなくても……。この間も繋いだだろ？」

「あのときは酔ってたし……」

彼があの夜の話をしているのだと察し、言い訳を紡ぎながら頰が熱くなった。

「あのあと、もっと恥ずかしくなるようなこともしたのに？」

「オミくんっ……！」

ククッと肩を揺らす雅臣は、茉莉花をからかっているのが明白で。楽しげな彼を前に、怒りたいのにドキドキしてしまう。

「もう……。からかうなんてひどい……」

「からかってるんじゃない。可愛がってるんだよ」

目を細めた雅臣が、茉莉花を真っ直ぐ見つめる。

優しい顔つきなのにどこか意味深で、どう受け止めればいいのかわからなかった。

「オミくんは……ずっと妹みたいに可愛がってくれてるよ」

「……そうだね」

一瞬、その表情に翳りが差した気がした。

けれど、彼はすぐに微笑み、瞬きをしたあとにはいつも通りの雰囲気に戻っていた。

「イルカショーはあとでいいか？　とりあえず、順路通りに観ていく？」

「うん」

なにか選ぶ言葉を間違ってしまったのかもしれない。

茉莉花はそう感じたものの、なんとなく訊けなくて素直に頷いてみせた。

空気がぎこちなく思えていたのは、わずかな時間のこと。

館内に入って水槽を観賞していると自然と笑顔になって、隣にいる雅臣もいつもと変わらない様子だった。

「クラゲって脳がないって知ってた？」

「そうなの？　じゃあ、どうやって生きてるんだろう？」

「俺も詳しくは知らないけど、全身に神経が張り巡らされてるらしいよ。サンゴとかヒトデなんかも脳がないって聞いたことがあるな」

彼の説明をしっかりと聞きながら、目の前のクラゲを見つめる。

脳がないということは、感情もないのだろうか。

悲しいとかつらいとか、誰かに恋をして胸が苦しくなるような感覚もないということなのかもしれない。

「このことを知ってから、たまにクラゲになりたいって思うことがある」

「オミくんが？」

「そう。おかしいだろ？」

自嘲気味に笑った雅臣が、「特に疲れてるときとかね」と肩を竦《すく》める。

「たまにはなにも考えずに休みたいなって思う。それと……」

不意にためらうように口を噤んだ彼を見上げれば、ふっと苦笑が零された。

「つまらないことばかり考える理性がなければ、なにも悩まずに大事なものを奪いに行けるのに……って考えたりね」

「どういう意味？」

「さぁ。どう思う？」

「え？　えっと……教えてくれないの？」

「うん、教えない。でも、いつかわかるときが来るかもしれないね」

「オミくん、今日はなんだか変だよ？」

「そうかもね」

よくわからないが、今日の雅臣はどこか意味深だ。

彼の考えていることがわからないのは、いつものこと。ただ、今はそういうのとは違う気がする。

なにが違うのかと言われれば、茉莉花にはやっぱりわからないのだけれど。

クラゲの水槽を見つめる雅臣の横顔は、とても綺麗だった。

容姿端麗な彼を形容する言葉は、きっと〝かっこいい〟よりも〝美しい〟の方が適切だろう。美麗という表現が、特にぴったりかもしれない。

そんなことを考えていたせいで、茉莉花は気がつけば楽しみだったクラゲの水槽よりも雅臣ばかり見てしまっていた。

ハッとして水槽に目を戻そうとしたとき、どこからか視線を感じて振り向く。

すると、背後にいるふたり組の女性がこちらを見ていた。

ひそひそと話している内容は聞こえないが、色めき立った雰囲気から彼を見ているのがわかる。

なんだかおもしろくなくて、それをごまかすように手に力を込めた。

「茉莉花、どうかした？」

「え？」

「急に手に力を入れたから、なにかあるのかと思って」

茉莉花を見つめる雅臣の双眸が優しくて、それが自分だけに向けられているものだという喜びと、彼は恋人でもなんでもないという切なさに苛まれる。

「ん？」

それなのに、茉莉花の嫉妬心なんて知らない雅臣は、柔和な笑みを浮かべている。

「後ろにいる人たち、オミくんのこと見てるな……って」

「……ああ。全然気にしてなかったな」

チラリと背後を確認した彼が、すぐに茉莉花に視線を戻す。

今日の雅臣は、シャツにチノパン、夏用のジャケットを羽織っているだけのシンプルな格好なのに、それでもよく目立っている。

彼に向けられる視線の数が多いことには気づいていたが、いざ意識してしまうと押し込めたヤキモチが顔を出してきた。

「他の人なんて気にしなくても、俺は茉莉花しか見てないよ」

「……ッ！　やっぱり……今日のオミくんはなんだか変だよ……」

デート仕様のリップサービス。もしくは、甘やかしてくれているだけ。

たぶんそういうことだろう……と思いながらも、雅臣の柔らかい笑顔と言葉に胸の奥が高鳴る。

彼に特別扱いをしてもらえるのは嬉しい。

けれど、これは今日だけのことだからこそ、茉莉花の心の中では甘さと切なさがグルグルと回っていた。


イルカショーを観て館内を回ると、時間が過ぎていくのはあっという間だった。

水族館を出たあとには、雅臣は近くにある高級ホテルのラウンジでケーキと紅茶までご馳走してくれた。

楽しかったからこそ、帰りの車中では寂しさが込み上げてきて上手く会話ができない。

「あの……今日は本当にありがとう。すごく楽しかったし、水族館に連れて行ってもらえて嬉しかったよ」

「喜んでくれたならよかった。遠足で友達と行きたかっただろうけど、あの頃の茉莉花が少しでも癒されたらいいなと思ったんだ」

遠足で行けなかった水族館は、茉莉花の両親が友人も含めて連れて行ってくれたが、茉莉花にとってはそのときよりもずっとずっと今日の方が嬉しかった。

「うん、ありがとう」

「どういたしまして」

家までは、あと十分もすれば着くだろう。

本当はもっと一緒にいたいが、これ以上のわがままは言えない。

雅臣はとても多忙で、土日だって仕事をしていることも少なくはない。彼が今日のために時間を作ってくれたのは、安易に想像できた。

「でも、これだとお礼にならなかったね……」

次に会う口実が欲しい。

理由なんてなんでもよくて、ただ雅臣に会いたかった。

彼からの連絡を待つだけなのが、もう嫌だった。

こんな風に思っても、どうせ恋心が報われることはないのに……。

「なに言ってるんだ。そもそも、お礼なんていらなかったけど、今日のデートで充分お礼になってるよ」

「私の方が至れり尽くせりでエスコートしてもらったのに？」

「女の子はそれでいいんだよ。俺のために可愛い服を着て、メイクをして髪を巻いてくれたんだろ？　男はそんな風に可愛くして来てくれるのが嬉しいんだよ」

さりげなく『可愛い』と褒められて、頬がかあっと熱くなる。緩みそうになった口元を引き締める前に、笑みが零れてしまった。

「で、でも、やっぱりお礼がしたい！　なにかない？　掃除でも洗濯でも……雑用でもなんでもいいよ！　勉強は苦手だけど、家事は少しくらいなら……」

雅臣がハウスキーパーを雇っているのは知っている。そうでなくても、彼は別に掃除や洗濯なんて茉莉花に求めていないだろう。

「本当にいらないんだけどな」

困ったように微笑む横顔が、それを語っていた。

「えっと……そうだよね」

しつこい自分自身が、かえって雅臣を困らせた。茉莉花がそのことを反省していると、彼がふっと瞳を緩めた。

「料理は？」

「え？」

「できる？」

「できるよっ！」

（得意じゃないけど、一応自炊してるし……）

不安は心の中だけで呟き、雅臣をじっと見つめる。

「本当に？」

彼は、そんな茉莉花の本音を見透かすようにクスッと笑った。

「本当だって！　疑うならお兄ちゃんに訊いてくれてもいいよ！」

とは言ったものの、就職後すぐに家を出ている裕人は、茉莉花の手料理なんてほとんど食べたことがない。

そもそも、雅臣がそんなことを裕人に確認するとも思えなかった。

「じゃあ、なにか作ってくれる？」

「うん！」

明るく返事をした茉莉花に、彼がクスクスと笑う。

その表情にときめく心には、また想いが募る。

水族館でずっと手を繋いでいたせいか、手のひらには雅臣の手の感覚が残っている気がする。

あの夜の体温も香りも、茉莉花の中からまだ消えない。

消えてほしくないが、このままずっと抱えているのはきっと切ないだけ。

それなのに、嬉しくて幸せで……。もう、どうしようもなかった。

三　あなたの温もり

翌日、正午前に雅臣が茉莉花を迎えに来た。

彼は、今まで会社にいたのだという。

昨日とは変わって、雅臣が身に纏っているのは見慣れた三つ揃えのスーツで、相変わらずかっこよかった。

昼間にスーツ姿を見る機会は滅多にないからか、いつにも増して茉莉花の鼓動がうるさい。

ただ、オーダーメイドであろうスーツを着ている彼がスーパーで買い物をしているところは、なんだかアンバランスでおかしかった。

「どうした？」

「ふふっ。オミくん、せっかく綺麗なスーツを着てるのに、カレーの材料を買ってるなんておかしいなって」

雅臣が住んでいるマンションの階下にあるのは高級スーパーだが、それでも買い物かごを持つ彼はなんだか貴重だ。

可愛らしいような、いつもよりも身近に感じられるような。不思議でくすぐったくて、茉莉花はとにかく楽しくて仕方がなかった。

「でも、本当にカレーでいいの？」

「カレーなら茉莉花が困らないかな、って」

「……オミくん、まだ私が料理できないって思ってるでしょ？」

悪戯に瞳を緩める雅臣は、どうやら茉莉花の料理の腕を信頼していないらしい。

（そりゃあ、昨日はあのあと家で二回も練習したけど……）

しばらくはカレー生活になりそうな茉莉花を余所に、彼が「まだちょっとだけ疑ってます」と素直に笑う。

「ひどい……！　カレーくらい作れますから！」

だいたい、カレーには様々な企業がありとあらゆる技術を駆使して作り上げた、ルウというものがあるのだ。あれを使って失敗するはずがない。

本当はスパイスから調合して調理できるくらいの腕が欲しいが、さすがにそれは断念した。

素直に便利なものを利用して、無難なものを作る方がいいに決まっている。

「オミくんは知らないかもしれないけど、カレーのルウってすごく便利だし、本当においしいんだからね」

「茉莉花が作ってくれるなら、なんでも嬉しいよ」

むきになった茉莉花がバカみたいに思えるほど、雅臣が柔和な双眸を向けてくる。

からかうならからかうで最後まで意地悪でいてくれればいいのに、急に優しい言葉をかけられると、どぎまぎしてしまった。

その後、意図せずに三度目の雅臣の家への訪問を叶えた茉莉花は、彼の家のキッチンに立つことに緊張しながらもなんとかカレーを完成させた。

雅臣は『おいしい』と何度も言い、おかわりまでしてくれたから、きっとお世辞ではなかったはず。

「疑ったこと、謝っておくよ」

「ちゃんとまともな料理だったでしょ？　市販のルウを使ったカレーだけど」

彼が淹《い》れてくれたコーヒーを飲みつつ、にっこりと笑ってみせる。

用意してくれていた有名パティスリーのエクレアと、自宅で豆から挽《ひ》いたというコーヒーがとても合っていて、まるでホテルのラウンジにいる気分だった。

「俺は、市販のルウを使ってもあんな風には作れないよ」

雅臣の家のキッチンは、とても綺麗だ。

最新式のオーブンレンジや食洗器が設置され、調理器具やカトラリーは高級ブランドのものが並んでいる。どれも彼に似合っていると思う。

にもかかわらず、ほとんど使われている形跡がないのは意外だった。

「オミくんって、あんまり料理しないんだね」

「できないことはないけど、しないね。自分のために作るのは面倒だし、帰宅が遅かったり会食もあったりして、外で食べることが圧倒的に多いし」

多忙な雅臣らしい生活だ。

彼は高級なものばかり食べているだろうから、茉莉花が作ったカレーが口に合ったのは奇跡かもしれない。

「だから、ホテルみたいなカレーが出てきてびっくりした」

けれど、褒め上手な雅臣の唇は、大袈裟な言葉を紡いでくれる。

「ホテルって……そんなに大それたものじゃないよ」

「そんなことないよ。カレーの上に夏野菜が飾られてあって彩りが綺麗だったし、味も本当においしかった」

カレーには、ナスやオクラ、パプリカやズッキーニなどの夏野菜をオリーブオイルで焼き、半熟のゆで卵とともに飾った。ルウを使う分、見た目だけでも豪華にしてみたのだ。

昨夜遅くまでＳＮＳを徘徊《はいかい》して映えるカレーを研究したのは秘密だが、ひとまず彼が喜んでくれたことは嬉しい。

他愛のない話をしながら笑顔が絶えず、始終会話は尽きなかった。

「あ、そうだ。茉莉花、おすすめのビジネス書と英語の教材が欲しいって言ってたよね。見繕っておいたから、持ってくるよ」

不意に思い出したらしい雅臣は、茉莉花がお礼を言うが早いか立ち上がり、リビングから出て行った。恐らく書斎に行ったのだろう。

彼がいなくなった途端、茉莉花は息を大きく吐いていた。

料理を成功させることに必死だったものの、雅臣の家に来るのはまだ三度目。

しかも、今日は彼に抱かれてから初めての訪問ということもあって、できるだけ意識しないようにしていても緊張感は消せなかった。

ところが、昨夜は遅くまで練習のためにカレーを作っていた上、先週からずっと寝不足だったせいか、急に瞼が重くなってくる。

ひとりになって気が抜け始めたのもあり、一気に眠気に襲われた。

「茉莉花？」

ソファでうとうとしていたとき、雅臣の声が茉莉花の耳に届いたけれど。

「ここで寝たら風邪ひくよ。眠るならベッドに行く？」

首を小さく横に振りながらも、上手く目を開けられない。

「大丈夫……」

せっかく彼と一緒にいられる貴重な時間なのに、眠るなんてもったいない。

けれど、満腹になったことと雅臣の匂いに包まれた部屋にいるからか、異様なほどの心地よさに包まれていく。

彼の気配を感じながらも、茉莉花は襲いくる睡魔に抗えなかった――。

優しい温もりの中、茉莉花の思考がゆっくりと覚醒していく。

ぼんやりとしつつも感じる心地よい温もりに、思わず小さな笑みが零れた。

「茉莉花、起きた？」

「…………え？」

夢か現実か理解できないまま瞼を開けるまでに数秒、そこからさらに数秒。

目の前にある美麗な顔を見た瞬間、茉莉花の目が一気に冴《さ》えた。

「な、っ……なんで……オミくんが？」

動揺する茉莉花の頭の中は困惑だらけで、事態を把握できない。

「ソファで眠った茉莉花をベッドに運んだら、茉莉花が離してくれなかったから」

ようやくして、茉莉花は雅臣の家にいたことを思い出す。

彼がリビングを離れたあとの記憶が少しばかり曖昧だが、そういえば睡魔に襲われた気がしてくる。

夢現だった茉莉花を呼んでいた声は、確かに雅臣のものだった。

「ごめんなさい……っ！」

咄嗟に起き上がろうとしたが、茉莉花を抱きしめていた彼の腕に力が込められる。

「嘘だよ」

「え？」

「俺が離したくなかっただけ」

「っ……」

その言葉をどう捉えたらいいのか。

わからなかったが、自分に都合よく受け取ってはいけない。

そこに深い意味はなくて、ただなんとなく離したくなかっただけなのかもしれないのだから。

彼の腕の中にいると自覚した途端に蘇った緊張感のせいで、茉莉花はこんな考え方に至ったこと自体がおかしいと気づけない。

どうすればいいのか判断できなくて、助けを求めるように雅臣を見た。

刹那、茉莉花を見つめていた彼の顔が近づいてきて、そのまま唇が重なった。

（……どうして？）

浮かんだ疑問は、キスに溶かされてしまう。

触れるだけのくちづけが茉莉花の思考を静かに奪い、心を捕らえてくる。

ふたつの唇が触れては離れ、また求められて重なる。

そのうちに啄むようなキスに変わり、ゆるりとした仕草で何度も食まれた。

「ふっ……」

雅臣のくちづけは、とてつもなく心地がいい。

まるでこれが正しいやり方であるように、茉莉花にぴったり合うように。心も唇も気持ちよくて、自然と次のキスを求めてしまう。

吐息が漏れる中、茉莉花は無意識のうちに彼のシャツの胸元をキュッと握っていた。

「茉莉花」

甘い声で紡がれる名前に、脳が酩酊させられていく。

戯れのようなくちづけよりももっと深いものが欲しくなって、茉莉花がついに口を開いた。

「オミくん……もっと……」

ぼんやりとしている頭でも、なにを言ったのかは理解していた。

ところが、雅臣はハッとしたように顔を離し、気まずそうに視線を下げた。

「バカ……。俺に流されるな」

眉を寄せる彼が、瞳に罪悪感を滲《にじ》ませる。

（ずるい……）

眠る茉莉花を抱きしめて、キスまでして。それでも、突き離そうとするなんて……。

優しいくせに、ずるくて残酷だ。

「流されてないし、今は酔ってもないよ」

それなら……と、茉莉花は心を決める。

今だけでも彼を追いかけに行く――と。

「私がしてほしいって思ったの。だから、オミくんが罪悪感を持つなら、私が悪い子になるよ」

強がりで微笑んで、自ら雅臣の唇を奪う。

触れ合った唇は震えていて、緊張を隠せないまま彼にぎこちないキスをした。

「……下手くそ」

「だって……自分からキスなんてしたこと……」

「うん、茉莉花はそれでいいよ。……ずっと今のままでいて」

「え？」

切なげな笑みを向けられて目を見開いた瞬間、雅臣に唇を塞がれた。

今度は最初から唇を力強く押し当てられ、間髪を入れずに舌が差し込まれる。腕枕をしていた左手に後頭部を押さえられると、逃げ場がなくなった。

熱い塊に舌が捕まるまでは、一瞬のこと。

呼吸ごと奪うような激しさで舌が搦められ、解きたくないとでも言いたげにきつく結ばれる。

思わず引っ込めてしまっても、またすぐに吸い上げられる。

無意識に逃げる茉莉花と、それをたしなめるがごとく追いかけてくる彼。

自分から『悪い子になる』と仕掛けたはずだったのに、茉莉花はすっかり雅臣のペースに巻き込まれていた。

そもそも、この間までキスの経験すらなかった茉莉花が、女性には困らないであろう彼に敵うわけがない。

そんなことを考えて、胸の奥がチクリと痛んだけれど……。つまらない嫉妬を呑み込むような熱と痺れが、口腔にじんわりと広がっていく。

「……ッ、ふぅ、ぁ……」

自分の声の甘ったるさと大人のキスに、頭の奥が痙攣《けいれん》するようだった。

シャツを掴む手にますます力が入り、手触りのいい生地に皺ができる。

離さないといけないと思うのに、縋《すが》りつく場所が他に思い当たらなくて離せなかった。

キスに夢中になる茉莉花の後頭部を押さえていた手が、背中を探るように動き出す。

次いで器用にワンピースのファスナーを下ろされ、剥き出しになった肌を撫でられた。

「んっ……」

身体が小さく震えると、雅臣が唇を離した。

「この間も思ったけど、茉莉花って敏感だよね。色々教え甲斐《がい》がありそうだな」

恐らく、前半は茉莉花に向けられていたが、後半は独り言だった。

けれど、茉莉花はその言葉を深読みしてしまい、頬がよりいっそう熱を持つ。

なにを教えられるのかと想像すると、下肢が勝手に戦慄いた。そんな茉莉花の反応に、彼が苦笑を零す。

「素直すぎて嫌になるよ」

雅臣はため息混じりに吐き捨て、無防備になった茉莉花の肩口に唇を落とした。

うんざりしたような言い方に聞こえたのは、気のせいだっただろうか。

考えたいのに、溶け始めている思考は使い物にならない。

心は目の前にいる彼に夢中で、身体は与えられる感覚を追うことに必死だった。

肩にキスをした唇が上に向かい、首筋を這う。ときおり舌でたどられ、かと思えば唇で撫でられる。

肌を軽く吸われて、壊れ物を扱うようにくちづけをして。労わりを込めた優しさと少しの激しさが、柔らかな肌を丁寧に愛でていく。

ラベンダーカラーのワンピースの上半身はシンプルなデザインだが、Aラインのスカート部分には小花があしらわれ、前でリボンを結ぶようになっている。

雅臣はじれったそうにリボンを解き、ワンピースを下げていく。上半身は下着だけ残され、中途半端に脱がされた服がウエストのあたりに残った。

身動ぎしていたせいか、下半身は太ももまであらわになっている。

それに気づいて手を伸ばした茉莉花よりも早く、彼が内ももに触れてくる。薄いストッキング一枚越しの感覚に、背筋がゾクリと粟立《あわだ》った。

この先になにがあるのかを、身体はもう知っている。

微熱混じりの吐息が零れるたびに、まるで期待を募らせていくようだった。

太ももを這う手が大胆になり、それに合わせてもう片方の手がストッキングを剝いでしまう。

唇は鎖骨をたどって膨らみに向かい、そのまま谷間にくちづけた。

パステルピンクのブラに包まれた双丘を唇がたどり、そっと吸い上げる。食むようでいて、ときおり強さを感じる仕草に、茉莉花は自身の肌に痕を残されているのだと悟る。

それを嫌だなんて思わない。

むしろ、雅臣のものになれる気がして、体中に甘美な痣《あざ》を刻んでほしかった。

骨ばった右手が左側の膨らみをやんわりと揉み、もう片方は唇で弄ばれる。ブラ越しに探り当てられた先端を歯嚙みされると、痛みが緩和されるせいか淡い快感が芽生えた。

絶妙な刺激を送り込まれ、下腹部が疼いていく。

秘所の中心と奥もじん……と痺れる気がして、思わず太ももをすり合わせた。

しかし、彼の左手がまだそこにあったせいで、意図せずに内ももで挟み込んでしまった。

「もどかしい？」

クスッと笑われて、強烈な羞恥に襲われる。はしたないと言われた気がして、茉莉花は頬が真っ赤になった。

「だって……オミくん、が……」

「俺が？　悪い子になるって言ったのは、茉莉花だろ？」

さきほどまでは本気でそう思っていた。

ただ、いざ雅臣から指摘されると、自身のいやらしさを自覚させられて彼の目を見られなくなる。

「茉莉花、俺から目を逸らさないで」

けれど、雅臣がそれを許してはくれない。

「俺に抱かれてるときは、ちゃんと俺を見ていて」

「っ……」

戸惑いながらも伏せた目を向ければ、再び視線が絡み合う。

恥ずかしくてたまらないのに、茉莉花は彼の甘い命令には逆らえなかった。

「いい子だ。茉莉花のそういうところ、すごく可愛いと思うよ」

甘やかすようなキスを唇にくれる雅臣は、どうしようもないほどにずるい。

ずるくて、甘くて……。茉莉花なんかでは太刀打ちできないくらい大人だ。

それを理解していても、心は彼に囚われている。

募りすぎた恋情は懲りもせずに膨らむばかりで、触れられるたびにまた恋心が大きくなった。

雅臣の手はとても器用で、茉莉花が彼の愛撫に惑わされているうちに衣服を奪い、下着以外のすべてをベッドの下に落としていった。

雅臣の手や唇に翻弄されているうちに、茉莉花はあられもない姿になっていて。スーツを纏った彼に反し、自分だけ乱されていくことが恥ずかしくてたまらない。

「茉莉花、ネクタイ取って」

雅臣の声を聞きながらもぼんやりとしていると、ふっと瞳をたわませた彼に「できる？」と尋ねられた。

自分に覆い被さっている男性らしい体躯を前に、茉莉花は熱にうかされた思考を働かせる。

なんとか頷いて手を伸ばせば、雅臣が柔和な笑顔で「いい子だ」と囁いた。

力が抜けかけていた手でネクタイの結び目を解き、彼の首から引き抜く。

熱っぽい息を吐いた仕草の色香に当てられて、本能的にベストのボタンを外し、シャツのボタンにも指をかけた。

その間、雅臣はジャケットとベストを脱ぎ、バサバサと放り投げていく。高級なスーツを乱雑に扱う様から、彼の焦りと欲が垣間見えた気がした。

雅臣が求めてくれていることが、とても嬉しい。

妹扱いをされていた自分が彼の目に女性として映っている……ということだから。

つい一週間ほど前まではキスも知らなかったくせに、心も身体も雅臣を求めているのがわかる。

自身のはしたなさに、そして彼への素直な感情に、思わず微苦笑が漏れた。

「茉莉花」

名前を呼ばれれば胸が高鳴って、触れられるたびに身体の奥から熱が込み上げてくる。

思考も身体の自由さえも奪うような激しい蜜事を思い出すと、まだほんの少しだけ怖いのに……。雅臣の腕の中にいるという事実が、確かな安堵感を抱かせてくれる。

「オミくん……」

骨ばった手で茉莉花を暴いていきながらも、熱に侵された双眸は茉莉花を真っ直ぐに見据えている。

劣情を孕む視線を前に、清廉な少女のままではいられなかった。

ブラを取られる羞恥心に震えながらも、抵抗はしなかった。無防備になった胸を愛でられても、甘い刺激を素直に受け入れた。

彼は、茉莉花の乳房を愛でながら指先で突起を転がし、もう片方の小さな果実にくちづける。

甘噛みしつつ舌でくすぐられると、快楽の火種が大きくなった。

茉莉花は、雅臣の愛撫に従順な反応を見せる。

幼気な先端をクリクリといじくられれば腰を跳ねさせ、同時に反対側のそれをねぶられれば声を上げげて。熱っぽい目で彼を見つめたまま、悩ましげに喘ぎ啼く。

「アッ、ああっ……」

茉莉花がボタンを外した質のいいシャツがはだけ、彼の素肌が見えている。

隆起した胸筋や綺麗に割れた腹筋が視界に映り、自分とはまったく違う体軀にドキドキした。

その上、触れられた場所からじんじんとした痺れが広がり、甘切ない愉悦に襲われ続けて頭がおかしくなりそうだった。

雅臣にされるがままの茉莉花は、声を上げることしかできない。

反して、茉莉花に覆い被さっている彼は、満悦そうに微笑んでいる。

脆弱な部分を責められ、身体が準備を整えていく。

「茉莉花、さっきからずっと膝をすり合わせてるね」

言われて初めて、ずっと膝を閉じていたことに気づく。

随分と力を入れていたのか、ずっとすり合わせていたせいか、キュッと閉じている太ももが熱を持っていた。

ふっと微笑まれて、悦楽に浸っていたおかげで忘れかけていた羞恥が蘇ってくる。雅臣の双眸にこもった熱に、心の中までも裸にされていくようだった。

思考が溶けていっても彼の指示に従っているところが、素直な茉莉花らしい。たわわな双丘を弄ばれ続けても、反射的に瞼を閉じてしまっても、茉莉花は決して雅臣から視線を逸らさなかった。

いつの間にか小さな果実は赤く色づき、食べ頃のようにぷっくりと膨らんでいる。ひとつだけ唾液に塗れて光っている様が、妙に艶めかしかった。

「可愛い」

聞き間違いかと思う言葉に目を見開けば、骨ばった手がショーツにかかる。一瞬だけ茉莉花の身体が強張ったが、抵抗はしなかった。

「……濡れてる」

「ッ……」

「この間が初めてだったとは思えないほど、いい反応だね」

ショーツを剝がれて秘部に触れられたときには、そこはもうすっかりとろけていた。指先があわいをたどれば、クチュッ……と淫靡《いんび》な水音が響く。かあっと頰を赤くする茉莉花に、雅臣が満足げに唇の端を持ち上げた。

「恥ずかしい？　でも、もうやめないよ」

言いながら、おもむろに指が動かされる。

茉莉花の腰が跳ねると、彼はそれを咎《とが》めるように茉莉花の頭の下に左腕を入れ、腕枕をするようにして肩を抱いた。

「やぁっ……」

同時に、蜜を纏った指が柔毛を掻き分け、小さな蕾を探り当てる。

そこに触れられただけで甘い痺れが走り抜けたが、雅臣の左手が茉莉花を逃がさなかった。

幼気な蜜芽は、まだひっそりと隠れている。けれど、彼が優しく上下にこすると、そう時間をかけずとも芯が通り始めた。

雅臣にしか触らせたことがない場所を、再び彼に暴かれていく。

まるで自分のものだと言いたげに、それでいて優しく丁寧に。大切に扱われていることが嬉しくて、下腹部の奥がきゅうきゅうと戦慄いていた。

「うっ、あぁっ……そこ、やっ……」

「嫌じゃないだろ？　この間も上手にイけてたし、きっと今日も気持ちよくなれる」

雅臣は、茉莉花の愛蜜を掬っては花芽を転がす。上下に動くだけだった指は、いつしか蜜核を回すように捏ねていた。

執拗なほど責め立てられて、襲いくる喜悦を受け止め切れない。

気持ちいいのはわかるのに、甘苦しさに腰がのたうつ。

抱かれたままの肩のせいで自由に動けないからか、余計に刺激が強くて……。

「やだぁっ……！　アッ、あんっ……ぁっ」

身体は、勝手に高みへと駆け上がっていく。

茉莉花は知らないうちに瞳に溜《た》まっていた涙を零し、白い喉を仰け反らせて喘いだ。

意識が白んで、平衡感覚までもおかしくなって。思考が停止し、ベッドに預けているはずの身体がどこにあるのかがわからなくなる。

とどめとばかりに剝き出しになった花芯を押し潰されると、茉莉花の意思を置き去りにして全身が大きく戦慄いた。

「あああぁっ……！」

細い腰がビクビクと震え、背中が大きく反る。

爪先がぎゅうっと丸まったかと思うと、茉莉花は彼を見つめたまま達していた。

自分だけ乱れていくことが恥ずかしいのに、茉莉花に向けられている瞳は柔和なもの。

確かな熱と劣情を孕んでいても、その奥にあるのはいつもの雅臣に見る優しさだった。

「もっと感じて」

すでに気持ちよくされたのに、彼はまだ足りないと言いたげに目を眇《すが》める。そして、茉莉花の両脚を大きく開かせると、無防備な秘所に顔を近づけた。

「やっ……！」

脚を閉じようとしても、それよりも強い力で制されてしまう。

茉莉花の抵抗も虚しく、雅臣は内ももに軽く吸いつくと、濡れそぼった割れ目を舐め上げた。

「あんっ……！」

指での愛撫よりもずっと強烈な快楽が、下肢から頭のてっぺんまで走り抜ける。

顔を出した蜜芯に舌が触れると、甘切ない痺れが一気に増した。

下から持ち上げるように、そっと優しく。かと思えば、唇で食んで、周囲をかたどるようにクルリとねぶる。

その間に蜜口に指が二本押し当てられ、グッと挿し込まれた。

「ふぁっ……！　ああっ……」

指の挿入と同時に姫粒を吸われ、苛烈な刺激に襲われる。

すでに潤み切っていた隘路は、彼の指を締めつけながらも従順に受け入れた。

「この間より簡単に挿ったけど、まだちょっと硬いね」

雅臣は再び舌で陰核を撫で、指を動かし始めた。

熱い塊が脆弱な粒を転がし、ときにちゅうっと吸いついてくる。節くれだった二本の指

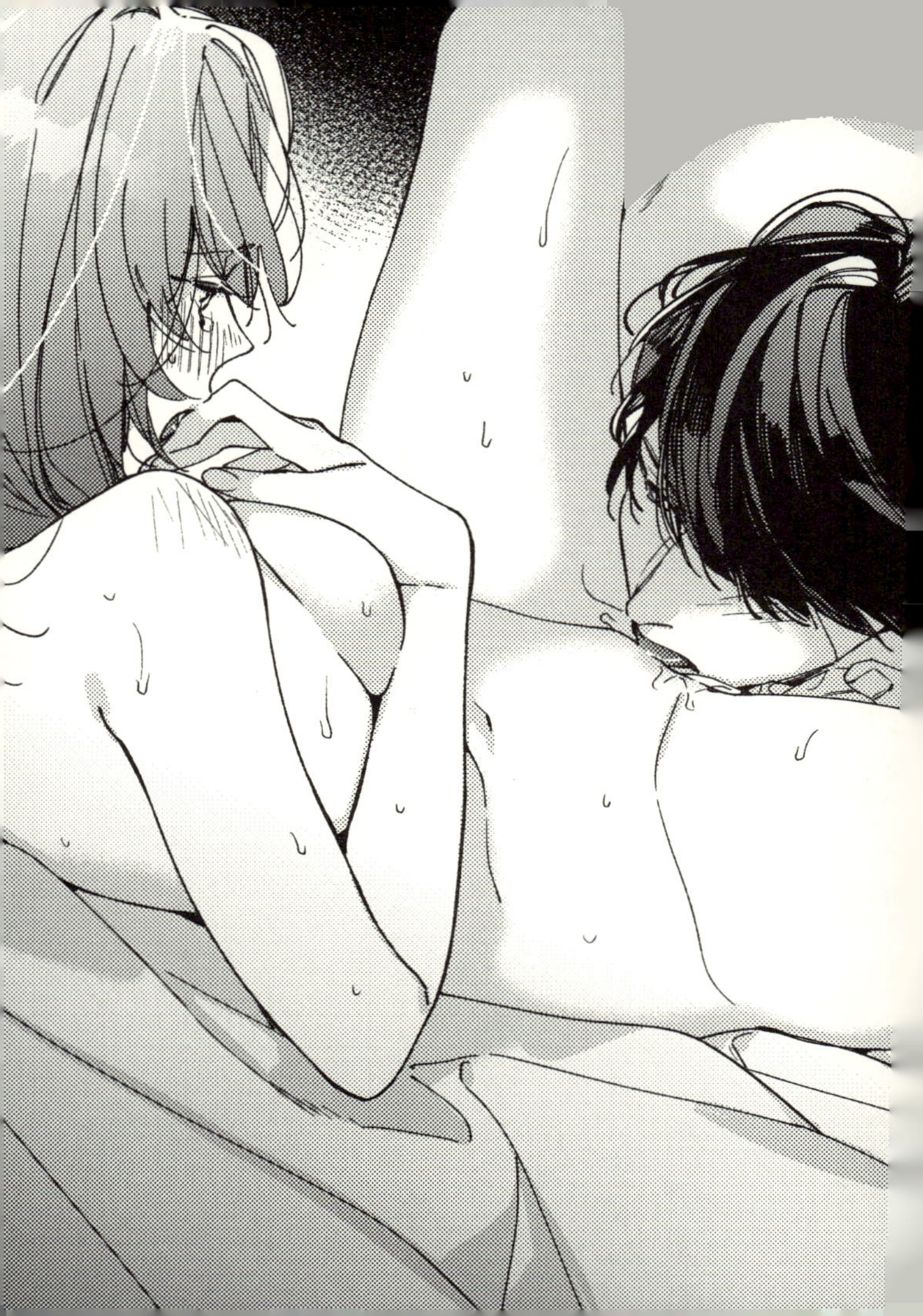

は、襞を掻き分けるように内壁をこすっては抽挿を繰り返す。

「んんっ、ぁっ……オミくっ……！」

茉莉花は仰け反りながら、やり場のない手でシーツを摑んだ。

逆手で握ったシーツに、小さな皺が寄っていく。ホテルのようにベッドメイキングされていたはずなのに、今はもう茉莉花と同じように乱れていた。

「ああっ……！　もう、っ……やぁっ……」

内襞を丹念にこする指がバラバラにうごめき、狭い蜜道を解していく。

二本の指を広げるようにされれば、柔壁は抵抗するようにぎゅうぎゅうと指を締めつける。

茉莉花が追い詰められていくさなか、指をグッと曲げられ、下腹部の裏側を撫でられた。

「ひぅっ……！」

姫芯を舌で捏ねられたまま、そこをこすられるとたまらなかった。

ぐちゅっ、グチャッ……と響く水音はどんどん大きくなって、姫筒がとろけていることを語っている。

茉莉花自身も、限界が近いことを悟っていた。

「オミくんっ……！　やっ、ダメッ……！」

「いいよ、このままイって」

一度口を離した雅臣が、また舌を伸ばす。

指の動きはさらに速くなり、脆弱な部分を押すようにしながらこすり上げた。

「あっ、あぁっ……！　あんっ……」

イヤイヤをするように首を振っても、彼の愛撫は止まらない。それどころか、もっと苛烈なものへと変わった。

唇で食んだ花芯を優しく吸い上げ、指で蜜液を掻き出すようにこすられて。

「ああっ……！　もっ……やぁっ……！　アッ、っ、あぁぁぁっ……！」

茉莉花は腰をのたうたせ、喉を大きく仰け反らせて昇り詰めた。

法悦の波にさらわれた茉莉花の四肢が強張り、視界が涙で歪む。

脳の芯まで痺れるような感覚に包まれたまま、身体がくたりと弛緩《しかん》した。

雅臣の温もりが離れたのはわかるのに、指を動かすことすら億劫で。油断すれば、このまま瞼を閉じてしまいそうだった。

「茉莉花、まだ寝かせないよ」

けれど、彼がそれを許さない。

雅臣は茉莉花の唇にキスをすると、膝裏に手を入れて両脚を広げた。

直後、秘部に硬いものがあてがわれる。それが薄膜を纏った彼の分身だと気づくまでに、一秒もかからなかった。

ベッドに放り出していた手を伸ばし、雅臣の首に回す。甘えるようにしがみつけば、彼が茉莉花の耳元で息を呑んだ。

腰がグッと押しつけられ、密着していた下肢が圧迫される。

蜜口をギチギチと押し広げられて先端が侵入し、雄芯が蜜路を侵していった。

受け止め切れないほどの質量に、茉莉花が息を詰める。

雅臣は、そんな茉莉花をあやすように額にくちづけ、そのまま唇を重ねた。

唇を食まれて、悪戯に舐められて、口内に押し入ってきた舌でそっとくすぐられて。甘やかすような優しいキスに、心も身体も緩んでいく。

ゆっくりと挿入されていた剛直の先が、そう時間をかけずに奥へとたどりついた。

「ぁっ……オミくん、の……」

「ああ、全部挿ったよ。痛くない？」

眉を寄せる彼に、茉莉花の胸の奥がキュンと震える。感じてくれているのかもしれないと思うだけで、心がバカみたいに高揚した。

「うん……。嬉しい……」

茉莉花が喜びを滲ませれば、雅臣が目をわずかに見開いた。

彼は困り顔で微笑んだかと思うと、どこか諦めたように息を吐いた。

「茉莉花はバカだな。……本当に可愛くて嫌になる」

投げやりでいて、そうではないような声音に、今度は茉莉花が瞠目する。

いい意味で言われたわけではない……と重々わかっているのに、単純な心はさらに大きな喜びに包まれてしまう。

「あっ……！」

ただ、そんな感情に浸る暇もないままに、雅臣が腰を引いた。

熱杭が抜けるギリギリでとどまり、次いでズンッと挿入される。突然始まった律動は、最初から力強かった。

「んっ……あんっ……！　オミくんっ……」

狭い隘路をこじ開けられ、襞を強くこすられて。容赦なく奥を穿っては腰を引き、また突き上げてくる。

彼は茉莉花の腕を取ると、そのまま左手で両手首を摑んでベッドに縫い留めた。

しがみついていたかった茉莉花は、微かな寂しさを抱く。それでも、雅臣に強引に押さえられていると、鼓動は勝手に高鳴った。

「この間より、感じてるね」

「やぁっ……だって、あぁっ……！」

快感を逃がそうとしても、動かせない手が邪魔をする。

彼に縫い留められた手はろくな抵抗もできず、けれどそれがまた喜悦を増幅させている気がした。

雅臣は腰を止めることなく動き、茉莉花の蜜処を穿ってくる。

膨らんだ先端で収縮する襞を掻き分けるようにこすり、熱幹全体で撫で上げる。執拗に下腹部の裏を捏ねながらも、奥をトントンと突いた。

「んあっ……ああっ、アッ、アンッ……やぁっ……」

「茉莉花……っ、可愛い……」

「オミくん……ッ！　オミくん……」

「こんな顔、俺だけにしか見せないで」

情事の雰囲気に呑まれた睦言《むつごと》だって構わない。

彼が『可愛い』と囁き、独占欲を見せていることに、法悦が突き上げてくる。

熱を纏った身体が重なっている感覚だけが、鮮明になっていく。

次々に押し込まれる悦楽を受け止め切れず、もう頭も身体もどうにかなりそうで。茉莉花はようやく解放された両手で雅臣にしがみつき、譫言《うわごと》のように彼の名前を呼び続けることしかできなかった。

「ああっ……ッ、アッ……オミくっ……オミくん……！」

汗に塗れた肌が触れ合うことが、強引にでも抱かれていることが、今だけは彼のものでいられることが……。

嬉しくて切なくて、胸の奥が締めつけられてたまらなかった。

「んっ……アッ、んっ……ああっ、ッ！」

何度も襞を引っかかれて、奥処を繰り返し突かれて。長い時間をかけて蜜洞を愛でられ続けていたせいで、脳が酩酊するほどの激しさに呑み込まれていく。

指先までじんじんと痺れて、自分が今どこにいるのかわからなくなってくる。

呼吸が上手くできないほどの激しい抽挿に翻弄され続けた茉莉花の思考は、暗く深い海底に沈んでいくようだった。

その一方で、身体も、心も、意識も、胸の奥に秘めた恋情さえも……。濁流のように迫りくる激情にさらわれ、高く高く押し上げられる。

執拗に蜜路を捏ねられ、甘苦しさを受け止められなくなった刹那。

「ひぁっ……⁉　ぅっ……やあぁぁぁぁっ――――！」

最奥をガツンッと穿たれたかと思うと、茉莉花の瞼の裏が激しく明滅した。

全身がのたうつように大きく跳ね、凄絶な絶頂感に襲われる。

あまりの刺激に茉莉花の眦から涙がボロボロと零れるさなか、雅臣が茉莉花を守るようにぎゅううっ……と抱きしめた。

「クッ……ぅ、ハッ……！」

息を噛み殺した彼が、ぶるりと胴震いする。

同時に楔がビクッと数回震え、膜越しに欲望を迸らせた。

雅臣の腕の力強さと体温、そして彼の香りに包まれながら、茉莉花が瞼を閉じる。

何物にも代えられない喜びと、夢のようなひととき。

今は幸福感としてあるこれが、いつか自分自身を苦しめる未来へと繋がっていることを察してしまう。

それでも、雅臣に抱かれるのは幸せでたまらなかった。

「茉莉花……」

夢現《ゆめうつつ》だった茉莉花は、彼が唇にキスをしてくれたのを感じて微かな笑みを零す。

けれど、もう目を開ける気力もなくて、そのまま暗い水底に堕ちていった——。

四　劣情　Side Masaomi

残暑厳しい、九月中旬。

茉莉花が料理を作りに来てから、十日ほどが経った。

あれは、『お礼がしたい』と切り出した彼女を言いくるめてデートに持ち込み、ランチや水族館を楽しんだ翌日のこと。

雅臣がエスコートすれば、茉莉花は納得できずに『なにかさせて』と申し出る。そんなことくらいは、手に取るようにわかっていた。

友人の妹として付き合ってきたが、雅臣にとって彼女はずっと想いを寄せていた相手。セグレートで会うだけの日々の中でも、食事の好みや趣味嗜好《しこう》をさりげなくリサーチし続け、茉莉花の性格だってそれなりに把握しているつもりだ。

彼女が自分に懐いてくれ、色々と話してくれたのが幸いした。

はっきり言って、今の茉莉花のことなら彼女の兄である裕人よりも知っていると自負している。

そのくせ、未だに想いは伝えられないのだけれど……。

（あの日の茉莉花も可愛かったな）

嬉しそうに買い物をし、一生懸命カレーを作って。エクレアを食べながら無邪気に笑って、雅臣が少し席を外した合間にソファで無防備に眠って。

声をかけても起きなかった茉莉花をベッドに運ぶさなか、言葉にできないような淫靡な想像が頭の中を駆け巡り、本当にどうしてやろうか……と思った。

しかも、ベッドに寝かせた彼女は、あろうことか雅臣から離れなかったのだ。

据え膳喰わぬは男の恥……と、頭の片隅に過った邪な思考を追いやった。

けれど、好きな女が隣で眠っていて我慢できるほど、雅臣は聖人君子ではない。

茉莉花は、雅臣のことを優しいだのなんだのと言うが、男なんて一皮剝けばそう大差ない生き物だろう。

そして、雅臣も彼女の前では例に漏れず……と言える。

だからこそ、茉莉花が目を覚ますまで理性を保った自分を、誰かに褒めてもらいたい。

無防備な寝顔を見せられ、髪や身体から漂う花の香りに刺激されながら、いったいどれだけ寝込みを襲いたくなったことか……。

あの恐ろしいほどの甘い誘惑の中、数回のキスでとどめられたのは奇跡だ。

彼女が目を覚ました瞬間に限界を迎えたのは、もう仕方がなかった……と全力で主張したい。

確かに、一緒にベッドに入ったきっかけは茉莉花が雅臣を離さなかったせいだが、それはほんの数分のことだった。

その後、すぐに雅臣から離れてしまった彼女を自ら抱きしめたし、揺らぐ本能と戦いつつも一時間はそうしていた。

挙げ句、茉莉花にキスを仕掛けたのも雅臣だ。

一度目は彼女から懇願されたが、あの日は違った。

順序が間違っているのは重々わかっていながらも、理性がちっとも働かず……。茉莉花が受け入れてくれたのをいいことに甘え、そのまま抱いてしまった。

あのあとはさすがに反省した。

けれど、後悔はまったくしていない。

彼女を抱いたのは遊びやその場しのぎの欲ではなく、きちんと愛情が伴っているからである。

罪悪感がないとは言えないが、数日が経った今もなお、筆舌に尽くしがたいほどの幸福を感じていた。

柔らかな肢体、悩ましげな吐息や声、雅臣に縋りつく腕。

すべてが愛おしくてたまらず、思わず壊れるまで抱き潰してしまいそうだった。

目を覚ました茉莉花に謝罪はしなかったが、彼女もまた特になにも言わなかった。

本音を言えば、こうして会えない間に縁談が進んだり他の男に目をつけられたりしないかと不安で、今すぐにでも告白して茉莉花を自分のものにしたい。

ただ、彼女がそれを望んでいないのがわかっているからこそ、踏み切れなかった。

今のままでは、茉莉花は浩人の保護下から抜け出せない。

雅臣から見れば縁談を蹴ることが裏切りになるとは思わないが、彼女はそれを〝父親に対する裏切り〟だと思っているようだった。

だから、茉莉花が自由に生きるには、彼女自身の意志で未来を選び、自分の父親と対峙《たいじ》する決意を持つしかないのだ。

どれだけ言いくるめられても、理解してもらえなくても、親である浩人を深く傷つけてでも……。

茉莉花が意志を貫く姿勢を見せなくては、なにも変わらない。

そして、彼女自身がそれに気づけなければ、雅臣が想いを伝えたところで受け入れてはもらえないだろう。

（憎からず想われてる気はするんだけどな）

伊達《だて》に、茉莉花のことをずっと見てきていない。

初めて抱いた夜こそ冷静に判断できなかったが、いくら追い詰められていたとはいえ、彼女が好きでもない男にあんなことを頼むとは到底思えない。

生粋の箱入り娘で、今どき珍しいほど純粋で、男慣れしていない。嘘をつくのが苦手で、良くも悪くも素直すぎる。

そのくせ我慢強く本音を隠すから、茉莉花が抱えている気持ちが見えずにいたが、どう考えても彼女は器用なことができるタイプではないのだ。

「あの夜は、どんな気持ちで俺に『教えて』なんて言ったんだろうな……」

アルコールの勢いもあったとはいえ、不安で怖くて仕方なかっただろう。

本当は、あんな形で初めての経験を迎えたくなかったに違いない。

それでも、知らない男に捧げるくらいなら……と思ったのだろうか。

いじらしくて、どうしようもないほど愛おしい。

理性で押しとどめていた想いが、もう隠せそうにないくらいに……。

茉莉花のことばかり考えていると声が聞きたくなって、雅臣は今夜も履歴に残っている彼女の番号に発信した。

『……もしもし？』

控えめな声に鼓膜をくすぐられるだけで、温もりや香りを思い出す。

「茉莉花、今日もお疲れ様」

身体の芯が熱を持ったことは平静を装ってごまかし、いつも通りに話しかけた。

『オミくんもお疲れ様』

「もう寝るところだった？」

『ううん。今ね、この間オミくんがくれた本を読んでたの。でも、ビジネス書って難しいね。知らない用語ばかりでちっとも進まないんだ』

自嘲気味に笑った茉莉花が、可愛くてたまらない。

「わからないことがあれば、いつでも教えてあげるよ」

『いいの？』

「ああ、いいよ。茉莉花の頼みなら喜んで聞くよ」

『ありがとう。オミくんは相変わらず優しいね』

雅臣がどれだけ甘やかしても、彼女からはいつも煙に巻くような答えが返ってくる。

鈍いだけなのか、気づいていてそうしているのか。

茉莉花なら後者はないと思うのに、いつだって彼女に心が掻き乱される。

じれったいのに可愛くて、もどかしいのに愛おしい。

雅臣の恋情は茉莉花と接するたびに募り、本当に頭がおかしくなってしまいそうだった。

「そろそろ眠った方がいい。あまり夜更かしすると、明日に響くから」

『うん、そうだね……』

「じゃあ、また。おやすみ、茉莉花」

『おやすみなさい、オミくん』

名残惜しさを隠して通話を終えたのは、彼女とこれ以上話しているとますます身体が熱くなってしまいそうだったからである。

茉莉花の声を聞いただけで欲が顔を出し、二度の蜜事の記憶が鮮明になる。

そうして、また彼女への恋情と劣情を膨らませてしまうのだ。

身体を横たえたベッドのシーツはとっくに交換したというのに、茉莉花の香りを微かに感じた気がして嫌になる。

ここまで来れば、病的とも言えるだろう。

「本当に茉莉花は俺を困らせてくれるよ」

なにから手を出すか。

どこから手を回すか。

彼女を手に入れるためなら、苦労なんて厭《いと》わない。

だから、一刻も早くこの手の中に堕ちてきてほしい——。

雅臣はそんなことを思いながら、今夜も熱を纏う身体を持て余していた。

＊　＊　＊

二日後の金曜日。

雅臣が小倉とともに仁科フーズに出向くと、浩人が笑顔で迎えてくれた。

「わざわざご足労いただいて申し訳ありません」

「いえ。一度、御社を拝見させていただきたいと思っておりましたので」

「ありがとうございます。今、海外事業部の者も参りますから少々お待ちください」

浩人は雅臣と小倉をソファに促すと、自身も向かい側に腰掛けた。

直後、社長室のドアがノックされ、「どうぞ」という浩人の声を聞いたあとでドアが開いて、茉莉花が姿を現した。

「失礼いたします」

一瞬、顔が強張りそうになったが、すぐに笑みを繕う。

反して、目を見開いた茉莉花は、どうして……と言いたげに雅臣を見ていた。彼女の素直な反応に、思わず仕事中であることを忘れてしまいそうになる。

「今日は仕事の話だ。このことはまだ内密にな。といっても、鷹見社長が来たことはもう知れ渡っているようだが、社員からなにか訊かれても答えなくていい」

茉莉花は従順に「はい」と頷くと、ローテーブルにコーヒーを並べていった。

その所作は無駄がなく美しく、いつもの彼女とは違っている。

雅臣の前で無邪気に笑う茉莉花ではなく、ベッドの中で見せる艶麗な表情に近い。

あどけなさもあるのに丁寧な動作には色香があり、雅臣の中に急に焦りが芽生えた。

この会社の人間は、彼女のこういう姿を普段から見ているのだろうか。

もし見ていたとしても、どうか茉莉花の魅力に気づかないでいてほしい。

香ばしい匂いが鼻先をかすめる中で、雅臣は彼女から目が離せず、思考も侵されていく。

「失礼いたしました」

そんな雅臣を余所に、茉莉花は丁寧に一礼してから社長室をあとにした。

どうにか平常心でいると、数分後に裕人と百合、そして男性社員がひとり入ってきた。

「お忙しいところご足労いただきまして、ありがとうございます」

他人行儀な裕人にむず痒《がゆ》くなり、雅臣は「そういう挨拶はいいよ」と苦笑する。おどけたように笑った裕人が、浩人と百合を見てから肩を竦める。

「やっぱりそうだよな。でも、今日はそういうわけにもいかないだろ。仕事の話をするときは、一応仕事モードでやらせてもらうよ」

「では、こちらもビジネスとして誠実な対応をさせていただきます」

裕人との出会いは、十五年前のこと。

当時、雅臣は大学生でありながら父親について鷹見グループの仕事を学んでおり、裕人の留学先だったサンフランシスコのレストランの前で鉢合わせた。

裕人が、東洋人をバカにしたウェイターに門前払いをされるという不当な扱いを受けていたところを見兼ねて、加勢に入ったのだ。

今にして思えば若さゆえの行動だったのだが、それを機に裕人との交友関係が始まった。

そして、いつしか仁科家にも行くようになったことで、茉莉花とも出会った。

裕人も浩人も、雅臣が彼女とセグレートで会っていることは知っている。

ただし、それ以上のことはもちろん、雅臣たちがデートをしていることや、茉莉花が家にまで来たことは知らないだろう。

彼女は水族館に行ったことも話していないようだったし、雅臣からも特に報告はしていない。

　少しだけ後ろめたいが、今はまだ話す気はなかった。

「早速ですが、今回は弊社の企画についてお話させていただきます」

　神妙に切り出した裕人が、順を追って説明していく。

　端的に言えば、内容は『仁科フーズで作っている菓子をタカミホテルで使ってほしい』というもの。

　それも、国内のホテルではなく海外のホテルで。

　仁科フーズでは少し前に海外事業部を作り、海外進出を図っているようだったが、具体的な取引先はまだ見つかっていないのだという。

「弊社の製品は、つい最近で言えばコンビニとタイアップしたガレットが大変好評で、一時期は品切れが起きたほどでした」

　ガレットの件は、ネットニュースにもなるほどだった。確か、バラエティー番組でも取り上げられていたはずだ。

　仁科フーズは知名度こそ高くはないものの、上質な原材料を使用した製品のクオリティには定評があり、価格は良心的だ。

　雅臣自身も口にしたことはあるが、消費者の目線からしてもコストパフォーマンスは文句のつけようがないだろう。

「他にも、スーパーなどで出している製品も売れ行きは順調ですので、必ずタカミホテルさんを利用されているお客様にもご満足していただけると思います」

しかし、仁科フーズの製品を鷹見グループで使用することがあるか……と言われれば、現段階ではNOというのが正直なところだ。

タカミホテルを利用する客は、高級で上質なものを好む。

世間でいうコストパフォーマンスや気軽に手に取れるコンビニスイーツのようなものではなく、一流のもてなしの中で過ごす特別な時間を求められている。

そこで使用するにしては仁科フーズの製品では事足りない……というのが本音である。

「もちろん、御社で使用していただけるのであれば、御社にふさわしい上質な製品を作り上げるとお約束いたします」

今、タカミホテルと契約しているのは、世界で名を馳せている超一流の高級ブランドやミシュランで星を獲得しているような高級店ばかり。

インテリアや食事はもちろん、スイーツにおいても同じだ。

つまり、友人としては力になりたいが、ビジネスとしては力にはなれない。

「申し訳ありませんが、現在弊社は複数の会社と契約しており、スイーツにおいては新たな取引先を増やす予定はありません。御社の製品は私も口にしたことがあり、品質においても信頼できるものだと思っておりますが、弊社で使用するには――」

「では、タカミステーションホテルさんならいかがでしょうか？　ビジネスホテルであれば、一般的に利用される客層は弊社の客層と近しいと判断しております」

食い気味に提案する裕人に、眉を小さく寄せる。

裕人はさらに耳触りのいい言葉を並べ、話を聞いているうちに本来の狙いはこちらだったのか……と気づいたが、鷹見グループからすれば取り立てて大きな魅力はなかった。

「タカミステーションホテルでは、スイーツなどを導入する予定はありません。こちらでは食事を利用する方が少なく、あくまで宿泊施設に特化しておりますので」

タカミステーションホテルは、一般的なビジネスホテルよりも価格設定は高いが、それでも食を重要視する客は少ない。

客の大半は出張で利用するため、夜は接待を受けることが多い。

ホテルでは睡眠と朝食をとる程度であり、タカミホテルのように長時間滞在することもあまりないのだ。

アクセスが便利か。部屋や水回りは綺麗か。ベッドは身体に合うか。

滞在時間が短い中、重要視されるのはそういったことであり、食について多くを求められることはない。

仮に、食事やコーヒーを欲したとしても、タカミステーションホテルのすべてに併設されているカフェやコンビニで充分なのだ。

「でしたら、国内のタカミホテルさんで取り扱っていただけないでしょうか。そこでの成果によっては、海外での使用も考えていただければ……」

「それも難しいですね。弊社で使用している焼き菓子はフランスやイタリアの老舗ブランドです。お客様もそういったブランドならではの製品を楽しみにされている方が多いので、現状では新規開拓は考えておりません」

正確に言えば、一部のブランドは定期的に刷新している。

また、ラウンジメニューのアフタヌーンティーは、定番のメニューとは別に二か月ごとに様々なブランドとコラボしているため、新規開拓は常にしている。

その上でどうしても首を縦に触れないのは、タカミホテルを利用する客が仁科フーズの製品を求めていないことは明白だからである。

雅臣の個人的な意見なら、仁科フーズの製品に対する印象はいい。

しかし、鷹見グループの国内事業部取締役の判断としては、この企画には賛同できなかった。

「……わかりました。鷹見社長のおっしゃることはもっともです。この件に賛同していただけないのは我々の力不足です」

「お力になれず申し訳ございません。ですが、私の方からもひとつご提案があります」

肩を落とした裕人たちを前に、雅臣が静かに切り出す。

「タカミステーションホテルは海外進出を予定しており、今冬にアメリカで最初のホテルがオープンします。それを皮切りに、ヨーロッパやアジアにも展開していく予定です」

「存じ上げております」

「一般的にビジネスホテルではウェルカムドリンクなどは出しませんが、タカミステーションでは海外のみサービスの一環として取り入れる予定です。その中で、来春にフランスとイタリアにオープンするホテルで出すウェルカムスイーツについては、まだどのブランドと契約するかは決まっておりません」

正式には、候補はすでにいくつかある。

そのすべてが、鷹見側から持ち掛ければいい返事を期待できる会社ばかりだ。

「もし、十月末までに新製品をご提案いただけるのであれば、弊社での使用を検討したいと思いますが、いかがでしょうか？　ただし、製品は和菓子で、ウェルカムドリンクとともに気軽に摘まめるものが条件になります」

こうした話題を出したのは、仁科フーズの今後に期待しているからである。

今はまだ、世界的に見れば無名の会社だが、今後はさらに飛躍していくと見ている。

雅臣は、そこに希望を見出したのだ。

「ですが、これはあくまで候補のひとつとして考える、というお話ですので……」

「やりますっ……！　やらせてください！」

身を乗り出した裕人に続き、浩人と百合の身体も前のめりになる。

「わかりました。では、お話を続けさせていただきます」

その後、ホテルの雰囲気や客層のイメージを伝えると、裕人たちは「早急に新製品を考えてご連絡いたします」と言い置き、慌ただしく社長室から出て行った。

「少しよろしいですか。社長としてではなく、茉莉花の父親として」

雅臣も立ち上がろうとしたが、浩人からそう言われて姿勢を正し座り直す。

小倉には先に下りておくように告げ、浩人とふたりきりになった。

「茉莉花がいつもお世話になっています」

浩人のにこやかな顔つきには、雅臣への信頼が表れていた。

雅臣が裕人の友人であることや、茉莉花と年齢が離れていることなどを踏まえ、浩人は雅臣が彼女に手を出すなんて微塵《みじん》も考えていないのだろう。

これまで茉莉花と会うときには必ず、彼女を早めに家に帰していたことも信用に繋がっているようだった。

「あの子は世間知らずで引っ込み思案ですが、鷹見社長によく懐いているようですし、鷹見社長が相手なら余計な心配もしなくて済みます」

暗に、君なら分別があるだろう、と言われている気がした。

雅臣たちがキスどころかセックスまでしているなんて、浩人は夢にも思っていないに違いない。

自分の中に罪悪感がないと言えば嘘になるが、笑顔を繕うのは板についている。

「茉莉花さんに見合いの話があるとか」

雅臣がなに食わぬ顔で切り出せば、浩人が「ああ、お聞きになりましたか」と笑った。

「実は、さきほどここに同席していた社員なんですがね。仕事ができるし、家柄も本人の人柄も申し分がない。見合いのことを切り出してみたら乗り気でしたし、結婚後は茉莉花が専業主婦になれる程度の給料は支払いますから、これで私も安心です」

雅臣は、裕人の隣で熱心にメモを取っていた社員の顔をよく思い出し、苦虫を噛み潰したような気分にさせられる。

あの男が……と思うと、とても穏やかな気持ちでいられなかった。

「もっといい縁談があればとも思いますが、それでも茉莉花には充分かと」

「でしたら、私が立候補したいくらいですよ」

「え？　いやいや……茉莉花ではただご迷惑をおかけするだけです。せめて、百合でしたら」

驚きつつも苦笑する浩人の言葉に、雅臣はそういう問題じゃない……と苛立つ。

「それにしてもご冗談がお上手だ」

「本気ですよ」

すかさず切り返すが、浩人は本気にしていないらしく上機嫌に笑うだけだった。

「茉莉花は出来がいい方ではありません。私にとっては可愛い娘ですが、兄や姉のようなスキルもないため、嫁の貰《もら》い手もないのではないかと心配だったんです。ですが、うちの社員と結婚させれば、ずっと私の傍に置いておけますからね」

浩人の話ぶりからは悪意はなく、本心から茉莉花を心配しているのが伝わってくるが、きっと彼女にとっては足枷《あしかせ》でしかない。

そのことに浩人はおろか、茉莉花本人も気づいていないのだろう。

彼女の心を縛りつけている家や父親からの呪縛を、今すぐにでも解いてやりたい。

そんな思いが、雅臣の中にこれまで以上に強く湧き上がる。

茉莉花の意志次第ではあるが、少なくとも雅臣から見れば彼女の望みに反しているのは明白なのだ。

なによりも、茉莉花を愛している雅臣にとって、最愛の女性が手に入らないことはもとより、彼女が幸せになれない未来だけは受け入れられなかった。

三章　嘘の代償

一　彼の本心

雅臣が会社に来た日、社内は目に見えて浮き立っていた。

特に女性社員たちが高揚しているのは顕著で、みんなが彼の姿を一目見ようとフロアの外をずっと気にしていたほど。

もちろん、社長室からエレベーターで一階まで下りた雅臣に会えるはずはなく、しばらくして彼が帰ってしまったと知ると女性たちはがっかりしていた。

反して、茉莉花の鼓動はずっと落ち着かなかった。

雅臣が来ることは知らなかったし、社長室に彼がいたときには驚きを隠せなかった。

わざわざ茉莉花にお茶出しを命じた浩人がなにか勘づいているのかと動揺したが、どうやらその心配はないようだ。

浩人は、他の女性社員では騒ぎになると考え、茉莉花を指名したのだろう。

予期しなかったこととはいえ、雅臣の顔を見られただけでも本当に嬉しい。肩身の狭い会社で過ごす時間が、少しだけ色づいたような感覚すらあった。

もっとも、なにも知らせてくれていなかった彼に、少しだけ不満はあるけれど。

（昨日も電話くれたのに、オミくんはなにも言ってくれなかったし……）

雅臣に二度目に抱かれてから、彼は毎晩電話をくれるようになった。

最初は、なりゆきで〝ああなった〟ことへの罪悪感かと思っていたものの、電話で話すのは他愛のないことばかりで、その考えはすぐになくなった。

とはいえ、相変わらず明確な理由はわからない。

本当は訊いてみたいが、それを尋ねたらもう電話をくれなくなるかもしれない……と不安を感じて、言い出せずにいた。

もし仮に罪悪感だとしても、茉莉花は雅臣と話せることが嬉しい。

理由がなく電話をかけてくれているのだとしたら、その喜びはいっそう大きい。

結局のところ、茉莉花は彼からの電話を毎晩楽しみに待ちわび、なにげない会話を交わせることに大きな喜びを感じるのだから、今はそれでいい。

どうせ、これはひとときの幸せ。

たとえ、どれだけ癒され、幸福感を抱いていたとしても……。茉莉花がお見合いをするまでにしか味わえない、特別な時間なのだから。

ただ、もう後戻りできないほどに大きくなった想いのやり場がわからなくて、この先どうするべきか悩み始めていた。

（いい加減にちゃんとけじめをつけなくちゃいけないよね……）

浩人からはまだなにも言われていないが、あと半月もすれば九月が終わる。

きっと、来月には食事の席が設けられるだろう。そうなれば、今のように泡沫《うたかた》の幸せに浸っているわけにはいかない。

気が重くなってため息をつくと、スマホが鳴り出した。すぐさま電話に出た茉莉花の顔には、自然と笑みが浮かぶ。

「もしもし、オミくん？」

『うん。今、なにしてた？』

「えっと、お風呂から上がったところだよ」

本当は、もう一時間以上も前にお風呂は済ませた。ずっと雅臣からの電話を待っていたのに、やっぱり素直には言えなかった。

「それより、今日はびっくりしちゃった。うちの会社に来るなら、昨日の電話で教えてくれればよかったのに」

『ごめん。仕事だし、まだあまり公にすることでもなかったからね』

彼のこういうところが大人だな、と思う。

当たり前かもしれないが、仕事とプライベートをしっかりと分けていて、いくらこうして電話をしていても茉莉花みたいに公私混同していない。

「そうだよね……」

『でも、茉莉花に会えたらいいなとは思ってたよ。まさかお茶を出してくれるとは思わなかったけど』

落ち込みかけた心が、雅臣の言葉ひとつで舞い上がる。社交辞令でもその場しのぎの慰めでも、ただただ嬉しかった。

『そういえば、おじさんからお見合いのことを聞いたよ』

「えっ……？」

『ちょうど茉莉花の見合い相手だっていう社員も同席しててね。仕事の話のあと、少しだけ聞かされた』

雅臣と山重が顔を合わせたと知り、茉莉花は唇を噛みしめた。

嫌とか悲しいとか、そんな簡単ではない感情たちが胸の奥で渦巻いていく。

『茉莉花』

なにも言えずにいると、雅臣の静かな声が耳元で響いた。

『茉莉花は本当にお見合いする気？　今のまま、ずっと父親の言う通りに生きるのか？』

痛いところを突かれて、ますます言葉が出てこなくなる。

こんな生き方も自分も好きではない。

ただ、浩人の行動は行きすぎているとも感じる反面、茉莉花を思ってのことだというのも理解している。

そして、茉莉花が本音を打ち明ければ浩人の心労が増えることも予想できるからこそ、自分の意志を通そうとは思えなかった。

「私は……もういい加減に、お父さんを安心させてあげたいの」

昔のように身体は弱くない。

本来は普通に働けるし、確かに風邪をひきやすかったりもするが、大袈裟に心配されるほどのことではない。

それでも、過保護なままの浩人は、今でもあの頃の恐怖心を拭い切れないのだろう。

浩人が未だに異常なくらい心配する姿は、茉莉花にはいっそ不憫《ふびん》に思えるのだ。

だからこそ、茉莉花はずっと自分の心に蓋をしてきた。

『でも、それで茉莉花は幸せになれる？』

「それ、は……」

雅臣の問いかけには、またしても答えられなかった。

浩人や裕人と百合に信頼されている山重はきっといい人で、それなりに幸せな家庭を築くことはできるのかもしれない。

けれど、自分が幸せになれるとは思えない……と気づかされてしまった。

見ないふりをしていた現実を突きつけられて、急に息が苦しくなる。

せめて、結婚するまでは気づかないままでいたかった。そうすれば、どうにか諦められたかもしれないのに……。

『父親の気持ちじゃなくて、茉莉花自身の気持ちにきちんと向き合うんだ。そうすることが、きっと茉莉花のためになる』

「でも……」

優しくも厳しい声音に言い淀《よど》むと、雅臣が小さく笑ったのがわかった。

『茉莉花、明日の予定は?』

「え? 特にないけど……」

『それなら、一晩ゆっくり考えてごらん。明日会おう。昼頃に迎えに行くよ』

唐突な質問に戸惑っている間に、彼が勝手に予定を決めてしまう。

雅臣は茉莉花の返事も確認せずに『おやすみ』と言って、電話を切ってしまった。

「……え? 明日、オミくんと会うってこと?」

彼の意図がわからなさすぎて、頭の中には疑問符がどんどん増えていく。

考えることがあまりにも多くて、茉莉花は今夜も眠れそうになかった。

＊＊＊

翌日の土曜日。

雅臣は、昨夜言った通りに正午前に茉莉花を迎えに来た。

フレンチレストランでコース料理をご馳走してもらい、彼の家に連れて行かれるまでの間、茉莉花はただ言われるがままだった。

雅臣の家に入れてもらうのは、今日で四度目。

そのうち二度は寝室にまで足を踏み入れ、彼に甘く優しく抱かれた。

ここに来ると、不埒《ふらち》な記憶がまざまざと蘇ってくるから困る。ただでさえ緊張するのに、よりいっそうドキドキしてしまった。

一方、雅臣の態度はいつも通りで、丁寧に淹れたコーヒーとショコラを出してくれた。

「茉莉花、チョコも好きだよね。今度、うちで契約するショコラトリーのチョコレートなんだけど、感想を聞かせてくれる？」

「うん……。じゃあ、いただきます」

彼の考えていることがわからない。

今日呼び出されたのは昨日の話の続きのためかと思っていたが、ただチョコレートを試食してほしかっただけなんだろうか。

そんなはずはないとわかっているのに、茉莉花は現実逃避をするように肝心なことから目を背けてばかりいた。

「すごくおいしいね。ガナッシュが口の中でとろけるし、カカオの風味もよくわかる。それに、甘すぎなくていくらでも食べられそう」

「それならよかったよ」

できれば、このまま他愛のない話だけをしていたい。

そうすれば、一番言いたくないことを口にせずに済むかもしれないから……。

「昨日俺が言ったこと、ちゃんと考えた？」

ところが、まるで逃げてばかりの茉莉花をたしなめるように、雅臣がとうとう核心に触れてしまった。

「……うん」

考えたくなかったが、もう目を背け続けるわけにはいかない。

きちんとけじめをつけなければいけないときが来てしまったのだ。

苦しくてもつらくても、この道を選ぶのなら幸せな時間は手放すしかない。

「私……もうオミくんとふたりきりでは会わない」

朝方になってようやく決まった覚悟を、震えそうな声で紡いだ。

茉莉花を真っ直ぐ見つめる彼の表情はちっとも変わらなくて、自分だけが悲しいのだと思い知らされる。

わかっていたことなのに、胸の奥がズキズキと痛む。

けれど……だからこそ、これでちゃんと踏ん切りをつけられる気がした。

(優しくされたら、また離れられなくなるもんね……)

雅臣と一緒にいたい茉莉花は、きっとほんの些細なことでも体のいい言い訳にして彼に会い続けようとしてしまう。

そんな自分自身にうんざりするほど呆れても、結局は雅臣といられる理由を探すに違いない。今までと同じように……。

だったらいっそのこと、ここで彼を諦めてしまえる理由が欲しかった。

「私ね、小さい頃に病院で目を覚ましたときに見たお父さんの顔が、今でも忘れられないんだ。すごく真っ赤な目をしてて……私が目を覚ました瞬間にボロボロ泣いたの」

茉莉花は、子ども心に両親に心配かけてしまったという罪悪感を持ち、それは今日までずっと消えることがなかった。

いつだって最後には自分の意志を曲げて浩人の言う通りにしてきたのは、子どもの頃に繰り返し経験したそんな日々の影響が大きい。

「だから、私はやっぱりお父さんを裏切れないし、言われた通りにしようと思う」

母親以上に心配性な父親の言動は、異常だと感じている。それでも、茉莉花は浩人を悲しませたくなかった。

「だから、オミくんとはもう個人的に会わない」

これはお別れだ。

雅臣との。

そして、茉莉花と、茉莉花の恋心との……。

裕人の友人である彼とまったく会わなくなることはないかもしれないが、今日をひとつの区切りにしようと決めていた。

「今までたくさん相談に乗ってくれてありがとう。会社でのつらいこととか、家族とのこととか……なんでも話せたのは、オミくんの前だけだった」

けれど、そんなものはあくまで茉莉花側の話だ。雅臣目線で考えてみると、ずっと茉莉花のことを気にかけてときどき誘ってくれていただけ。

それがたまたま続き、いつしか月に一度か二度の逢瀬になっていたのだ。

彼にしてみれば、ようやくお役御免というところだろう。

下手に無下にできない相手である茉莉花との時間がなくなることに、雅臣はもしかしたら安堵しているかもしれない。

いくら雅臣が優しいからといって、彼も自分と同じようにセグレートで会える日を楽しみにしていた……なんて自惚れるほどバカではない。

雅臣が同情してくれていたことも、優しい彼が茉莉花を不憫に思って放っておけなかったことも、茉莉花はちゃんとわかっている。

「考えてみれば、これまで定期的に会ってくれてたこと自体、ありえないことだったんだよね。オミくんはすごく優しいから、友達の妹っていうだけなのに色々と面倒を見てくれて……。今さらだけど、ずっと甘えっぱなしでごめんね」

本当に今さらすぎる。

もっと前から全部わかっていたのだから雅臣に甘え続けなければよかったのに、茉莉花は今日まで彼に頼ってばかりいた。

茉莉花にとって一番の心の拠り所である雅臣と会えなくなるのは不安もあるし、なによりも悲しくて……言葉にできないくらいにつらい。

それでも、もう決めたことなんだ……と自分自身に言い聞かせる。

茉莉花は一拍置いて喉元の熱を呑み込み、精一杯の笑みを浮かべた。

「でも、オミくんがいなければ、私はきっと会社での時間がもっと息苦しかった。だから、すごく感謝してるんだ。本当にありがとう」

別に恋人同士だったわけではないが、最後は笑って終わりにしたい。

彼には、笑顔を覚えていてほしいから。

キスもその先も……わがままを受け入れてくれた雅臣を、せめて今くらいは困らせたくなかった。

それなのに……。

「茉莉花は本当に俺を困らせてくれるね」

眉を下げた彼は、困り顔で微笑混じりにため息をついた。

「予想外というか、予想通りというか……」

「っ……」

（私はやっぱり……オミくんを困らせてばかりだったんだ……）

雅臣の気持ちを思い知った茉莉花は、咄嗟に唇を噛みしめた。

好きな人を困らせたいわけではないのに、彼をずっと煩わせてきたのだろう。

それでも、きっと必要なのはお礼でも謝罪でもない。

なんとなくだが、雅臣はそんなものを望んでいない気がする。

「茉莉花」

冷静になれない思考を必死に働かせていると、彼の優しい声が鼓膜に触れた。

泣きたくなるほど嬉しくて、泣きたくなるほど切ない。

この感情をどう表現すればいいのかを知らない茉莉花は、溢《あふ》れる想いを押し込めて泣かずにいるだけで精一杯だった。

「俺と結婚して」

直後、雅臣が茉莉花を真っ直ぐ見据え、優しい笑みを湛えた。

茉莉花はその言葉の意味を理解できなくて、けれどすぐに聞き間違いだと思って……。

「俺は茉莉花を愛してる」

ところが、そんな茉莉花に向けられた言葉は、さらに信じられないようなものだった。

「一回りも年上の男では不安かもしれないけど、茉莉花を幸せにするし、いつだって全力で守るよ。だから、俺の妻になって」

次々と紡がれるそれがプロポーズだと気づくまでに、随分と時間を要してしまう。

どうしたって信じられない気持ちでいっぱいなのに、彼の双眸が真剣すぎて嘘だとは思わせてくれない。

「……嘘…………」

時間をかけた茉莉花の唇が零したのは、微かに震える一言。

「本当だよ」

雅臣が柔和な声音で、それでいてきっぱりと否定してくる。

「茉莉花が幸せになれる選択をするのなら、茉莉花の気持ちを尊重しようと思ってたこともあった。でも、どう考えたってやっぱり俺が茉莉花を幸せにしたい」

彼の瞳には一縷《いちる》の迷いもなく、茉莉花をただただ真っ直ぐに見つめている。

「これが俺の本心だよ」

ずっと、知りたかった。

どうしてわがままを聞き入れてくれたのか……。一度きりではなく、二度も抱いてくれたのか……。

雅臣の心の中にある、彼の本心を……。

ただ、それは茉莉花の予想だにしないもので、まだ状況を把握できない。

「茉莉花の気持ちを聞かせて」

「っ……」

雅臣の本音を知った今、すぐにでも彼への恋心を打ち明けてしまいたい。

それなのに、脳裏に過った浩人の顔が茉莉花をたしなめる。

世界で一番嬉しいプロポーズなのに、素直に頷けないことが悲しくて……。雅臣のことをどんなに好きでいたって、結局は父親と決別できない自分が嫌になる。

今もまだ、目の前で起こっていることが信じられないが、戦慄く胸の奥には確かに幸せがあって……。迷わずに彼の手を取りたいのに、茉莉花にはその勇気がない。

「わかった。いいよ」

茉莉花が口を噤んだままでいると、雅臣がふっと瞳を緩めた。

「十年近く待ったんだ。今すぐに返事ができなくても何日でも待つよ」

こんな自分にも呆れずにいてくれる彼を、とてもとても好きだと思う。

想いは今日も募り、恋情はとどまることなく膨らんでいく。

(好きって……言いたいのに……)

けれど、微笑んでいる雅臣を前にしても、素直な言葉を口にできない。

それなら、一刻も早く雅臣からのプロポーズを断って、今朝決めた通りにしてしまえばいいのに……。

茉莉花は自分自身の身勝手なずるさに気づきながらも、どうしても彼の想いを拒絶できなかった。

二　鈍色《にびいろ》の鎖

『明日、お見合いするんだって?』

「え……? どうして知ってるの?」

『裕人から聞いた。さっき、久しぶりに飲んでたんだ』

いつも通りに茉莉花にかかってきた電話で、雅臣はなんでもないことを話すようにお見合いの件に触れてきた。

日取りが決まった一週間前からずっと、茉莉花は彼に言うべきか言わずにいるべきか悩んでいたのに、思わぬところから耳に入ったらしい。

「珍しいね、お兄ちゃんと飲みに行くなんて……」

『今日はたまたまだよ。裕人と予定が合うことなんて滅多にないし、ゆっくり会ったのは半年ぶりくらいだったんじゃないかな』

「そうなんだ」

友人とはいっても、ふたりが頻繁に会っているわけではないのは知っている。

だから、よりにもよって今日飲みに行くなんて……と思ってしまう。

きっと、海外事業部が力を入れていたタカミステーションホテルの仕事が決まったからに違いない。

『茉莉花は気にしなくていいよ』

言い訳をするのもおかしい気がして、どう言えばいいのかわからずにいると、雅臣が茉莉花の気持ちを見透かすようにクスッと笑った。

『お見合いは最初から決まってたことだし、相手が自社の社員とはいえ、おじさんが先に話をしてたみたいだし、茉莉花が拒否して面目を潰すわけにもいかないだろ』

「オミくん……」

『それくらいのことはわかってるつもりだから、茉莉花はなにも気にしなくていい。その代わり、明日の夜は俺の家に来てよ』

「えっ？」

彼が『準備ができたら連絡して』と勝手に話を進めてしまう。

雅臣に告白を通り越してプロポーズをされてから、半月と少し。

未だに返事ができずにいるのに、彼の様子はあまり変わらない。

茉莉花を急かすことも責めることもなく、ただいつも通りでいてくれる。

そこに甘えてはいけないと思うのに、雅臣に流されるように毎晩の電話は続いていて、むしろ通話時間はどんどん長くなっていた。

『そろそろ寝た方がいいね。明日は早いんだろ？』

「う、うん……」

罪悪感、不甲斐なさ、はっきりしない自分自身に対する呆れ。

色々なものが混じっている茉莉花に、彼が『茉莉花』と呼びかける。

『好きだよ』

「っ……！」

『明日のお見合いのときは、ずっと俺のことを考えてて』

甘く囁いた雅臣は、程なくしてなんでもなかったように『おやすみ』と言い残して電話を切った。

しかし、茉莉花の鼓動は瞬く間に早鐘を打って全身の力が抜けそうになり、甘い痺れを感じた耳からスマホを離せない。

（また、『好き』って……）

あの日から、彼は電話を切る前に甘い言葉を紡ぐようになって、そのたびにドキドキさせられている。

胸の奥がきゅうっ……と締めつけられて苦しいのに、甘美な囁きが嬉しくて。心臓が壊れたように脈打ち、鼓膜に残った雅臣の声を何度も反芻《はんすう》してしまう。

そして、彼の言葉に身体の芯から熱くなり、茉莉花は眠れない夜を過ごしていた――。


日本庭園が美しい、老舗の割烹《かっぽう》料理店。

大理石のような座卓には綺麗な茶懐石が並び、出汁のいい香りが漂っていた。

「茉莉花？　どうかしたか？」

十月の秋晴れの空の下に広がる鮮やかに色づいた木々をぼんやりと見ていると、どこからか浩人の声が飛んできた。

「え？」

振り向いた茉莉花は、お見合いの席だったことを思い出してハッとする。

なんとなく窓の方を見たあたりから昨夜のことを考えてしまい、しばらくぼんやりとしていたようだ。

「さっきからずっと上の空だろう。山重くんに失礼じゃないか」

「すみません……」

茉莉花は身を小さくし、目の前に座っている山重に頭を下げる。

「いえ、お気になさらないでください。私の方こそ、緊張しすぎてすぐにでもぼんやりしてしまいそうですから」

優しい話し方の彼は、茉莉花に気を遣わせまいとしてくれているのだろう。その心遣いをありがたく思うよりも、申し訳なさでいっぱいだった。

「私はそろそろ席を外すから、山重くんに失礼のないようにしなさい」

「はい……」

ここに来てから三十分。

運ばれてきたばかりの料理はふたり分しかなく、浩人が最初からこのタイミングで席を外すつもりだったことは想像に容易い。

「それじゃあ、山重くん、娘をよろしく頼むよ。席はあと二時間ほど確保してあるから、気兼ねせずにゆっくりするといい」

「ありがとうございます」

にこやかな山重に反し、茉莉花の心はどんどん沈んでいく。

こんな気持ちでいるのは彼に失礼だとわかっているのに、上手く笑えない。

去り際の浩人の無言の視線が、茉莉花を静かにたしなめているようだった。

「えっと……まずはいただきましょうか。せっかくの料理が冷めてしまったら、もったいないですから」

しん、と沈黙が降りたあとで山重が明るく笑う。

場を和ませようとしてくれているのがわかって、いい人だな……と感じた。

「ここ、よく来られるんですか？　僕はこういうお店って初めてで……粗相があったらすみません」

「あ、いえ……。私も初めてです」

「意外です。社長のお嬢様なら、こういったお店には慣れていらっしゃるのかと思ってました」

「兄や姉はそうかもしれませんが、私はそんなことは……。父は社長ですけど、みなさんが想像されるほど裕福なわけではないですし、普段の生活も地味ですから」

「へぇ、たとえばどんな風に？」

「スーパーで普通に買い物したり、自炊したり……。ランチもお弁当ですし……」

掘り下げられると少しだけ戸惑い、返答に悩みながら日常生活に触れる。

彼がどんな想像をしていたのかはわからないが、茉莉花のことを裕人や百合と同じように思っていたのなら、残念ながら見当違いだ。

茉莉花はふたりのような華やかな生活どころか、むしろ地味な日々を送っている。

雅臣は素敵なレストランに連れて行ってくれるから、まったく経験がないというわけでもないが、普段は高級店に縁はない。

家族でお祝い事があれば利用することはあるものの、彼以外の人と格式ばった店に行った回数はそう多くはなかった。

「なんだ……」

肩を落としたような声にハッとする。

「あ、いえ……。茉莉花さんが意外と普通の女性で安心したというか……」

幻滅させてしまった……と感じた茉莉花に反し、山重はにっこりと笑った。

「正直、会社で見かける茉莉花さんは物静かというか、少し取っつきにくいイメージだったんです。でも、こうして話してみるといい意味で普通の方で安心しました」

「会社ではみなさんとあまり話さないようにしてるので……」

「どうしてですか?」

毒のない目を向けられると、下手な嘘は言えなくて……。

「父が……部長に『残業させるな』と命じたり、私には負担のない業務を回すように暗に言ったりしてるそうで……。そういう人間がいると、みなさんやりにくいですよね。だから、あまり私の方から関わらない方がいいのかなって」

自嘲を込めつつ、正直に話した。

「そうでしたか。業務以外で社員と会話してるところは滅多に見かけませんし、てっきり同僚とはあまり関わりたくないのかと……」

　がっかりさせてしまったかと思いきや、彼は好意的な笑顔を崩さない。

「でも、そういうことならこれからは僕と話しましょう」

「え？」

「毎日ってわけにはいきませんが、ランチを一緒に食べませんか？　会社で茉莉花さんと話す口実ができますし、お互いのことを知っていけますし、どうでしょう？」

「えっと……」

　お見合いのことは、会社では伏せておくべきだろう。

　この先どうなるかわからないし、なによりも茉莉花はまだ前向きに考えられない。

「あっ……すみません、唐突すぎますよね」

「私の方こそ、すみません……」

　お互いに謝罪を零し合い、気まずい雰囲気が流れる。

「正直に話しますね」

　少しの間を置いて、山重が深呼吸をひとつしてから続けた。

「僕は社長から今回の話をいただいたとき、とても戸惑いました。仁科フーズでは普通の社員で、海外事業部は『仁科の希望の星』などと言われてますが、特にまだ大きな実績もありません。そんな僕に茉莉花さんとの縁談なんて……と。荷が重いですし、今どきお見合いなんて……という気持ちもありました」

彼の本音に嫌味はなく、素直な気持ちで共感できる。

小さく頷くと、真剣な表情を向けられた。

「でも、今日こうして茉莉花さんとお話してみて、僕はもっとあなたのことを知りたいと思いました。はっきり言うと、茉莉花さんとの未来を前向きに考えてます」

「え……?」

「ですが、茉莉花さんはこの縁談に対して前向きではありませんよね?」

予想外の言葉と、本心を見透かされたこと。

両方に戸惑って目を見開けば、山重は「わかりやすい人ですね」と苦笑する。

「今はそれで構いません。ですが、僕はあなたに選んでいただけるよう、精一杯努力します。ですから、まずはプライベートで食事に行きませんか? こんな素敵な料亭は無理ですが、気楽に過ごせて料理もおいしいお店にお連れします」

明るく冗談めかした彼が、「会社でのランチはもっとあとからお誘いします」とにこやかに付け足す。

いい人で、いい人すぎて……。茉莉花は、宙ぶらりんの気持ちのままこの場にいる自分のことが、とても情けなくて恥ずかしくなった。

「急いで先に進もうなんて考えてません。茉莉花さんの心が追いつくまで、ゆっくり時間をかけたいと思ってます。だから、今日だけで判断しないでいただけませんか?」

優しくて謙虚で、茉莉花に対する気遣いもある。

茉莉花のことを『いい意味で普通』と言ってくれた山重も、いい意味で普通の男性なのだろう。

浩人たちから信頼されているなら、彼の人柄も申し分ないに違いない。

それでも心が動かないのは、雅臣のことばかり考えてしまうから。

昨夜の電話で囁かれた彼の言葉が、ちっとも消えてくれないのだ。

「これ、おいしいですね。鱧《はも》でしょうか」

戸惑う茉莉花を慮るように、山重がサラッと話題を変えてくれる。

茉莉花は上手く笑えなかったが、相槌を打つように微笑み、ときおり繰り出される彼からの質問に答えながら箸を進めていく。

笑顔の山重を前に、茉莉花の心の中は罪悪感でいっぱいだった。

彼はなにも悪くないからこそ、まるで鎖に縛られているような息苦しさに包まれていた。


お見合いのあと、駅まで送ってくれた山重と別れ、急いで実家に向かった。

雅臣には、謝罪とともに【今日は会えない】とメッセージを送った。

彼からの返事は【了解】だけだったが、きっとまた今夜には電話がかかってくるだろう。

「お父さん……！」

「なんだ、もう帰ってきたのか。お茶くらいしてくればよかっただろう」

「それより、私――」

「山重くんはいい青年だと思わないか。先日のタカミステーションホテルとの仕事が決まったのは、彼の働きも大きいんだぞ。山重くんなら茉莉花を幸せにしてくれる」

決意を固めたはずだったのに、先手を打つような浩人の言葉に遮られてしまう。

「これでずっと、茉莉花は父さんの傍にいてくれる。まずは一安心だ」

上機嫌の浩人は、茉莉花の顔が強張っていることに気づかないのだろうか。

「早く孫の顔が見たいな。裕人も百合もまだまだ結婚する気はないようだし、茉莉花だけでも孫の顔を見せてくれ」

浩人の発言は、きっと時代錯誤だ。

令和になった今、その考え方はとても古くて凝り固まっていて、あまりにも時代遅れに思える。

茉莉花は今日、『オミくんが好き』と伝えるつもりだった。

『だから、お父さんが決めた人とは結婚できない』――と。

山重がどれだけいい人でも……いい人だからこそ、こんな自分が彼と結婚するなんてよくないと感じたのだ。

茉莉花にはなんの覚悟もない。

山重と結婚する決意も、彼と一緒に生きていく決心もできない。

そう気づいてしまった。

お見合いをしたからこそ、好きでもない人と結婚することに大きな迷いを抱き、そして自分にはやっぱりできない……と思ったのだ。

雅臣のプロポーズは、きっと関係ない。

ひとつのきっかけにはなったが、たとえ彼と結婚できなかったとしても恋愛感情がない相手と恋人や伴侶になることは無理だ……と痛感した。

「お父さん、あのね……私……好きな――」

「とにかく、一刻も早く安心させてくれ。母さんも茉莉花を一番心配してる。父さんだって、茉莉花のことが気がかりで仕方がないんだ。彼のような好青年ならきっと好きになれるし、いい家庭も築けるだろうから、なにも心配することはない」

けれど、茉莉花の言葉を頑なに制する浩人の言葉が、また茉莉花を惑わせる。

早く本音を言いたくて、今日こそ言おうと決意して……。そうして実家に来たはずだったのに、幼い頃に見た浩人の泣き顔が茉莉花の脳裏に過る。

さきほどまで感じていた鎖の感覚がいっそう大きくなり、全身に纏わりついている気さえする。

これは、呪縛かもしれない。

今まできちんと本心を話してこなかった茉莉花は、鈍色の重い鎖にがんじがらめにされて、もうなにをどうすればいいのかわからない。

結局、このあとすぐに所用があると言って出て行った浩人には今日も本音を言えず、茉莉花はそんな自分自身に呆れすぎてため息も出なかった――。

＊＊＊

お見合いから一週間が過ぎ、今夜は山重と食事に行くことになっていた。

店は彼が予約してくれていて、退勤後に向かう予定だ。

浩人には山重から断りが入ったようで、浩人は昼休みに茉莉花を呼び出したかと思うと、上機嫌で『今夜は電話しない』なんて言っていた。

もしかしたら、茉莉花が彼のことを気に入ったとでも思っているのだろうか。

前向きな浩人や山重を見ていると、これでいいとは思えないのに未だに自分の気持ちを言えない。

茉莉花の心だけが取り残されたまま、事が進んでいた。

（やっぱり、お父さんの言う通りにする方がいいのかな……）

山重は毎日メッセージをくれ、一度だけ電話もかかってきた。

彼がなにかを無理強いしてくることはないが、茉莉花が送ったメッセージに対する返事はとても速い。

気遣いがありがたいのに申し訳なくて、罪悪感ばかりが大きくなる。

そんなことを考えていると待ち合わせ時間が迫っていることに気づき、途中だったメイク直しを急いで済ませ、すぐに会社をあとにした。

店は、会社から徒歩五分ほどのところ。個室があるイタリアンバルで、駅と逆方向という立地から同僚とも顔を合わせずに済むだろう。

山重の配慮が行き届いたセレクトだった。

茉莉花は地図アプリのおかげで迷うこともなく、約束の時間に五分以上の余裕を残して間に合い、胸をホッと撫で下ろす。

ウェイターに声をかけると、すぐに個室に案内された。

そこにはまだ彼の姿はなく、先にお手洗いを済ませておこうと席を立つ。化粧室の場所を確認して向かうと、聞き覚えのある声が耳に入ってきた。

「だからさー、出世のためなんだって」

個室のみの店ということもあってか、周囲はわりと静かだ。

「小さい会社でもお嬢様はお嬢様だろ？　兄と姉がいるから社長は無理だろうけど、なぜか社長は特に次女を大事にしてるんだよ。重役の椅子は固いだろうし、次女は長女と違って大人しい性格だから別に結婚生活もどうにでもなるだろうし」

そんな中で、山重の声だと確信するのは簡単だった。

「今から食事なんだけど、適当に相手をしたらそっちに行くから。鈍そうなお嬢様だし、結婚後も関係を続けよう」

「俺が抱きたいのはお前だけだよ」と明るく話すのは、本当にあの彼だろうか。

半信半疑で角の向こうをそっと覗くと、そこには山重の姿があった。

落ち込まなかったわけではない。

彼が見せてくれた優しさも気遣いも自分の出世のためだったというのはショックだったが、不思議と傷つきはしなかった。

（よく考えれば、山重さんにも目的がある方がよかったのかもしれないよね……）

好きでもない人との結婚はできないと思った。

けれど、それでも茉莉花は、浩人に巻きつけられた鎖からは抜け出せない。

だからといって、山重のようないい人を巻き込むのは罪悪感が大きくなりそうだった。

ところが、彼にも身勝手な目的があったのだ。

父親のために自分の人生を諦めかけている茉莉花と、自分の出世のために茉莉花と結婚しようとしている山重。

ふたりとも歪んだ心でこうしているのなら、お互い様だろう。

（私、すごくずるい……）

茉莉花はお見合いをした日からずっと罪悪感を抱いていたが、彼の本音を知ったことによって心のどこかで安堵した。

浩人たちが好青年だと太鼓判を押していた山重の本性を知り、本来なら落ち込むべきかもしれないのに……。それよりも、もう自分だけが悪者にならなくていいんだ……と思うと、途端に心が軽くなったのだ。

電話が終わった気配がして、慌てて個室に戻る。

茉莉花の前に現れた山重は、お見合いの日と同じように優しく笑っていたが、それが張りつけられた仮面だと知った今は心の中で苦笑が漏れる。

彼と食べた料理の味はなにひとつよくわからず、まるで砂を嚙んでいるようだった。

三　積み重なる嘘と言えない本音

翌日の夜、茉莉花の家に雅臣がやってきた。

突然のことに驚く茉莉花を余所に、彼は「最低限の荷物だけ持って」と言い、ルームウェアのままの茉莉花を車に押し込むと、問答無用で自宅に連れて行った。

戸惑いに塗れる茉莉花は、雅臣の家のリビングのソファに座らされ、なにがなんだかわからないままマスカットティーを出された。

ここに連れてこられた理由を教えてくれない彼を横目に、ひとまず一口だけ飲んでみる。ほんのりとした香りと甘さに、わずかにホッとできた。

雅臣と会うのは、プロポーズされた日以来。

お見合いの日は結局断ってしまったし、それ以外にも彼は海外出張などでずっと忙しかったようで、電話の時間もここ最近は短くなっていた。

ただ、先日のドタキャンについては、あの夜にかかってきた電話でもなにも訊かれなかったし、雅臣はずっといつもと変わらない様子だったように思う。

とはいえ、今夜の彼の雰囲気は明らかにいつもと違っていた。

「あの……オミくん？」

「うん」

「どうして私を家に連れてきたの？」

「……会いたかったから」

「え？」

「俺が茉莉花に会いたくて限界だったから」

あまり目も合わなかった雅臣が、ようやく茉莉花を見つめる。

思わず安堵したのが表情に出たのか、彼は自嘲気味な微笑を浮かべた。

「言っておくけど、俺は怒ってないよ。茉莉花に会った瞬間に嬉しすぎて抱きしめそうになったから、必死に邪な本能と戦ってただけ」

冗談めかしたようでいて、その瞳は真剣だった。

茉莉花の胸の奥はもちろん簡単に高鳴って、雅臣の言葉が嬉しくてたまらない。

こんな感覚を抱かせてくれるのは世界中を探しても彼しかいないに違いない、なんて本気で思った。

「ところで、少しは考えてくれた？」

唐突に核心を突いた問いに、反射的に茉莉花の顔が強張ってしまう。

雅臣がなんの話をしているのかはすぐにわかった。

茉莉花の気持ちを、そしてプロポーズの答えを訊いているのだ。

それなら、もう決まっている。

何度も揺れてブレてばかりいた心は、昨夜遅くにようやく定まった。

「うん」

「じゃあ、聞かせて」

柔和な笑顔の彼に、茉莉花はつい眉を下げてしまう。

好きだなぁ……と感じた心が、静かに戦慄いていた。

「やっぱりオミくんとは結婚できないよ」

予想していたよりもずっと落ち着いて、しっかりと言葉にできた。声が震えることはなく、雅臣から目を逸らすこともなく、ただ淡々と。

「相変わらず、予想通りというか予想外というか……。茉莉花だけは読めないな」

それが本当か嘘かはわからない。

彼はいつも茉莉花の気持ちを見透かしてばかりだし、家族よりも茉莉花のことをよく知ってくれているから。

「一応、理由を訊いてもいい？」

「私はお兄ちゃんやお姉ちゃんみたいに仕事では親孝行ができないからこそ、お父さんを安心させてあげるのが一番いいと思ったの。お父さんが望む相手と結婚して、ずっと近くにいることがいいんだ……って。だから、オミくんとは結婚できない」

本当は、雅臣のお嫁さんにしてほしかった。

夢物語よりも夢のような幸せを、素直に受け入れたかった。

けれど、彼は自分なんかにはもったいなさすぎる。

自分の意志すらまともに言えなくて、そのくせ恋心を諦める覚悟はいつまでもできなくて。しかも、自分だけが罪悪感を持たなくて済むことにホッとして……。

そんな風に情けなくて身勝手でずるい自分なんかが、雅臣みたいな素敵な男性と釣り合うわけがない。

〝好き〟だけでは彼の想いを受け入れてはいけない。

きっと、雅臣はこの先ももっと華々しい人生を歩んでいく人。

彼のことが一番大切だからこそ、身勝手な恋心はもう昇華させるべきなのだ。

茉莉花は、自分自身にしっかりと言い聞かせるように息をそっと吐いた。

「見くびられたものだね。それで俺が納得するとでも？　茉莉花は甘いよ」

ふっと笑った雅臣の声音には、不満がはっきりと滲んでいる。

「茉莉花」

けれど、次の瞬間に茉莉花を見据えた瞳は、愛情と温もりを湛えていた。

「俺は、茉莉花を父親の呪縛から逃がしてあげたい」

「え……？」

「でも、今の状況で俺が手を出したって仕方がない。まずは茉莉花自身が動くんだ。茉莉花が本心で望んでるもののためなら、いくらでも俺を利用すればいい」

彼の迷いのない真っ直ぐさと優しさが苦しい。

自分には、こんな風に想ってもらう資格はない。

ずるい自分自身が浮き彫りになって、必死に隠した汚さを痛感して、胸の奥が締めつけられる。

与えられる想いが真っ直ぐであればあるほど、茉莉花は自分の心が醜く思えた。

「できないよ……」

父親を裏切れない。

従順でいることが浩人を安心させてあげられる唯一の方法だと知っているからこそ、自分の意志では動けない。

なによりも、両親に心配ばかりかけてきたという罪悪感が、茉莉花を許さないのだ。

「茉莉花は茉莉花が思うように生きていいんだよ」

「それでも……私はやっぱりオミくんとは結婚できないよ」

「じゃあ、それはひとまず置いておいていい。できるかできないかじゃなくて、俺は茉莉花の本心が知りたい」

もうどうすることが正しいのかわからない。

困惑が大きくなっていき、素直に動けないことが苦しいのに……。雅臣がひたむきに向けてくれる想いが嬉しい、と思ってしまう。

（いっそ、オミくんの方から嫌ってくれたらいいのに……）

茉莉花は、彼のことを嫌いになれない。

どうしてもこの恋心は消えない。

だったらいっそのこと、雅臣の方から嫌ってはくれないだろうか。

いつもいつも周囲に流されてばかりの茉莉花らしい、ずるい考えだった。

けれど、自分が最低の人間になれば雅臣の方から見限ってくれるんじゃないか……と、
そうすればようやく彼への恋情を消せるんじゃないか……と。

そんな淡い期待を胸に、茉莉花はずるい方法を思いついてしまった。

（山重さんにだって〝そういう相手〟がいるんだから、あの人に気を遣う必要もないんだよね……）

それなら、自分も最低な方法で雅臣に幻滅してもらえばいい。

「じゃあ……オミくんとの結婚は考えてないけど、なにも言わずに私を抱いて」

半ば勢いと投げやりな気持ちで吐き捨てた直後、我に返ってハッとした。

本当はこんなことを言いたい訳でも、心から望んでいるわけでもないのに……。

「あの、オミくん……」

「いいよ」

慌てて発言を撤回しようとしたとき、ほとんど同時に彼が頷いた。

その双眸の奥に隠された本心は見えない。

ただ、そこには迷いも戸惑いもないように思えた——。


「茉莉花」

甘い声が、茉莉花を呼ぶ。

雅臣の匂いが充満した寝室の広いベッドで、彼が抱きしめてくれる。

まるで壊れ物を扱うように優しく、宝物を抱えるように愛おしげに。

悪戯な舌が茉莉花の口腔を我が物顔で這い回り、吐息ごと吸い上げるような激しいキスを与えてくる。

「ッ……」

茉莉花が『なにも言わずに私を抱いて』と口にしたあの日から、一週間が経った。

あの夜を含め、茉莉花はすでに二回も雅臣の部屋を訪れていて、たった七日間の間にこの家を訪れたのと同じ数だけ彼に抱かれていた。

今日はあれから三度目の訪問で、今夜も雅臣は茉莉花を攫《さら》うように家に連れてくると、会話もそこそこにベッドに縫い留めた。

浩人からの電話に対応したあと、茉莉花は迎えに来てくれた彼の家で抱かれる。

いつからか、浩人に嘘をつくことへの罪悪感は薄れていた。

さらには、雅臣に幻滅してもらうための発言だったのに、いざ彼に抱かれると心が喜びで満たされて、想いはますます膨らんでいくばかり。

（なんて滑稽なんだろう……）

好きな人に抱かれるという幸福な行為が、自分自身の首を締めていく。

ひとときの甘い時間が終われば、待っているのは切なさと後悔。

そのくせ、この甘美で淫らな蜜事から抜け出せないのだ。

「考え事なんて余裕だね」

ふと瞳を緩めた雅臣が、どこか冷たい笑みを浮かべる。

それが少しだけ苛立っている証拠だと気づき、慌てて首を横に振ったけれど。

「余裕なんて……ッ、あっ！」

大きな手がふたつの膨らみをぎゅうっと摑み、たしなめるような視線を注がれる。

「俺とのセックスを望んだのは茉莉花なんだから、俺に抱かれてる間は俺だけで頭をいっぱいにしてよ」

そんなこと、言われなくてもできる。

どれだけ考えないようにしたって、茉莉花の心と頭はいつも雅臣でいっぱいで。どこでなにをしていたって、自分のすべてが彼に囚われているのだから……。

けれど、不満げに眉を寄せた雅臣は、それを隠さず身体にぶつけてくる。

なにも身に纏っていない弱い部分を摘まみ、いたぶるように捏ね、紛れもない快感を押し込んでくる。

頭の上で彼の左手に固定された両手首は、さきほどからびくともしない。柔らかな部分を這い回る右手とともに鎖骨にくちづけられ、そのままチリッとした痛みを感じるまで吸い上げられて、腰が小さく跳ねた。

「俺がつけた痕、増えたね？」

淫蕩《いんとう》な笑みが、茉莉花の羞恥を煽《あお》る。

情事のたびに、雅臣は茉莉花の肌に自分の痕跡を残すようになった。

身体に刻まれた赤い印は、ひとつが薄くなってもまたいくつも増える。まるで、茉莉花の肌に花びらが舞っているようだった。

『俺のものになってくれないから、せめてマーキングしておこうかと思って』

本気か冗談か。

あの夜にそんなことを言いながら意地悪くたわませた瞳に射抜かれたとき、ふしだらな下肢が悦びに戦慄いた。

一方で、どれだけ激しく茉莉花の身体に触れても、大切にされていることがわかるくらいには優しくて。その事実を知っている茉莉花は、彼に抱かれたあとには必ず切なさで胸が張り裂けそうになるのだった。

今夜も、茉莉花は甘ったるい声で啼きながら、真っ白な世界へと駆けていく。雅臣の腕の中で、彼の温もりと香りを感じて。

「ほら、茉莉花……もっと、俺だけでいっぱいになって……」

それは心と身体、どちらのことかなのかはわからなかったけれど……。きっと、両方のことだったに違いない。

激しい波に呑み込まれる寸前、茉莉花を守るようにきつくきつく抱きしめる腕の中でそんなことを考えていた――。


「茉莉花」

「ん……」

「そろそろ送っていくから起きて」

瞼に落とされた唇が頬に移り、そのまま唇を奪っていく。

雅臣に抱かれたあと、いつものように眠ってしまっていたようだった。

重い瞼を開け、だるい身体を起こそうとするけれど、上手く力が入らない。

「服、着せようか？」

一方、彼は平然としている。

それはこの状況に対することだけではなく、今の自分たちの関係についても……という意味で。

雅臣は、茉莉花に恋愛感情があると言いながら、他の男性と結婚する気でいる茉莉花を大切にし、わがままを受け入れて抱いてくれる。

そんな彼の本心がわからないのに、この関係を手放すことも考えたくはない。

雅臣に抱かれるたびに、自分の中にあるわかり切った本音を言えないことが苦しくてたまらなくなる。

どうしてこんな風になってしまったのだろう……と泣きたくなって。これが嘘の代償なのだと実感して。

結局、茉莉花は身勝手な自分の浅はかさを痛感するだけ。

堂々巡りの中、彼への恋情だけがすくすくと育っていく。

「茉莉花？　俺が着せてもいいの？」

「恥ずかしいからダメ……」

「もっと恥ずかしいことしてるのに？」

クスクスと笑われて、どこかあどけない雰囲気に胸の奥が高鳴る。

雅臣の笑顔ひとつで、茉莉花はまた想いを募らせていく。

「帰りたくないなら泊まっていく？」

「それもダメ……。もし急にお父さんが家に来たら大ごとになるから」

「俺はそれでもいいんだけどね」

「え？」

意味深に微笑んだ彼は、「リビングで待ってるよ」と言って茉莉花の額にくちづけ、寝室から出て行ってしまった。

残された茉莉花は、向けられた言葉の意味を考えようとして首を横に振る。

（余計なことは考えない……。私がお父さんの言う通りにするなら、今さらなにを考えても一緒だから……）

胸の奥がじくじくと疼く。

深くなっていく傷は、自分自身で刻んだもの。

けれど、雅臣との時間で生まれた痛みなら、それさえも愛おしい。

だから、あともう少しだけ彼と一緒にいたい……。

切ない願いは叶わないと知りながら、今の茉莉花の心にあるのはただそれだけだった。

＊＊＊

十月も終わる頃、雅臣がタカミステーションホテルの社員を数名伴って、仁科フーズにやってきた。

タカミステーションホテルで扱う製品の試食会が行われるのだ。

試食会は今日で六回目だが、どうやら難航しているらしい……という話が茉莉花の耳にも入っていた。

茉莉花は例によってお茶出しを頼まれ、いつも通りにコーヒーを出しに行ったものの、かれこれ一時間が過ぎていた。

裕人からは一時間を過ぎても終わらない場合にはコーヒーを出し直すように言われてい

ため、部長に断りを入れてから会議室に向かう。

ノックをして中に入ると、重々しい空気が漂っていた。

「やはり我々としましては、これ以上甘さを控えるのは避けたいと思っております。海外製のお菓子は、ほとんどが日本の製品よりも砂糖の量が多いものです。弊社の製品でも、外国人に支持されているのは甘さの強いものが多いですから」

「だとしても、これではまだ抹茶の風味が活かせていません。むしろ、甘さのせいで大事な風味を殺してさえいる気がします。これなら、企画段階で試食させてもらったものの方がよほどよかったと思います」

裕人の言葉に、雅臣が眉を寄せて反論する。

双方の意見が食い違っているようで、両社の社員たちの表情も険しかった。

ふと、雅臣が茉莉花を見る。

ほんの一瞬だけ瞳を緩めた彼は、名案を思いついたような笑顔で「彼女にも試食をしてもらいましょう」と言い出した。

「え？」

目を見開いた茉莉花と同様に、浩人を始めとした仁科フーズの社員たちも驚きや戸惑いをあらわにする。

「あの、鷹見社長……茉莉花にはこういうことは……」

「そうおっしゃらず。お客様にお出しするものだからこそ、プロジェクトチーム以外の普通の感覚を持った人の意見も大事でしょう」

浩人がすかさず止めたが、雅臣は有無を言わせぬ笑みで跳ねのけてしまう。

仁科フーズの社員たちは、微妙な顔をしている。

しかし、雅臣の意見に反対する者は出ず、茉莉花は椅子に座らされ、試作品の抹茶カステラが出された。

「それを食べて、感想を聞かせてください。遠慮や気遣いはいりませんので、あなたがそれを消費者として食べたときにどう思うか、素直な気持ちを言っていただきたい」

戸惑うばかりの茉莉花に、彼が柔らかな微笑を向ける。

その表情はいつも通りで、大丈夫だ、と言われているようでもあった。

緊張感でいっぱいだった茉莉花の心に、小さな安堵感が芽生える。

まるで背中を押されたようで、不安と戸惑いが溶けていく。

雅臣に目配せで促され、「いただきます」と呟く。彼を含めたこの場にいる全員の視線を感じながら、フォークで切ったカステラを口に運んだ。

ふんわりとした生地の食感がよく、鼻から抹茶の風味が抜ける。

これまで幾度となく仁科フーズの製品を口にしてきたが、小麦粉で作る生地に関しての技術は秀でていると改めて感じた。

一方で、飲み込んだあとに口内に甘ったるさが残り、せっかくの抹茶特有の風味と苦みを活かし切れていない……とも思う。

「どうですか？」

しかし、会社でお荷物扱いの茉莉花には、それを口にする勇気がなかった。

「えっと……生地が柔らかくておいしいです」

「……本当に？」

真剣な面持ちをしている雅臣の視線に、茉莉花は言い淀んでしまう。

すると、一拍置いて彼が優しい笑みを浮かべた。

まるで、なにも心配するな、と言うように。

茉莉花は自分には自信がない。

けれど、雅臣のことは信頼している。

その彼が微笑んでいるのだから、きっとどんな言葉を発しても大丈夫なのだと思えた。

「抹茶が……」

深呼吸をした茉莉花が、おずおずと切り出す。

「食べた瞬間の風味はとてもよく、鼻から香りが抜けます。ですが、鷹見社長がおっしゃっていた通り、甘さが強すぎるせいで抹茶特有の香りや苦みが印象に残りませんでした。それがもったいない気がします」

「では、これをフランスやイタリアで出されたらどう思いますか？　異国の地で、あえて日本のホテルに宿泊し、ウェルカムスイーツとして『日本のものです』と出されたら？」

「……少し残念です。もし私なら、その国ならではのものをきちんと味わいたいと思います。日本のホテルに宿泊したのなら、外国の味を意識しすぎたものよりも日本らしいものが食べたいです。たとえば、栗や小豆などを入れて、もっと和菓子らしくしても……」

そこまで話していた茉莉花が、不意にハッとする。焦って口を噤んだが、浩人たちを見ればさきほどよりも驚いたようにポカンとしていた。

しまった……と思う。

出すぎた真似をしたことを反省しかけたとき、雅臣がふっと口角を上げた。

「私も同意見です」

再び不安に包まれそうだった茉莉花は、彼の言葉に安堵と喜びを感じる。

「日本のホテルとして提供するなら、日本特有のものをきちんとお客様に食べてほしい。現地の味覚に合わせることも大事ですが、そこに囚われて素材本来の長所を活かせなければ本末転倒です。それと、栗や小豆というのもいい案だと思います」

「え？」

「素晴らしいご意見をありがとうございます。業務の手を止めてしまって申し訳ありませんでした。ですが、あなたのおかげでもっといいものができるでしょう」

しん、と室内が静まり返る。

そのあと少しして、裕人が息を小さく吐いた。

「確かに、鷹見社長のおっしゃる通りです。我々は現地の味覚に合わせることにこだわりすぎていました。今日いただいたご意見を参考に、すぐに試作品を作り直します」

茉莉花が状況を把握できずにいる間に、話が纏まったようだ。

雅臣は満足そうに頷き、裕人は気難しそうな顔をしながらも百合や山重たちと意見を纏めている。

浩人は戸惑いつつも、社員たちの様子を見守っていた。


「今日、どうして私にあんなことさせたの？」

その夜にかかってきた電話で茉莉花が開口一番尋ねれば、電話口の雅臣がふっと笑ったのがわかった。

『別に深い意味はないよ。茉莉花はスイーツが好きだし、この間のショコラトリーのチョコレートを食べてもらったときみたいな感想が聞けるかと思っただけだ』

「だからって……。お父さんたち、びっくりしてたよ。オミくんがいきなりあんなこと言うから、もしかしたら変に思われたかも……」

あのあと、茉莉花は早々に退室させられた。

本来は、海外事業部と商品開発部しか知り得ない情報も多いため、あの場にとどまることが許されなかったというのもある。

どちらにせよ、仁科フーズの社員たちの視線には不満げなものもあったし、浩人たちも怪訝に思ったかもしれない。

『社長からは特になにも言われなかったし、みんなあくまで俺が独断でしたことだと思ってるから、茉莉花はなにも心配しなくていいよ。それに、いい意見が聞けたのは本当だ。次からは栗を入れたものに変更することに決まった』

「そうなの？」

『ああ。それだけ茉莉花の意見がよかったってことだ。だから、本当になにも心配しなくていいし、むしろ胸を張ってもいいくらいだよ』

さきほどまでは、不安や困惑、そして雅臣がなぜあんなことを言い出したのか……という気持ちでいっぱいだった。

けれど、彼に褒められたことで、そういったものが溶けていく。

代わりに芽生えたのは、素直な喜びだった。

『ありがとう、茉莉花』

「私はなにも……」

『こういうときは素直に受け取ればいいんだよ。茉莉花のおかげで、きっと次はもっといいものが試作品として上がってくるはずだからね』

穏やかながらも含みのない言い方に、茉莉花の中にある喜びが大きくなる。

「うん。私の方こそありがとう」

『どうして茉莉花がお礼を言うんだよ』

雅臣は笑っていたが、茉莉花が職場で起こったことで充足感を抱いたのは初めてだった。

だからこそ、彼に感謝を伝えずにはいられなかったのだ——。

＊＊＊

十一月も半分が終わり、木々の色は黄色から赤へと移り変わっていく。

物寂しい気持ちになるのは、秋から冬へと変わりつつある季節のせいにしたい。

「最近、山重くんとはどうだ？」

昼休憩に呼び出された茉莉花は、浩人からの質問にため息を飲み込んだ。

山重の本音を知って以来、彼からの誘いはさりげなく断っている。

それが浩人の耳に入ったのか、ただ状況を知りたいだけなのか……。一瞬だけ悩んだが、浩人の表情が穏やかなことに気づいて後者だと悟った。

山重の本性を見てからは、安堵に似た感覚とともに彼への不信感も芽生えていた。

恋愛感情もない山重に対して、彼の本音を知っていながらも夫婦としてやっていけるのだろうか……と困惑し始め、それによってモヤモヤとした気持ちも膨らんでいったのだ。

もう進んでいる話に対して今さらこんなことを考えるのは、ただのわがままだとわかっている。

それでも、本当にこのままでいいのか……と考えたとき、茉莉花はやっぱり本心では嫌だと思っていることを痛感し、今は迷いだけが色濃く表れていた。

「本当にいい青年だろう。仕事熱心だし、茉莉花のこともよく褒めてたよ。茉莉花を大切に思ってくれてるようだ」

しかし、浩人は相変わらず茉莉花と山重の結婚に乗り気だった。

「茉莉花も楽しく食事をしてたそうじゃないか。食事だけじゃなく、一度どこかへ出かけてきたらいいんじゃないか。彼となら安心だ」

しかも、茉莉花の気持ちにはまったく気づかず、それどころか茉莉花が彼のことを気に入っていると思い込んでいる。

(……変なの)

浩人がお見合いをさせたのは自分自身のためでもあるが、浩人なりに茉莉花の幸せも考えてくれているはず。

それなのに、浩人は茉莉花の気持ちに気づかないでいる。

だいたい、山重は茉莉花のことを大切に思ってなんかいない。

彼には身体を求め合うような相手がいて、重役の椅子を手に入れることを目論んでいるだけ。

浩人の行動のなにもかもが裏目に出ていることが、なんだかおかしくなってきた。

茉莉花の本心どころか山重の本性も見抜けない浩人のことが、心配でもある。

彼は仁科フーズを乗っ取る気はない感じだったのと、裕人と百合がしっかりしていることが、不幸中の幸いのように思えた。

「たまには茉莉花の方からも誘ってみなさい」

「……考えておきます」

茉莉花は曖昧に微笑んで社長室をあとにし、ひとりきりになりたくて屋上に向かう。

風が冷たいせいか誰もいなくて、ようやくちゃんと呼吸ができた気がした。

今日も上司に気遣われ、同僚に冷ややかな視線を向けられる中、退社するのだろう。

(私、なんのためにここにいるのかな……)

虚しさでいっぱいになったとき、スマホが小さく震えた。

【二十時前に迎えに行く】

雅臣からのメッセージに一瞬喜んで、即座に苦笑が漏れる。

「また苦しくなるだけなのに嬉しいなんて……本当にどうしようもないよね」

吐いたため息が空中に白い靄を作り、すぐに消えた。

「オミくんのことが好き……大好き……」

彼の前では紡げない想いを零せば、切なさが込み上げて泣きたくなる。

茉莉花の中には今日も言えない本音ばかりが募り、感情はがんじがらめになっていた。

四　愛情　Side　Masaomi

十一月も今日で終わる。

師走が迫る中で仕事は忙しさを増していたが、雅臣は茉莉花と会う時間だけは必死に捻出していた。

彼女の『なにも言わずに私を抱いて』という希望通り、身体だけの関係を続けている。

それまでとは違い、世間から見ればいわゆるセフレの関係性にあたるのだろう。

もちろん、雅臣にはそんなつもりは毛頭ないけれど。

茉莉花の言葉を受けてから、雅臣たちはすでに片手では足りないほど会い、それ以上に身体を重ねている。

一度では足りず、二度抱くことも珍しくはない。

彼女の身体は、いつだって雅臣の言動に従順な反応を見せる。

ときに艶麗な表情を浮かべ、艶めかしい瞳で見つめてきては、甘えた声を上げる。

雅臣にしがみつき、キスをねだり、快感に抗えずに達する様は、どんなものよりも雅臣の劣情を煽り、最後には心と身体を満たしてくれた。

『オミくん……オミ、くっ……すき、ッ……すきなの……』

今夜も乱れに乱れた茉莉花は、雅臣の名前を呼びながら果てた。消え入りそうな声で、何度も『好き』と繰り返して——。

「本当に、茉莉花はどれだけ俺を困らせてくれるんだ」

そんな彼女に苦笑を漏らしながらも、心の中はひどく満たされている。

いつからか、茉莉花は雅臣への気持ちを素直に零すようになった。

といっても、恐らく本人にその自覚はない。

雅臣の愛撫に啼き、我を忘れるほどに美しく乱れ、何度も昇り詰めて。そうして思考がぐちゃぐちゃになって初めて、自らの感情を口にしているのだろう。

きっと、雅臣の腕の中で自分がそんなことを口走っているなんて、彼女自身は思ってもいないはずだ。

けれど、雅臣はようやく確信を得ることができた。

どこまでも浩人に囚われていることを差し引いても、茉莉花は見かけによらず強情で意地っ張りだ。

雅臣を見つめる瞳や表情に恋情が混じっているように見えても、彼女が雅臣への想いを口にすることは一度もなかった。

憎からず想われている気がするのに、最後の一線は越えないようにしていたのか、茉莉花は決して本心を見せようとはしなかった。

もっとも、基本的には素直で真面目な性格の彼女からは、なんとなく本音が漏れていた気がするけれど。

それでも、さすがに確信が持てないままでいるのは、少なからず不安もあった。

だからこそ、無意識であっても茉莉花本人の口から想いが紡がれたときには、雅臣の心はどうしようもないほどに震えた。

初めて『好き』と零された夜なんて、そのまま続けて二回も抱いたほどだ。

事後、三度も雅臣の欲望を受けた彼女はまともに立てず、さすがに少しばかり怒られたが、とろけて放心した顔が可愛くて仕方がなかった。

「でも、正気のときには頑なに本心を隠すんだよな」

眠る茉莉花の額にくちづけ、「困ったお姫様だよ」と眉を下げてため息をつく。

彼女が自分の気持ちを言わない理由は、間違いなく浩人のことがあるから。

茉莉花は、病弱だった子ども時代のせいで両親に対して罪悪感を抱いており、父親である浩人へのそれは異常なほどだった。

さらには、これまで幾度となく訴えてきた自分の意見が通らないことを痛感しているためか、彼女は随分と〝諦めのいい子〟になってしまっている。

何度も心が折れれば、そうなるのもわからなくはない。

今でこそ、茉莉花は浩人の言いなりになっているように見えるが、裕人いわくもともとはもっと自分の意思を伝えていたらしい。

『でも、親父は茉莉花には異常なほど過保護だし、母さんや俺たちの言葉にも絶対に耳を貸さないからな。茉莉花も、もうなにを言っても聞き入れてもらえないことに疲れてるだろうし、諦める方がラクなんだろ』

先日、裕人と会ったときに彼女の見合いの話になり、そんなことを言っていた。

裕人も何度か浩人に進言したようだったが、とうとう強引に縁談まで決めてしまい、呆れ返っていた。

ただ、茉莉花のことを気にかけながらも、彼女の本心がわからないようだった。

『親父のやってることは異常だと思う。会社でも茉莉花は相当肩身が狭いはずだけど、茉莉花は俺たち家族には絶対になにも言わないし、全部溜め込むからな』

兄である裕人から見ても、浩人自身の言動が常軌を逸していると強く感じているのなら、茉莉花が今のようになったのも頷ける。

幼い頃から繰り返し縛りつけられていれば、それはもうある種〝呪縛〟と変わらないだろう。

そんな彼女の目をきちんと正しい方向へ向けさせたいが、それにはまず浩人の目を覚まさせなければいけない。

茉莉花を苦しめる呪縛は、彼女の父親である浩人のせいなのだから。

(さて、どうするかな。とりあえず、さっさと宣言でもしておくか)

色々と決め兼ねていたが、悠長なことは言っていられない。

手遅れになる前に公言しておく方がいいだろう。

「茉莉花。そろそろ送っていくよ」

「ん……もうちょっと……」

雅臣にしがみついた茉莉花の顔は、出会った頃のようにあどけない。

寝惚けているときにはこんな風に甘えてくるくせに、決して雅臣には捕まってくれないのだから嫌になる。

そのくせ、うんざりしたって諦められないほどに彼女のことが好きなのだから、もう自分でもどうしようもないのだ。

「起きないなら、このままもう一回抱くよ？　茉莉花の身体は、きっと俺を受け入れてくれるだろうし」

込み上げてくる劣情を隠し、茉莉花の腰を抱き寄せて囁く。

「っ……！　起きる！　すぐ起きるから……！」

刹那、瞼を開いた彼女が、弾かれたように上半身を起こした。

「……いい眺め。誘ってる？」

「きゃあっ……！」

上掛けを引っ張った茉莉花の手首を引き、腕の中に閉じ込めてしまう。

「も、もうダメだよ！　できないからね……!?」

「しないよ」

クスクスと笑って、彼女の唇を優しく奪う。

本当はしたいけどね、と雅臣が耳元で囁いてやれば、茉莉花の顔がさらに赤くなった。

可愛くて、愛おしくて、本当にどうしようもない。

こんな風に自然と笑えるのも、なにげない瞬間に癒されるのも、心と身体を満たしてくれるのも、相手が他の誰でもない彼女だから。

雅臣を幸せにしてくれるのは、世界中を探しても茉莉花しかいないと断言できる。

もっとも、雅臣は自分のことなんかよりも彼女を幸せにしたいのだけれど。

＊＊＊

「以前より甘さが控えめで、抹茶の風味も格段によくなりましたね。これなら、弊社の海外事業部や重役たちも納得するはずです」

雅臣の感想を聞いた途端、仁科フーズの社員たちの強張っていた表情が和らぐ。

裕人は心底安堵したように笑い、「よかったです」と口にした。

フランスとイタリアにオープンするタカミステーションホテルのウェルカムスイーツは、茉莉花の意見を参考に栗入りの抹茶カステラに決まった。

宇治産の抹茶をふんだんに使用し、細かく刻んだ栗を練り込んだ生地を焼き上げたカステラは、日本ならではの味わいでありつつ和菓子ほど和に傾倒しすぎておらず、雅臣に同行していた社員たちからも高評価を得た。

当初は海外を意識しすぎたせいか、試作品として最初に出されたものは異様なほどに甘く、抹茶の風味も活かし切れていなかった。

打ち合わせを綿密に重ね、六回目の試食会で茉莉花の意見を聞き、今日出された八回目の試作品でようやく味が纏まったのだ。

今回のプロジェクトのメンバーも、みんな満足そうにしている。

雅臣たちに出すのが八回目ということは、仁科フーズの社内ではその何倍もの試作を繰り返したに違いない。

心底ホッとしている様子の浩人と裕人の顔が、それを語っているようだった。

雅臣自身も、ようやく一段落したことに息をつく。

本来、国内事業部の取締役である雅臣は、タカミステーションホテルの海外進出にはほとんど関わらない予定だった。

しかし、当初から土地の買収が難航しており、プロジェクトがなかなか進まなかったことによって、鷹見グループの総帥である耕三から『イタリアのオープンまではお前が陣頭指揮を執りなさい』と命を受けたのだ。

総帥の命令であれば、雅臣に選択権はない。

雅臣は、約四年半前の取締役への就任と同時に、このプロジェクトにも関わることになった。

海外初のタカミステーションホテルは、来年早々にアメリカでのオープンを控え、三か月後にはフランスとイタリアで相次いでプレオープンを迎える。

ようやく色々なものの目途が立ち、これでウェルカムスイーツの件も一段落したため、あとは細かい調整ばかりになるだろう。

仁科フーズの社員以上に、雅臣の方が安堵していたかもしれない。

和やかな雰囲気になった両社の社員たちを横目に、浩人が近づいてきた。

「鷹見社長、今回の件では本当にありがとうございました。御社とのご縁ができ、大変光栄です」

「こちらこそ。今後とも御社とのご縁を大切にしたいと思っております」

微笑み合い、さらに穏やかな空気になったことを確信してから口を開く。

「もしよろしければ、今晩お時間をいただけませんでしょうか。折り入ってご相談があるのですが」

「ええ、それは構いませんが……。しかし、私だけでよろしいのですか？　息子や海外事業部の者も必要でしたら、私の方で声をかけておきますが」

「いえ、今夜は仁科社長だけにお話がありますので」

浩人は怪訝そうにしていたものの、程なくして頷いた。

二十時を回った老舗料亭の一角で、雅臣と浩人が向き合って食事を摂る。

今日の仕事が上手くいったのがよほど嬉しかったらしく、彼はいつにも増して饒舌《じょうぜつ》で、日本酒もよく進んでいた。

「仁科社長」

雅臣は程々に付き合いつつ、食事が済んだところで口火を切った。

「ああ、これは失礼しました。今夜はなにかお話があるとおっしゃられていましたのに、私ばかり話してしまいました」

苦笑しながら頭を掻く浩人が、雅臣の雰囲気に合わせるように姿勢を正す。

「単刀直入に申し上げます」

その姿を真っ直ぐ見つめ、小さな深呼吸をひとつした。

「茉莉花さんと結婚させてください」

「え……？」

一瞬、きょとんとした彼は、すぐさま陽気に笑い出した。

「突然なにをおっしゃられるのかと思えば、またご冗談を。鷹見社長は真面目なようでいて、ご冗談がお上手ですね」

「冗談ではありません。私は本気で申し上げています」

雅臣の真剣さが伝わったのか、ようやくして浩人が状況を察したようだった。

「仁科社長……いや、雅臣くん」

社長ではなく、茉莉花の父親として話そうとしている彼を前に緊張感が走る。

「雅臣くんなら家柄なんかは申し分ないどころかこちらが分不相応すぎて、茉莉花ではご迷惑をおかけするでしょう。第一、もう見合い話は進んでいます」

しかし、浩人は『雅臣くん』と呼びながらも、雅臣をはっきりと拒絶した。

「茉莉花は子どもの頃に不自由をしました。だから、あの子にはもう余計な苦労はさせたくないんです……。雅臣くんなら茉莉花を幸せにしてくれるかもしれませんが、あの鷹見グループに嫁ぐということは苦労だって大きいでしょう」

彼の言葉は、茉莉花への愛情でいっぱいだった。

「そんな苦労、もうあの子にはさせたくない。茉莉花には、子どもの頃に味わうことができなかった普通の幸せを感じさせてやりたいんです」

それが茉莉花のためになるかどうかはともかく、浩人が彼女のことを心から大切にしているのはよくわかる。

「大企業の御曹司に嫁ぐような大仰なことではなく、平凡な家庭を作るようなささやかなものでいいんです。茉莉花には、子どもの頃に子どもらしい楽しみを与えてやれなかった。だからせめて、大人になった今は普通の幸せを与えてやりたい……」

やり方こそ間違っているかもしれないが、浩人なりに考え抜いたことだというのは伝わってきた。

けれど……。

「では、茉莉花さん自身が私との結婚を望めば、許していただけますか？」

雅臣だって、ここで引き下がるわけにはいかない。

何年も想い続けてきた茉莉花を、ぽっと出の男に譲る気は毛頭ない。

彼女が自分を想ってくれているのなら、なおさらだ。

「それほど真剣に茉莉花を想ってくれていることには感謝します」

少しの間黙っていた浩人は、頭を下げたあとで雅臣を見据えた。

「ですが、あの子は私を裏切らない。絶対に」

冷たい声音が全力で雅臣を拒絶しているのが、ひしひしと伝わってくる。

彼の顔は自信に満ちていて、茉莉花が自分の言うことを聞かないなどとは夢にも思っていないのだろう。

雅臣には、親の気持ちはわからない。

ただ、子どもはどれだけ従順であっても、親が思うほど大人しくはないものだ。

彼女が雅臣と人知れず身体だけの関係を続けているように……。

もっとも、雅臣に言わせればこの状態は〝今だけのこと〟でしかないし、あくまで茉莉花を繋ぎ止める方法のひとつに過ぎない。

彼女の方は違うのだろうけれど。

「わかりました。ただ、私の愛情はこの程度のことで諦められるほど軽くも薄っぺらいものでもありません。ですから、私なりの方法で茉莉花さんと結婚できるように尽力します」

交渉が最初から上手くいくなんて、まったく思っていない。

今日は、ひとまず自分の気持ちを宣言しておきたかっただけだ。

その後、浩人は人が変わったように口数が減ってしまい、早々にお開きなったが、雅臣の心は幾分かすっきりしていた。

これで後ろめたく思わずに済む。

本当なら、茉莉花の決心が自分に向くまで気長に待つつもりだった。

なによりも彼女の気持ちを大切にしつつ、呪縛を解いてあげたかった。

けれど、そんな時間はもうない。

「今から は……さすがに無理か」

時刻は、二十二時前。

茉莉花が雅臣の家に泊まっていくことはないため、木曜日のこんな時間に誘うのは憚《はばか》られる。

仕方なく、雅臣は彼女に電話をかけるだけにした。

四章　甘い微熱

一　弱い自分

季節は、クリスマスを控えた十二月上旬。

土曜日の昼下がりの街の雰囲気は、普段よりも浮かれているように見えた。

「これ、おいしいですね」

対面に座る山重が、ピザを一口かじって笑う。

「はい」

「友人に勧めてもらったんですけど、茉莉花さんにも気に入ってもらえてよかった」

茉莉花にとって彼との食事は相変わらず砂を噛んでいるようだったが、そんな感覚を流し込むがごとくアイスティーを飲み、繕った笑顔で本音を隠した。

なんとか山重からの誘いをかわしていたものの、とうとう断るための言い訳も尽き、今日は二週間ぶりに彼と会うことになった。

休日に会うのはお見合いの日以来で、なんだか変な感じがする。

茉莉花の本心なんて知らない彼は、今日も優しい雰囲気を纏っていた。

（これも演技だなんて……）

茉莉花に向けられる笑顔も気遣いも、山重にとってはすべて重役の椅子に座るためのものだ。

彼の目論見がわかって腑《ふ》に落ちた反面、結婚への不安はますます大きくなった。

山重はきっと、茉莉花を大切にするだろう。

女性との縁を切るつもりはなくても、茉莉花が大人しくしていれば表面上では優しい夫を演じ、いい家庭を築こうとするに違いない。

誘いを断り続けていた茉莉花に嫌な顔ひとつせず、むしろ会って早々に『今日はお会いできて嬉しいです』と微笑んでくれたくらいだ。

不満があっても上手く隠し、茉莉花の機嫌を損ねないようにするつもりなのだろう。

（でも、それって仮面夫婦だよね……）

雅臣なら、茉莉花を本当の意味で大切にしてくれる。

茉莉花が間違ったことをしたらたしなめ、不満はふたりで話し合って、少しずつでも向き合えるように努力してくれる。

そして、優しいキスをして、激しくも慈しむように抱いてくれる。昨夜もそうしてくれたように……。

（……って、なに考えてるの！　今は山重さんといるのに……）

油断すれば彼のことで頭がいっぱいになる自分自身を叱責しても、茉莉花の心は目の前にいる人に向かない。

そんな気持ちでいることが、さらに心を重くする。

(みんな、楽しそうなのに……私だけが違う世界にいるみたい)

店内にも窓の外にも恋人たちの姿が多く、目に映る人々はみんな幸せそうに笑っているのに、茉莉花だけが上手く笑えずにいる。

いっそのこと、なにもかもを捨ててしまいたい。

どうしたって消せない雅臣への気持ちも、過保護な父親の言いつけも、自分自身の感情でさえも……。

(……なんて、できるわけないのにね)

そんな衝動に駆られそうになったところで、苦笑を漏らす。

茉莉花の中にある〝父を悲しませたくない〟という思いが強すぎて、結局はこうすることしかできないのだから……。


山重と別れて帰路についたのは、十六時頃だった。

ランチを食べ、街中にある大きなクリスマスツリーを見に行って、カフェでお茶をする。お見合いらしく、とても健全な付き合いだ。

恋人でもない雅臣とは身体の関係まであるのに、婚約者候補の山重とは手も繋いだことがないなんておかしくなってくる。

（私、めちゃくちゃだなぁ……）

雅臣に抱かれるたびに幸せで、同じくらい切なくて。自業自得な自分自身にうんざりして、心がすり減っていって。

それでもまた、茉莉花の心と身体は彼を求めてしまう。

堂々巡りの状況に終止符を打たなければいけないのに、結局は雅臣に甘えているのだ。

いっそのこと、誰かが自分を彼から引き剝がしてくれないだろうか。

このままだと、いつまで経っても自分からは離れられそうにないから……。

「あの……」

支離滅裂な自身の思考にため息をついたとき、控えめに呼び止められた。

マンションに入ろうとしていた茉莉花は、聞き覚えのない声に反応して振り返る。

黒塗りの高級車を背にした女性は、背後に控えていた男性に「中で待ってて」と告げ、茉莉花に笑顔を向けた。

「仁科茉莉花さん……ですよね？」

「えっと……」

女性とはいえ、まったく見覚えのない相手にどう反応していいのかわからない。すると、彼女は名刺を差し出した。

「私、万里小路希子と申します。怪しい者ではありませんのでご安心ください」

落ち着いた雰囲気で名乗られ、恐縮しながらも名刺を受け取る。そこには、『万里家具秘書』と書かれていた。

万里家具といえば、有名なインテリアブランドのはず。

国内シェアでは上位に位置し、海外でも人気が高く、確かタカミホテルとも契約している。

そんな女性が自分にどんな用件なのか……と茉莉花が疑問に思っていると、希子が上品な微笑を浮かべた。

「弊社とタカミホテルが懇意にしているのはご存知ですか?」

その質問で脳裏に過ったのは、雅臣のこと。

「私たちは祖父の代から、世間が思うよりもずっと密接な関係を築いてきました」

それはあながち間違っていないようで、彼女が牽制《けんせい》するように笑みを深めた。

「このたび、私と雅臣さんの婚約が正式に決まりそうなんです」

「え……?」

寝耳に水だった。

彼からはそんな話があるなんて聞いたことはない。

けれど、希子がわざわざこんな嘘をつく理由もないはず。

「私の両親が以前から望んでいたことですが、弊社にとっても鷹見グループにとっても大きな利益に繋がります。もちろん、私はそんなことは関係なく、彼をお慕いしているんですけどね」

　彼女から笑顔が消え、冷たい視線が向けられる。

「身体だけの関係のあなたとは違うの」

「っ……！」

「……やだ、カマかけただけだったのに図星なのね」

　悪意に満ちた目で睨《にら》んでくる希子に、茉莉花は返す言葉なんてなかった。

「私は、雅臣さんにふさわしいパートナーになれるし、社会的地位も、そして利益も与えられるわ。でも、あなたは彼になにを与えられるの？」

　雅臣と茉莉花は身体だけの関係で、彼がどう言おうとこの関係に未来はない。

「別に、結婚前に遊ぶ女がいるくらい目を瞑《つぶ》るわ。でも、あなたはお見合いをしたんでしょう？　だったら、雅臣さんの周りをうろうろせずにお見合い相手に抱かれてなさいよ。身の程をわきまえて」

　痛いところばかりを突かれた茉莉花は、言い訳も返事もできなかった。

「っ……私は……」

「ああ、なにも言わなくていいわ。あなたの話を聞くつもりはないもの」

　それでもなんとか口を開いたのに、ぴしゃりと拒絶されてしまう。

「あなた、もしかして雅臣さんに愛されてるとでも思ってたの？　あなたのお兄さんと仲がいいから、あなたのこともお世話してただけだって気づかなかった？　まあ、それにしても身体まで面倒見てもらうなんてどうかと思うけど。雅臣さんも人がいいんだから」

クスッと笑う希子に、茉莉花の視線が落ちていく。

言い返す言葉もないせいで、彼女をまともに見ることもできなかった。

「とにかくさっさと自分の立場を思い知って、一刻も早く雅臣さんの前から消えて」

希子はそう言い置き、車に乗り込んだ。

茉莉花はすぐに走り去った車をぼんやりと見送りながら、頭が真っ白になっていった。

雅臣からはなにも聞いていなかったが、彼に婚約者やそういう話があること自体は不思議ではない。

彼女の言葉通り、きっと両社に利益があるのだろう。

仁科フーズでは足元にも及ばないような大企業同士の縁組でどれほど大きなものがもたらされるのか、茉莉花には想像すらできない。

いよいよ終わりを迎えるときが来たんだ……と直感した。

希子は口調こそ厳しかったけれど、雅臣への想いはきっと本物で、彼との結婚を望んでいた。

雅臣の気持ちに応えられないのに、ただわがままを聞いてもらっている茉莉花とは違って、公私ともに彼を必要としている。

彼女と比べると、茉莉花はなにもかもが中途半端。

そんな自分自身に、今日こそほとほと嫌気が差した。

けれど、自分の想いと父親を何度天秤《てんびん》にかけても、どうしても〝父を悲しませられない〟という結論にしかたどりつけない。

「もう、終わりにしなきゃ……」

雅臣との関係をきちんと清算しよう……と心に決める。

ここまで時間がかかってしまったが、彼の婚約が決まるのならさすがに今のままの関係でいるわけにはいかない。

自分はともかく、雅臣の名誉を傷つけたくはない。

ようやく現実が見え、それによって覚悟を決めるほかなくなったが、きっとこれでよかったのだ。

底冷えするような寒さの中、ふっと自嘲混じりの笑みが零れた。

＊　＊　＊

翌日の日曜日。

茉莉花は初めて自分から雅臣に電話をかけ、『会いたい』と告げた。

彼は早朝から会社に行っていたようで、茉莉花からの電話に少しばかり驚いた様子ながらも『午後からでもいいなら』と承諾した。

雅臣が茉莉花を迎えに来たのは、十五時前のこと。

彼のマンションに着いて早々、ソファの前にあるローテーブルにフルーツがたっぷり乗ったタルトが並べられた。

「茉莉花を迎えに行く前に買ったんだ。茉莉花、いちごが好きだろ？　キウイタルトやレモンタルトもあるけど、どれがいい？」

雅臣は、茉莉花の好みをよく知っている。

フルーツが好きなことも、その中でも特にいちごが好きなことも。

嬉しいのに答えられずにいると、出してくれたばかりのアールグレイティーの傍にいちごタルトを載せた白いプレートが置かれた。

「残りは持って帰っていいよ」

微笑む彼のカップからはコーヒーの香りが漂っていて、茉莉花は自分のためにわざわざ紅茶を淹れてくれたのだと気づく。

こんな気遣いが嬉しくてたまらなくて、今にも泣いてしまいそうだった。

「茉莉花から誘われるなんて初めてだね」

曇りのない笑顔が眩《まぶ》しくて、痛い。

雅臣への想いを痛感させられて、胸の奥が軋むような音を立てていた。

「どんな理由でも『会いたい』って言ってくれて嬉しかったよ」

一瞬悲しげに瞳を伏せた彼が、茉莉花を真っ直ぐに見つめてくる。

沈黙が降りた直後、美麗な顔がゆっくりと近づいてきた。

「……っ、ダメッ！」

茉莉花がキスの気配を感じて、両手で雅臣の胸元を押し返す。彼は苦笑を零すと、小さなため息を零した。

「どうした？」

優しい瞳を前に、言葉よりも先に涙が溢れてしまいそうだったけれど。

「こういうことはもうしない……。今日はお別れを言いに来たの」

最後くらいはきちんとけじめをつけるべきだと、必死に自分自身を奮い立たせた。

見開かれた双眸の中に茉莉花を映す雅臣は、一拍置いて真剣な顔になった。

「どうしても俺の気持ちを受け入れられない？」

希子との婚約が決まりそうなはずなのにひどいことを言う、と思う。

ただ、今の茉莉花にとって、そんなことはどうでもよかった。

雅臣が自分に想いを向けてくれることが嬉しい。

彼の言葉なら、なにもかもを信じてしまえる。

雅臣のすべてを受け入れたい。

なによりも、そう望んでいる。

「うん……」

けれど、嘘つきな唇は、心とは裏腹な答えを放つ。

すると、彼がふっと瞳をたわませた。

まるで、茉莉花の嘘を見透かすように。

「ベッドの中ではあんなに『好き』って言ってくれるのに？」

「えっ……？」

雅臣の言葉を、茉莉花はすぐには嚙み砕けなかった。

なにを言われているのかわからなくて、少し経ってその意味を理解したときにもにわかに信じられなかった。

「嘘……そんなこと言ってな――」

「嘘じゃない。茉莉花は俺に抱かれてるとき、いつも『好き』って言ってくれるよ」

困惑する茉莉花に反し、彼は余裕そうに微笑んでいる。

そんな記憶はまったくないが、雅臣の顔つきは嘘ではないということを物語っていた。

「俺に乱されてわけがわからなくなったときに限り、って条件付きだけどね」

彼がクスッと笑った瞬間、最近特に〝激しかった〟理由に気づいた。

「でも、間違いなく言ってくれたよ。オミくんが好き、って何度も何度もね」

脳の芯まで真っ白になるほど責められ、幾度となく果てさせられたのは、きっと茉莉花が『好き』と口走っていたせい。

本音を隠し切れていなかったことを知り、茉莉花の頰がかあっと熱くなった。

「そもそも、言葉なんてなくても全身から俺への気持ちが溢れてたよ。茉莉花が意地っ張りすぎて、なかなか確信を持てなかったけど」

すべてを知っていると言いたげな笑顔に、困惑と動揺を隠せない。

突きつけられたばかりの真実を、受け止め切れなかった。

それでも、今さら答えを変えるわけにはいかない。

「……そうだったとしても、オミくんとは結婚できないよ」

戸惑う心を諫《いさ》め、なんとか最後まで言い切る。

「茉莉花」

直後、雅臣の面持ちが急に厳しくなった。

「自分の人生を決めるのは父親でも家族でもない、自分自身だ。父親を悲しませたくないなら、本気で自分が幸せになれる道を考えるんだ」

声音も視線もいつになく鋭く、彼の一言一言が重かった。

「その上で茉莉花が他の男のもとで幸せになると言うなら、俺は〝君の前だけでは〟君の幸せを祈るよ」

冷たいようにも思えた口調に、切なげな雰囲気が灯る。

「でも違うだろ？　茉莉花は俺が好きで、俺も茉莉花を愛してる。愛し合ってる存在がいるのに、他の男に唇や身体を許すのか？」

眉を下げた雅臣が、悲しそうな笑みを浮かべる。

茉莉花は、胸の奥がぎゅうっと摑まれたように苦しくて、思わず零れそうな涙を押し込めようとこぶしを握った。

「でも、私はこうすることでしかお父さんを安心させられないから……」

「自分の人生の選択を誰かに任せるべきじゃない」

同じ場所で足踏みしている茉莉花を、彼がきつくたしなめる。

「茉莉花の人生は、茉莉花だけのものだ。誰にも茉莉花の幸せを奪う権利はないし、君が君らしくいられる選択をするべきだ」

雅臣の視線も言葉も厳しいままで、図星を突かれてばかりの心が痛い。

「……私らしくいられる選択？」

「ああ。それに、茉莉花にはいいところがたくさんある。本当は裕人や百合さんのように父親を手伝いたいと思って勉強したり、俺と話すときだって仕事の話に一番興味を持っていたりする。夢があるのなら、それを諦める必要だってない」

けれど、その奥にあるのは、迷いのない愛情と深い優しさだった。

「茉莉花を縛りつけてるのは父親である浩人さんだけど、茉莉花の心を一番不自由にさせてるのは本音を隠してしまう弱い茉莉花自身だ」

彼の真摯な双眸に捕らわれていた茉莉花は、ハッとさせられる。

自分自身が一番ダメだということを、ずっと自覚していたつもりだった。

それなのに、心のどこかではいつも父親の存在を言い訳にしていて。

簡単に諦める癖がついていたことも、会社で肩身が狭いことも、すべて浩人のせいにして……。

そうすることで罪悪感や情けなさをごまかし、自分だけラクな場所にいた。

わかっている気でいたが、本当は心のどこかでは父親に責任を押しつけていた。

だって、そうしていれば現実に蓋をしていられたから……。

子どもみたいな自分自身に気づかされて、今までの振る舞いがいかに恥ずかしいことだったのかを自覚して……。茉莉花は、雅臣から視線を逸らすことしかできなかった。

「茉莉花」

そんな茉莉花を呼ぶ彼の声は、泣きたくなるほど優しい。

「父親の望み通りに生きる必要なんてない。茉莉花の人生は茉莉花だけのものだ。いくら親でも、茉莉花の幸せを奪う権利なんてない」

真っ直ぐすぎる言葉が痛い。

「自分が選んだ道が正しくなんてなくていい。正しさなんて人によって違う。モラルやマナーは必要だけど、それと正しさはまた少し違ったりもするものなんだ。だから、誰かのために正しくいようとする必要性はもっとないんだよ」

痛くて……けれど、それ以上に嬉しい。

雅臣の優しさが、彼が与えてくれる無償の愛が……。

「ちゃんと考えるんだ。自分自身としっかり向き合って、本心に蓋をせずにどうするか自分で決めるべきだよ。茉莉花だって、本当はもうわかってるだろ？」

自分が思うよりもずっと、雅臣は茉莉花を想ってくれている。

茉莉花はそんなことに今さら気づいて、心が簡単に揺れてしまう。

好きなんて言えないが、『好き』なんかでは足りない想いを今すぐに伝えたくて仕方がなかった。

涙をこらえることに必死だった茉莉花の額に、彼がそっとくちづける。

「一週間後のクリスマスイヴの夜に会おう。そこで茉莉花の答えを聞かせて」

次いで微笑んだ雅臣は、迷うことなく静かに告げた。

「それでも、俺の手を取れないと言うのなら……ちゃんと最後にしよう。俺は、もう二度と茉莉花に関わらないと約束するよ」

彼の笑顔は、切なさを混じらせながらも覚悟を決めていることを物語り、茉莉花を見据えていた。

(私は、ちゃんと決められるの……?)

茉莉花は不安に押し潰されそうだったが、もう目を背けているわけにはいかない。

きっとここで向き合わなければ、ずっと変われないまま……。

そして、一生後悔するに違いない。

そう、わかっていたから。

「オミくん……ありがとう」

今の茉莉花には、それだけしか言えなかった。

それなのに、雅臣は優しい眼差しで茉莉花を見つめ、頭をそっと撫でてくれた。

二　涙の決意

今年のクリスマスイヴは土曜日だった。

あれから一週間。

茉莉花は自分の気持ちと向き合い続けたが、これから選択しようとしている道が本当に正しいのかはわからない。

けれど、迷うたびに雅臣に言われた言葉たちを思い出し、心に留め直した。

「今日は一緒に晩ご飯を食べられなくて残念だわ」

毎年、イヴには両親と過ごすのが恒例だった。

今夜は山重との約束があるため、茉莉花は裕花から『せめてケーキだけでも食べに来て』と誘われ、先にふたりで昼食を済ませたところだ。

浩人は早朝からゴルフに行き、そのまま会食があるのだとか。

実家にひとりでいた裕花は、寂しさを浮かべながら「きっとこれからは一緒に過ごせないわね」と眉を下げた。

「でも、慣れなきゃいけないのね。茉莉花はもうすぐお嫁に行くんだから」

「……ねぇ、お父さんとお母さんってお見合い結婚だったんだよね？　お母さんはいつお父さんのことを好きになったの？」

「なぁに？　唐突ね」

「ちょっと気になって」

裕花はふふっ笑って「変な子ね」と言うと、ハーブティーを一口飲んだ。

「初めて会った日よ」

「お見合いした日ってこと？」

「ええ。お父さんね、お母さんとのお見合いの日は緊張しすぎて、会って三十分が経っても一言も喋《しゃべ》ってくれなくて……。なんて無愛想な人なんだろうって思って、どうにかお断りするつもりだったの」

裕花が肩を竦めて苦笑し、それから懐かしむように瞳を緩めた。

「でもね、お見合いしたホテルの庭を散歩したときに、慣れない着物でゆっくり歩くのが精一杯だったお母さんの歩幅に黙って合わせてくれたの。そのとき、この人は無愛想だけど、優しい人なんだって思ったのよ」

「それが理由？」

「うーん、それだけってことはないけど……。そのあとも何度か会ううちに、お父さんが不器用なりに一生懸命デートプランを考えてくれてたのを知って、この人となら苦労しても一緒にいたいって感じたから、結婚しようと思ったの」

はにかむように笑う裕花は、今も変わらず浩人のことを想っているのだろう。

「今、幸せ？」

「ええ、もちろん。お父さんは気難しいけど優しいし、あなたたちみたいな可愛い子どもにも恵まれたし、とっても幸せよ。だから、茉莉花にもそういう結婚をしてほしいな。山重さんはいい方だって聞いてるし、お母さんも早くお会いしたいわ」

嬉しそうな裕花を前に、茉莉花は不誠実な自分が恥ずかしくなる。

「お母さんは、もしお見合いした人が好きになれない相手だったらどうしてた？」

それでも、これだけは訊いてみたくて、母をじっと見つめた。

「そうねぇ……。好きって気持ちは一緒にいるうちに育めたりもするけど、どうしても好きになれないこともあると思う。でも、なにがきっかけで心が動くかはわからないから、一応好きになれるように努力はするかな」

「でも……好きとか嫌いとかって、努力でどうにかならない気がする……」

「そうね。お母さんだって、もしお父さんの優しさに気づけなかったらこんな風には考えなかったかな。何度も会ううちに自然に好きになれたから、結果的に今に繋がっただけだとも思うし」

納得できずにいると、裕花が苦笑混じりに相槌を打ってそんな風に言った。

「ねぇ、茉莉花。もし茉莉花が迷ってたとしても、『この人と一緒なら苦労してもいい』と思える相手だったら、きっと大丈夫よ」

隣に座っていた裕花の手が、茉莉花の背中をそっと撫でる。

「お母さんもお父さんも、茉莉花が幸せでいてくれればそれだけでいいんだから」

その温もりに茉莉花が泣きそうになったのは、自分がいかに幼稚な思考でいたのかを痛感したから。

けれど、小さく頷いて微笑み、「ありがとう」と零した。


浩人に会えないまま待ち合わせ時刻が近づき、山重と約束している店に向かった。

【十九時に、去年一緒に見たクリスマスツリーの前で待ってる】

途中、雅臣から届いたメッセージに目を通したが、ある決意をしていた茉莉花は返事をしなかった。

「茉莉花さん」

山重が予約してくれていたフレンチレストランに入ると、先に来ていた彼が茉莉花に気づいた直後に明るい表情を見せる。

「来てくださってありがとうございます。イヴにお会いできて嬉しいです」

人のいい笑みも、気遣いの言葉も、もう何度ももらった。

ただ、すべてが演技だとわかっていると、心は一ミリもときめかない。

この瞬間、この人に恋をすることはないのだろう……と、茉莉花は思い知った。

シャンパンで乾杯をしても、前菜やスープに口をつけても、山重の言葉が耳に入ってこない。

「茉莉花さん」

「あ、はい」

ポワソンの次に運ばれてきたソルベを食べていたとき、ぼんやりとしていたことに気づいて慌てて彼を見た。

一瞬、強張ったような面持ちになった山重が、茉莉花を真っ直ぐ見つめる。

「今夜は部屋を取ってあるんです。もしよければ、一緒に泊まっていきませんか？」

緊張しているのか、それともこんな顔すらも演技なのか。

彼を見つめ返してもわからなかったが、今はそんなことはどうでもよかった。

もうなにも知らない子どもではない。

ホテルに行けばどんな風に過ごすのかも、そうすることによって本当に後戻りできなくなることもわかっている。

『茉莉花は俺が好きで、俺も茉莉花を愛してる。愛し合ってる存在がいるのに、他の男に唇や身体を許すのか？』

そんなとき、ふと脳裏に過ったのは雅臣の言葉だった。

「……そうだね」

「よかった……！　実は、こんなことを提案したら嫌われるかもしれないと、ずっと緊張してたんです」

スプーンを置いた茉莉花に、山重の目がパッと輝く。

「山重さん、ごめんなさい」

「えっ?」

ところが次の瞬間、さきほどとは打って変わって彼の顔に困惑が浮かんだ。

「私、あなたとは結婚できません」

「はっ? ……え? どういうことでしょうか? 僕、なにか失礼なことでも――」

「いいえ。山重さんの問題じゃありません」

山重に頭を下げると、彼は顔を強張らせた。

「じゃあ、どういうことですか?」

「私には、すべてを捧げたいと思うほどに愛する人がいます」

「はっ……? いやいや、いったいなにを……」

「彼と一緒なら、どんなに苦労しても構わないと思える人です」

「そんな……! でも、社長は……」

一瞬、茉莉花の脳裏に浩人の顔が浮かぶ。

怒られるか、悲しませるか……。

どちらにしても、ひどく落胆されるだろう。

「わかってます。でも、父を裏切っても、誰を傷つけても、彼だけは欲しいんです」

けれど、茉莉花の気持ちはもう変わらない。

きっと、なにがあっても揺るがない。

「だから、ごめんなさい。あなたとは結婚できません」

「ッ……ふざけるな！　こっちは甘ったれたお嬢様と結婚してやるつもりだったんだぞ！　お前みたいななんの取り柄もない、大した仕事もできない会社のお荷物でも、一応は社長の娘だからって……！」

激高した山重は、そこでハッと我に返ったように口を噤んだ。

「山重さんの目的は知ってました」

「え……？」

動揺ひとつ見せない茉莉花に反し、彼の顔が青ざめていく。

「あなたにお付き合いしてる女性がいることも、仁科フーズの重役になるために私とのお見合いを受けたことも。でも、私も同じでした。ずっと好きだった人がいるのに、父の言いなりになって全部見ないふりをしてあなたと結婚しようとしてたので……お互い様です」

財布から一万円札を二枚取り出し、テーブルの上に置いてから立ち上がった。

「これ、今夜の食事代です。もし足りなければ、おっしゃってください」

「茉莉花さんっ……！」

呼び止める山重を振り返り、茉莉花が小さな笑みを浮かべる。

「父には私から上手く言っておきます。ですが、あなたの目的が重役の椅子だったことは、いずれきちんと話そうと思ってます」

彼は伸ばした手を力なく下ろすと、うなだれるように俯《うつむ》いた。

「さよなら」

茉莉花は形だけの挨拶を残し、足早にレストランをあとにした。

時刻はもうすぐ二十時になる。

雅臣が指定した待ち合わせ場所は、彼の家から程近いところにあって、ここからなら徒歩で十分もかからない。

去年のクリスマスよりも少し前、雅臣と一緒に見たクリスマスツリー。

セグレートからタクシーで送ってくれる道中、『せっかくだからクリスマスツリーが見たい』と言った茉莉花の願いを彼は叶えてくれたのだ。

遠回りになるのに嫌な顔ひとつせずに、喜ぶ茉莉花を見て雅臣も笑っていた。

クリスマスツリーを眺めていた時間は五分にも満たなかったが、茉莉花にとっては最高のクリスマスプレゼントだった。

あの日から一年と少し。

彼への想いは、当時とは比べようもないほどに大きくなっている。

ただ、雅臣はもういないかもしれない。

約束の時間からすでに一時間近く経っているし、この寒空の下で待ち続けているとは思えない。

それなのに、息が苦しくなっても走り続けた。

クリスマスツリーが見えてくると、行き交う人たちにぶつかりそうになって、何度も足が縺《もつ》れた。

多くの人を掻き分けるようにして進む茉莉花の視界が開けると、イルミネーションに包まれる街の中、ひときわ目を引く男性が立っていた。

「オミくんっ……！」

もう待っていないと思っていた。

けれど、彼ならまだ待ってくれている気がしていた。

「茉莉花……！　走ってきたのか？」

「だって……」

「バカ。いくら健康になったっていっても、運動は苦手なくせに……」

雅臣が心配そうに、茉莉花の顔を覗き込む。

鼻先は少し赤くて、手を伸ばして触れた彼の頬はとても冷たかった。

「どうして待ってるの……」

バカは雅臣の方だ。

凍えそうに寒い夜に、一時間も自分なんかを待っているなんて……。

切なくて、嬉しくて、整い切らない呼吸の合間に鼻の奥がツンと痛む。

茉莉花の頬をそっと撫でた彼が、瞳をたわませる。

「決まってるだろ？　茉莉花なら絶対に来てくれると思ったからだよ」

簡単に断言されて、もう涙をこらえられなかった。

「だって、茉莉花は俺が好きだろ？　俺も茉莉花が好きだって言ってるのに、茉莉花が来ないはずがないんだ。言っておくけど、俺は誰よりも茉莉花のことを知ってるつもりだからね」

微笑んでいた双眸に、どこか呆れたようなものが混じる。

「俺が何年想い続けたと思ってる？　茉莉花に好かれるために、どれだけ茉莉花のことを考えてきたと思ってる？」

まるで自嘲するような言い方だったが、顔つきは真剣だった。

「昨日今日現れた男なんかに負けるつもりはないし、世界で一番大事な女なんだから誰にもあげないよ」

雅臣が見せてくれる独占欲に、胸の奥が甘やかに戦慄く。

「俺が迎えに行かなかったのは、茉莉花自身の意志で俺のところに来てくれないと意味がなかったからだ。本当は見合い相手の男のもとに奪いに行きたかったよ」

そして、彼が自分をどれだけ大切にしてくれているのかを痛いくらいに感じて、茉莉花の視界はどんどん歪んでいった。

「私……オミくんに迷惑かけてもいいの……？」

涙とともに不安が零れる。

「お父さんは、きっと納得してくれない。今頃、山重さんが連絡してカンカンに怒ってるかもしれないし、オミくんに迷惑かけるに決まってる……」

山重にはあんな風に言ったが、雅臣に迷惑をかけるのが怖かった。

今さらかもしれなくても、これ以上はもう雅臣に嫌な思いをさせたくない。

「でも、私はやっぱり自分の気持ちには嘘をつけないって思ったの……」

そう思う一方で、彼への恋情はとうとう消せなかった。

「お父さんを安心させるよりも、オミくんの傍にいたい。私の幸せは私が決めたい。だから、オミくんとこれからも……っ」

「バカだな」

雅臣の指先が、茉莉花の涙をそっと拭う。

茉莉花を真っ直ぐ見つめる彼の瞳は、穏やかな光のように優しい。

「言っただろ？　俺にとって、茉莉花は世界で一番大事な女だ。茉莉花のためになることなら、迷惑だなんて思わないよ。誰に責められたって、何発殴られたって、茉莉花が俺を選んでくれるのなら安いもんだ」

「私、なにも持ってないよ……？」

「俺を愛してくれる」

「それだけしかないんだよ……」

茉莉花の言葉に怯まない雅臣が、ふっと眉を下げて笑う。

「じゃあ、俺が今、鷹見を捨てて一から人生をやり直したいって言ったら？　茉莉花は俺の傍にいたくない？」

「っ……そんなの、思わない……！　思うわけがないよ！　私は、オミくんが鷹見と縁を切っても、オミくんと一緒にいたいからっ……！」

迷わずに答えると、彼は茉莉花と目を合わせたまま破顔した。

「ほらね。地位も名誉も関係なく、俺の心を見てくれるのは茉莉花だけだよ」

嬉しそうな表情が、茉莉花を見つめる瞳が、雅臣のすべてが愛おしい。

「好き、好きなの……」

「うん、知ってるよ」

「ずっと言えなくてごめんなさい……。傍にいたいのも、傍にいてほしいのも、オミくんだけなの……」

「やっと本音を言ってくれた」

彼は涙が止まらない茉莉花を抱きしめ、嚙みしめるように呟いた。

茉莉花が雅臣の腕の中で身じろぎ、顔を上げると、視線がぶつかる。

すると、彼が困り顔で微笑んだ。

「俺のお姫様はなかなか素直になってくれないから、随分困ったよ。俺をこんなに困らせるのは、世界中を探してもきっと茉莉花しかいない」

『茉莉花はいつも俺を困らせる』

雅臣に初めて抱かれた日から彼が幾度となく零していた言葉の意味が、今ようやくわ

かった。

雅臣は、自分を好きでいてくれたがゆえにそんなことを言っていたんだ……と。

（わかりにくいよ、オミくん……）

茉莉花の心はいつだって彼に翻弄されていて、茉莉花だって困った回数は数え切れない。

けれど、今はもう、なんでもよかった。

雅臣の気持ちを受け入れられる喜びと、自分の想いを伝えられた幸せで、胸がいっぱいだったから……。

「茉莉花」

視線が重なれば、彼がなにを求めているのかはすぐにわかった。

涙で濡れた顔で笑みを零し、瞼をそっと閉じる。

聖夜の冷たい空気の中、キラキラと輝くクリスマスツリーの下で、茉莉花と雅臣は人目も憚らずにキスを交わした。

三　真夜中の甘美な抱擁

雅臣の家に訪れるのは何度目だろう……と、茉莉花はふと思った。

わからないほどここに来て、その数よりも多く彼に抱かれた。

ただ、そのときは『好き』とは言えなくて、あくまで身体だけの関係で終わるつもりでいた。

「オミくん……」

けれど、今は違う。

雅臣の想いを知り、自分の気持ちを伝えた。

重なった恋情はきつく絡み合い、きっともう解けたりはしない。

「あの……やっぱりちょっと待って」

「どうして？」

ベッドの上で制止した茉莉花に覆い被さっていた彼が、怪訝そうに茉莉花を見下ろす。

「今さらだけど、万里小路さんとの婚約のことはいいのかなって……」

茉莉花が問うと、雅臣が眉をひそめた。

喜びと幸福感の中で、希子のことを忘れかけていた。

しかし、婚約が決まりそうであるのなら、先にきちんと訊いておかなくてはいけない。

「なんの話だ？」

そう思った茉莉花に反し、彼は思い当たる節がないと言わんばかりの顔をした。

「なんの話って……。万里小路さんとの婚約が決まりそうなんだよね？」

「どこでそれを聞いた？」

「どこって……万里小路希子さんからだけど……」

「希子さんが？」

雅臣の眉間の皺がますます深くなり、彼の表情には怒りの色が浮かんだ。

「……なるほど。そういうことか」

不機嫌を隠さない顔でため息をついた雅臣が、真剣な瞳で茉莉花を見つめる。

「だいたいの経緯はわかった。でも、それは彼女が勝手に言ってることだ」

「えっ、そうなの？　万里小路さんはどうしてそんなこと……」

「万里小路社長は、以前から俺と希子さんの結婚を目論んでる様子だったんだ。もちろん、俺はまともに取り合ったことはない。でもまさか、希子さん本人が茉莉花にそんな嘘を吹き込むだなんて思いもしなかった……。とにかく婚約の話なんてないから」

「そっか……。よかった」

「悩ませて悪かった。嫌な思いもさせたよな」

「ううん。私は大丈夫だから」

「とりあえず、この件はできるだけ早く処理しておくよ。今はそれだけしか約束できないけど、希子さんとは個人的な付き合いはまったくないから、茉莉花はなにも心配しなくていい」

真っ直ぐに見つめてくる彼の双眸からは、嘘偽りがないことがわかる。

茉莉花が素直に大きく頷けば、雅臣が安堵混じりに微笑んで顔を近づけてきた。

「あっ、待って……！」

直後、茉莉花の口から二度目の制止の言葉が飛び出した。

「まだなにか心配事でもある？」

ぴたりと止まった彼がわずかな不安を浮かべたため、茉莉花は慌てて首を横に振る。

「えっと、そうじゃないんだけど……。冷静になると、なんだか恥ずかしくて……」

今まで散々抱き合ってきた。

素肌や肢体をさらし、もっとあられもない姿も見られている。

にもかかわらず、今夜は羞恥が大きくて、鼓動は忙しなく動いていた。

そんな茉莉花に、雅臣がクスッと笑う。顔をくしゃりとした笑顔は、まるで幸せだと言っているようだった。

「今さら？　茉莉花の裸なら、もう記憶に焼きついてるよ」

「っ……そんなこと言わないで！」

「目でも頭でも覚えてるし、身体にだって……茉莉花のことを刻んだ」

下肢をグッと押しつけられて、頬がかあぁっ……と熱くなる。

布越しに感じる生々しい熱に、唇から吐息が漏れた。

「それに、今夜はどうしても茉莉花を抱きたい。初めて正気の茉莉花が『好き』って言ってくれたんだ。なにがあっても帰さないよ」

真っ直ぐな双眸が、茉莉花を射抜く。

そこには確かな劣情が混じっているのに、茉莉花の唇を塞いだキスはとても優しくて、胸の奥が甘やかに高鳴る。

誘惑上手な彼を前に、茉莉花の心は一瞬にして陥落してしまった。

無言で伸ばした手を雅臣の首に回し、自ら彼の唇を奪いに行く。

あとはもう、言葉なんていらなかった。

「茉莉花」

熱っぽい瞳で茉莉花を見ていた雅臣が、再びキスをしてくる。

最初から口腔に侵入してきた舌に、茉莉花の舌が搦め取られて。ねっとりとこすり合わせ、より深く絡み合うようにきつく結ばれる。

呼吸ごと奪うようなくちづけにくぐもった声を漏らしても、左手で顔を固定されて解放してもらえない。

苦しさでどうしようもないのに、激しいキスに喜びが突き上げてくる。

その間に、彼のもう片方の手がオフホワイトのニットを捲って抜き取り、忙しなくキャミソールも剝がれてしまう。

スカートのサイドファスナーも下ろされ、バサッと音を立ててベッドの下に落とされたかと思うと、ストッキングも脱がされた。

下着だけが残った身体は、なんだか心許ない。

けれど、雅臣の余裕のなさが伝わってくる。茉莉花は、それがとても嬉しかった。

身体の形を確かめるように骨ばった手が腹部を這い、ウエストラインを指先がそっとたどる。

少しだけくすぐったくて、それなのに疼きが芽生えてくる。

軽く触れられただけでも、相手が彼なら愛欲は膨らんでいく。

もしかしたら、最初のキスだけで秘所は濡れていたのかもしれない。

「あっ……」

なんて考えていると、パステルブルーのブラが外され、無防備になった双丘が両手に包まれる。大きな手に余るそこが、グッと揉まれて形を変えた。

いつもなら最初はもっと優しく触れてくれるのに、今日はすでに力が込められている。

膨らみよりも敏感な部分に触れてほしくて、茉莉花は無意識のうちに太ももをすり合わせていた。

反して、余裕がなさそうだった雅臣は、乳房の柔らかさを堪能するがごとく揉みしだくばかり。

器用に突起を避ける触れ方に、茉莉花の方が焦れ始めた。

「んっ……ぁ、ッ」

もどかしく胸を揉まれながら舌を吸い上げられ、唇の端からどちらのものかわからない唾液が零れていく。

絡み合った舌が解けて唇が離れると、ふたりを繋ぐようだった銀糸がぷつりと切れ、茉莉花の口元を汚した。

彼が親指で雫を拭い、チュッと触れるだけのキスをする。

甘やかされているようで、茉莉花の胸の奥からは柔和な温もりが込み上げてきた。

「ッ、あんっ！」

直後、優しい感覚に浸る暇もなく双丘の先端を摘まれ、背中がしなった。

突然のことに驚いたのと同時に、そこから走り抜けた甘い痺れに吐息が漏れた。

雅臣は指の腹で小さな果実をこすり合わせ、ときに摘まんで押し潰す。

次いで、微かに痛みを感じる程度に引っ張られたかと思うと、クリクリと転がすように弄んだ。

「あっ、んんっ……ッ、アッ」

自由になったばかりの唇からは、甘い声が飛び散っている。

茉莉花がそれに気づいて吐息ごと嚙み殺せば、彼がたしなめるように敏感な部分をキュッと摘まみ上げた。

喉が仰け反り、嬌声《きょうせい》が宙を舞う。

「声、ちゃんと聞かせて。想いが通じ合った上で茉莉花を抱いてるってことを、実感していたいんだ」

雅臣の甘えたようなおねだりに、胸がキュンキュンと震える。

熱っぽい瞳で湛えられた笑みは、どうしようもなく色っぽくて。彼の香りに包まれながら、愛する人に抱かれていることを実感する。

「好き……好き、大好き……」

「うん、俺も……。愛してるよ」

茉莉花が想いを零せば、優しい声音が返ってくる。

「っ……」

嬉しくて、涙が止まらなくて、この上ない幸福感で満たされていく。

思わず瞳を緩めると、彼は「可愛い」とごちてから唇を重ね、今度は乳房の先端にある敏感な蕾を口に含んだ。

「はぁんっ……ッ！」

指よりも強い刺激に、茉莉花の腰が戦慄く。

舌先でつつかれ、優しく舐めて転がされると、甘い快感が突き上げてきてたまらなかった。

もう片方は相変わらず指で愛でられ、薄桃色の突起が色づいていく。

口で愛撫されている左側の果実は、歯で挟むようにしながら舌を這わされて。かと思えばちゅうちゅうと吸いついてしごかれ、あっという間に腫れたように赤くなった。

指で嬲られている方の突起も、いじらしいほど勃ち上がってじんじんと痺れていた。

「ああっ……ふぅ……ッ」

雅臣の右手が茉莉花の肌を撫で、ウエストラインをたどって下りていく。

そのまま内ももに這わせた手は、下着に触れるギリギリまで上がっては元来た道を戻り、それを繰り返していた。

「あぁ、んぅっ……ッ、オミくっ……」

茉莉花は、焦らされておかしくなりそうだった。

ショーツの中はもうとっくに濡れていて、今すぐにでも彼とひとつになりたいくらいなのに……。太ももを行き来するだけの手が、じれったくてたまらない。

「焦らさないで……」

喘ぎ声の合間に訴えれば、雅臣がふっと目元を緩ませた。

「茉莉花は散々、俺のことを焦らしてたのに？」

「焦らしてなっ……！」

「そう？　だとしたら、余計にタチが悪いな。天然でそうしてたってことだろ？」

意地悪く微笑む彼に、茉莉花の視界が滲んでいく。

「ごめんなさい……ッ！　もう、しないから、っ……ぁっ……」

悪気はなかったが、雅臣を傷つけたことは間違いない。

それをわかっているからこそ、茉莉花は涙を流しながら彼を見つめた。

「泣かないで。俺は茉莉花の涙に弱いんだ」

雅臣は眉を下げ、茉莉花をあやすように眦に唇を落とす。零れる雫を舐め取ったあとで、優しい眼差しを向けた。

「ちゃんと触ってあげるから、もっと感じてる姿を見せて」

言い終わるよりも早くにショーツがずらされ、節くれだった指先が秘部に触れる。彼は「よく濡れてる」と笑うと、指に蜜を搦めてあわいを撫で上げた。

「ああっ……！」

柔毛の中に隠れた小さな花芽を捕らえられ、茉莉花が甲高い声を上げる。

雅臣は指の腹でそこを押すと、優しく撫で回すようにコロコロと転がした。

「ぅあっ……あんっ、アッ……あぁっ」

胸の先端を弄ばれたまま秘めた真珠をこすられると、強烈な悦楽が流れ込んでくる。

気持ちいいけれど怖くて、それなのにもっと欲しい。

貪欲な身体が喜悦を求めていることが恥ずかしいのに、さらに甘い刺激を欲して腰が勝手に揺れていた。

「茉莉花、腰が動いてるよ。……いやらしくて、すごく可愛い」

右側の突起に触れた彼の吐息にすらも感じてしまう。

クリクリと捏ねられ続けている蜜芽は、早くもぷっくりと膨れて簡単に弾けてしまいそうだった。

脆弱な三つの粒を一気にいじくられると、もうどうしようもない。

最初の高みが見え始めた直後、陰核をいじっている指が速さを増し、下から持ち上げるように押し潰された。

「あああぁぁっ……！」

瞼を閉じた茉莉花の視界に、チカチカと白い光が舞う。

無意識にシーツを握っていた手に力がこもり、腰がビクビクと震えた。

「あぁっ……？」

強張った四肢が弛緩する寸前、止まっていた指が再び動かされる。硬くなった蜜芯を縦横無尽に転がされ、容赦なくいたぶられたのだ。

「待っ……！　今、っ、イった……ッ、イったからぁっ……！」

クチュクチュと淫靡な水音が響く中、茉莉花の叫びにも似た声が飛び散る。

けれど、雅臣が手を止めてくれることはなく、それどころか双丘の果実への愛撫も苛烈になっていく。

左側は、親指と人差し指で潰すように捏ね回されて。反対側は甘噛みされながら舌でねっとりとねぶられ、執拗なほど嬲られる。

二度目の絶頂は、すぐに訪れた。

「やあぁぁぁっ……ッ」

背中が大きく仰け反って、腰を突き出してしまう。そのタイミングで、彼は秘芽をグリッと押し上げるようにした。

立て続けに昇り詰めた身体が、浮遊感に似た感覚に包まれる。まるで、全身が自分のものではないようだった。

「んぁっ……あぁ……ふっ、ぁ……ぅ」

蜜口からどぷっと零れた雫が、ショーツの中に溜まる。

雅臣が役に立たなくなった布を取り払うと、溢れた花蜜がシーツを汚した。

「すごく濡れてる……。濡れすぎなくらいだね」

茉莉花は喜々とした声音を聞きながらも、息を整えるだけで精一杯で。両脚を大きく広げられたことに気づくのが一拍遅れるくらい、放心していた。

「え……？」

秘部が無防備な体勢にされたのだと理解した直後。

「やっ……！　ダメッ……」

顔を上げた茉莉花の視界に、あられもない場所にくちづけようとする彼の姿が飛び込んできた。

抵抗する間もなく、秘孔に舌が触れる。

反射的にばたつかせた脚は雅臣の両腕に抵抗を阻まれ、為す術もなく包皮が剝かれた花芯をくるりと舐められた。

「う、あぁぁっ……！」

熾烈《しれつ》なほどの甘苦しい悦楽が、光の速さで全身を駆けていく。

上げた頭はシーツに吸い込まれるように落ち、後頭部を力任せにこすりつけていた。

熱い舌が蜜核をかたどるようにたどり、裏側から持ち上げるようにして舐められる。それを何度も繰り返され、ちゅうぅっ……と吸いつかれた。

ぷっくりと膨らんだ粒がじんじんと痛み、強烈な愉悦が押し込まれる。

さらには、蜜口に指が差し込まれ、浅い部分をこすられて。入口ばかりを軽く解したあとで、隘路に一気に二本の指が突き立てられた。

「あっ、っ……アアッ、あんっ……やぁっ」

二度も達したばかりの身体には酷なほどの責めなのに、蜜壁は骨ばった指を歓待するようにギュッとすぼまる。

彼は襞を伸ばすようにこすり、茉莉花の弱い場所を丹念に引っかく。

指を鉤《かぎ》状にして下腹部の裏側を撫でられると、子宮の奥からなにかが溢れ出るような気がした。

姫筒を掻き回されて、蜜核をいたぶられ続けて。グチュッ、ぐちゃっ……と、艶めかしい水音が次第に大きくなっていく。

繰り返し嬲られていると、気持ちよさよりも苦しさが上回ってくるのに……。正直な身体は逃げようとしながらもいやらしく戦慄き、腰が勝手に揺れ動く。

「ダメッ……！　もう……ッ、イっちゃ……」

頂が勢いを増して近づいてくる。

「ぁっ、ああっ……オミ、くっ……！　やぁぁぁっ――！」

法悦に包まれる肢体は、茉莉花の意思を置き去りにして駆け上がっていった。

指先まで強張り、爪先がピンと伸びる。腰が大きくビクンッと跳ね、続けざまにビクビクと震えた。

頭が真っ白になった茉莉花の視界が、ぼんやりと揺れている。

それが涙のせいだと気づいたのは、雅臣が指で雫を拭ってくれたときだった。

汗で額に張りついた髪を掻き分け、そっとくちづけられる。

激しい快楽を与えられたあとに甘やかされて、茉莉花の胸の奥がキュンキュンと高鳴った。

「茉莉花……」

まだ思考が働かない茉莉花を呼ぶ声には、もう余裕なんてなかった。

低く熱っぽく、欲と愛情をない交ぜにした声音が、なにを訴えているのか……。そんなことは考えなくてもわかっていた。

まだ苦しくて、本当はもう微睡んでしまいそうで。けれど、身体は彼を求めている。

壊れるくらい抱いてほしい――。

なんて思ってしまうほど、雅臣のことが欲しくて欲しくてたまらなかった。

力なく伸ばした手で、それでも全力で彼にしがみつく。

「オミくんと、ひとつになりたい……。もっと、近くに来て……」

かすれた声で伝えれば、雅臣が息を呑んだ。

「……そんなセリフ、どこで覚えてきたんだ」

茉莉花に言うでもなく、彼がため息混じりに呟く。ただ、その声音には喜びも混じっていた。

程なくして準備を終えた雅臣が、茉莉花の膝裏を掬って両脚を広げた。薄膜を纏わせた熱芯を蜜口に押し当て、グッと力を込める。

茉莉花は息を呑むように喉を鳴らし、そのときを待った。

「っ、ああっ……！」

刹那、熱い滾《たぎ》りで隘路を一気に貫かれた。

喉を反らしそうになった茉莉花だが、必死に彼に抱きついて耐える。

けれど、茉莉花には大きすぎる質量に、腰は勝手にビクビクと戦慄いた。

「茉莉花のナカ、すごく熱い……」

熱いのは、雅臣の欲望だと思っていた。

ところが、雄杭にきゅうきゅうと纏わりつく柔襞は、茉莉花が思っているよりもずっと熱を持っているようだ。

「やばいな……。溶けそうだ」

うっとりとした声音に、熱い吐息。そして、劣情の熱を孕んだ視線が、茉莉花の心を震わせる。

同時に、下腹部がじぃん……と痺れた。

「クッ……！」

無意識に収縮した蜜路が、雅臣の眉をひそめさせる。色香に塗れたその表情は、艶めかしくていやらしかった。

「茉莉花……動いていい？　……今夜はたぶん加減できないけど」

乞うような双眸に、胸の奥が戦慄く。

彼に強く求められている現実に、幸福感と愛欲が大きくなる。

我慢できないのは、茉莉花も同じだった。

「動いて……。私はオミくんのものだって、たくさん実感したい……っ！」

伝えるや否や、熱芯がピクンッと跳ねた。

茉莉花が吐息を零し、苦しげに眉を寄せる。それでも微笑めば、雅臣は困り顔に笑みを浮かべた。

「俺は、もうとっくに茉莉花のものだったよ」

ありあまるほどの愛情と、優しいキスが与えられる。

怖いくらいに幸せなこの瞬間を、鍵のかかる箱に閉じ込めておきたい。

茉莉花はそんな風に思ってしまうほど、嬉しくてたまらなかった。

唇が離れ、それが合図だったかのように彼が腰を引く。楔が抜ける寸前、今度は一気に押し込まれた。

「んんっ……！」

勢いよく内壁を引っかいた剛直に、最奥を穿たれる。ズンッ……と鋭く重い衝撃に襲われ、息を詰めそうになった。

律動はすぐに速度を増し、苛烈に奥処を叩《たた》いては離れていく。

蜜襞をガツガツとこすられる感覚も、子宮の入口を抉《えぐ》られる刺激も、茉莉花をあっという間に追い詰めた。

「あんっ、あぁっ……アッ、ぁ、ぁっ、んんっ！」

苦しいのに、柔壁をこすられると気持ちよくて。弱い部分を突き上げられるたびに、自分の中でなにかが弾けそうになる。

怒張を抜き差しされるのに合わせて飛び散る愛蜜が互いの下肢を汚し、肌が触れ合う場所から汗が混ざっていく。

どちらのものかわからないほど溶け合ったふたり分の体液が、皺だらけのシーツに染み込んでいった。

「オミ、くっ……オミくんっ……あぁっ！」

グチャグチャに攪拌《はくはん》されている蜜筒は絶えず蠢動《しゅんどう》し、雄幹を食い締める。

ぎゅうぎゅうと締めつける様は、まるで甘えて縋っているようでもあった。

「茉莉花……」

雅臣は激しい律動は緩めずに、苦しげな声で茉莉花を呼ぶ。

眉根を寄せて快感に耐える姿を前に、茉莉花の心と身体が悦びで満ちていく。

「うぁっ……あんっ……」

濁流のごとく襲いくる愉悦に、どうしたって抗えない。

下腹部の裏側と蜜源を蹂躙されていた茉莉花は、とうとう背中を大きく仰け反らせた。

「あぁぁぁっ……！」

「う、ッ……！」

反射的に閉じた瞼の裏が明滅し、受け止め切れなかった悦楽が弾け飛ぶ。

雷に撃たれたような激しい痺れが指先まで広がり、繋がった秘部から飛沫が上がる。

程なくして、ビクビクと震えていた茉莉花の全身から力が抜けた。

その間、彼は奥歯をきつく噛みしめて喜悦に耐えていた。

屹立《きつりつ》は何度も小さく震えていたのに、まだ硬さが衰えていない。

放心する茉莉花に反し、雅臣の目は劣情で満ちている。

彼は息を細く吐くと、おもむろに茉莉花の身体を起こした。結合部に感じた刺激に茉莉花が仰け反るが、骨ばった手が腰を支えて制する。

「オミくんっ……」

「ん？」

胡坐《あぐら》をかく雅臣の上に乗せられて、茉莉花は甘ったるい吐息を零す。

「これ、ッ……深い、から……苦しい……」

「うん……。でも、もっとくっつきたいんだ」

甘苦しさに悶える茉莉花の耳元に、蠱惑的な囁き声が落とされた。

そんな風に言われたら、拒絶なんてできない。

「ずるいっ……」

弱々しい抗議をクスリと笑ってかわす彼に、茉莉花が敵うはずがなかった。

「でも、こうしてるとたくさん抱きしめられるし、キスだってできる」

しかも、雅臣の言葉は茉莉花にとって魅力的なものばかりで、思わず彼の首にしがみついてしまった。

「茉莉花は素直で可愛いね」

子ども扱いのようにも思えるのに、その声があまりに嬉しそうで胸の奥が高鳴る。

こんなときにまでときめいている自分自身に、茉莉花は呆れそうになった。

「っ……？　あぁっ……！」

けれど、律動が再開してしまえば、目の前のこと以外はどうでもよくなる。

蜜路にねじ込まれたままの昂《たか》ぶりに襞を撫でられ、甘く熱い喜悦が押し込まれた。

「アッ、ぁっ……んんっ、やぁっ……」

雅臣に揺さぶられる身体は、まるで自分のものではないみたいだ。

抱きしめられ、自らも彼にしがみついているせいで、双丘のふたつの突起が逞しい胸板にこすれる。

この体位では結合部の密着度もさきほどよりも上がるため、ときおり幼気な花芯まで刺激された。

「ダメッ……！　やだぁっ……」

達して間もない身体が、勝手に淫悦の海に堕ちていく。

逃げ場がない茉莉花は、雅臣にしがみついたまま早くも限界を迎えた。

「んっ、あぁぁぁっ！」

愉悦に呑み込まれて苦しいのに、過激な抽挿は止まらない。果てたまま下りてこられない肢体が、ガクガクと痙攣していた。

「いや、ッ……やっ……やぁっ……」

必死に首を振る茉莉花に、彼は目を眇めて唇の端を持ち上げる。

まるで拷問のような快楽の中でも、茉莉花の鼓動は呆れるほど速まった。

「イった、の……！　もう……おねが……！」

啼いて、縋って。それでも、雅臣の責めは終わらない。

「もう少し、だから……」

切羽詰まった声音が鼓膜に届くと、茉莉花は彼の欲望を受け入れたいという思いと限界の狭間で涙を零し、広い背中に爪を立てた。

脳が酩酊感に包まれ、自分が今どうなっているのかわからない。

呼吸ができているのか、ちゃんと意識があるのかすらも、曖昧になっていくようだった。

それなのに、キスをされれば心が甘やかに震え、多幸感でいっぱいになる。

唇が離れてもまた結ばれ、繰り返し与えられるキスが嬉しくて。けれど、息が苦しくて、舌を搦めていられない。

「すき、っ……好き、なの……」

だからこそ、唇が離れたときにはずっと言えなかった本音を紡いだ。

歪むように鈍っていく思考を必死にとどめ、想いを声にした。

「オミくん……好き、ッ……あぁっ……」

「茉莉花……」

かすれた声で喘ぐ茉莉花は、またしても絶頂感に襲われる。それでも、募らせすぎた恋情を唱え続けた。

「オミ……く、っ……だいすき……」

何度も昇り詰め、思考が真っ白になって脳の芯までじんじんと痺れても、涙混じりに譫言のように想いを紡ぐ。

まるで、贖《あがな》いのように……。

雅臣は、快感を噛み殺すようにしていたけれど。

「あっ……？　やぁっ、あああぁぁあっっ――！」

茉莉花が全身をのたうつようにして深く果てたとき、いよいよ限界を迎えた。

「ハッ……茉莉花……っ！　うぁっ、クッ……！」

彼が荒々しく熱い息を吐き、ガツンッと奥処を抉り上げる。

刹那、ぶるるっ……と胴震いし、薄い膜越しに精を迸らせた。

吐精はすぐに終わらず、一枚の膜を隔てて姫筒を満たし尽くしていく。茉莉花は放心しながらも、涙を流して唇を震わせていた。

「ぁ、っ……」

ようやくして、熱芯がずるりと抜かれる。

撹拌された蜜液がどぷっと零れ、乱れたシーツに垂れた。

ふたり分の荒い呼吸が、甘い蜜情の痕跡が色濃く残る寝室に響いている。

熱に侵された身体は熱くて、けれどこの上なく満たされている。

それから程なくして、雅臣が法悦にさらわれたままの茉莉花を抱きしめた。

振り乱していた髪を梳《す》くように頭を撫でられ、その手を追うように愛おしげにくちづけられていく。

優しい温もりに、もうとっくに限界を超えていた身体が睡魔に包まれた。

「人生で一番幸せな日かもしれないな」

しみじみと呟かれた言葉に、茉莉花は微睡みながらも小さな笑みを浮かべる。

これからもっと幸せを感じてもらえるように頑張るね、と返したつもりだったのに。たぶん上手く声にならなかった。

甘美な蜜事の名残の中で、彼の唇を額や瞼に感じる。

心地よいキスに自然と頬が綻ぶと、唇にも甘やかすようなくちづけが贈られた。

そのまま愛する人の腕に抱きすくめられた茉莉花は、聖夜が終わるのを待たずに夢の中に沈んでいった。

＊＊＊

優しい声に呼ばれている気がする。

確かめたいのに瞼が重くて、目を開けられない。

このまま微睡みの中に閉じこもっていたいくらいの心地よい温もりが、茉莉花を再び夢へと誘ってくる。

「茉莉花」

刹那、雅臣の声が聞こえてパチッと目を開けると、微笑む彼が目の前にいた。

「おはよう、茉莉花。初めてお泊まりをした朝はどんな気分？」

からかうような楽しげな声音で、すぐに思考が覚醒する。

「嘘っ……！　もしかして朝⁉」

慌てて飛び起きれば、雅臣がクスクスと笑った。

「茉莉花、いいの？　俺には絶景だけど、茉莉花は恥ずかしいんじゃない？」

「えっ……？」

彼の視線を追った先にあったのは、一糸纏わぬ茉莉花の肢体。

叫び出しそうになった茉莉花より一瞬早く、雅臣が茉莉花の手首を引っ張ってキスで唇を塞いだ。

「さすがに朝早いから、ね？　まあ、ここは防音対策は万全なんだけど」

にこにこと笑う彼を余所に、茉莉花は恥ずかしいやら幸せやら……。

どの感情に浸ればいいのかわからなくて、羞恥を隠すようにもう一度ベッドに潜り込んだ。

「だから、どうして恥ずかしがるの？　今までもっと恥ずかしいこと——」

「オミくんっ！」

膨れっ面で抗議すると、雅臣がククッと笑う。

窓から優しい光が差し込むクリスマスの朝は、くすぐったくて穏やかで、なによりも愛と幸せで満ちていた。

「先にシャワーを浴びておいで」

自分のシャツを着せてくれた彼に促され、バスルームに連れて行かれる。

素直に甘えてシャワーを借りてからリビングに行くと、いい匂いが漂っていた。

「パンケーキ、好きだろ？　シロップはないから蜂蜜でいい？」

「うん……。ありがとう」

「あ、いちごがあったな」

カフェのような生クリームはなかったが、蜂蜜といちごで彩られたパンケーキはとてもおいしかった。

「オミくんって料理も上手なんだね」

「パンケーキの粉があったから、混ぜて焼いただけだよ」

「オミくんは食べないの？」

「朝はコーヒーだけなんだ」

「でも、おいしいよ？」

「じゃあ、一口ちょうだい」

にっこりと微笑まれて、茉莉花はそれがなにを意味しているのかを察する。

すぐにパンケーキを切り分けてフォークに刺し、雅臣の口元に持っていった。

『あーん』って言ってくれないんだ？」

悪戯な笑顔の彼が可愛くて、茉莉花の胸がきゅううっ……となる。

「……あーん」

このままだとドキドキしすぎて、心停止しそうなのに……。雅臣があまりにも可愛くて、つい彼の言葉に乗ってしまった。

「甘……。蜂蜜、かけすぎたか」

パンケーキをパクッと食べた雅臣が、子どもみたいに無邪気に笑う。

「ううん、すごくおいしいよ」

「こんなのでよければ、毎日でも作ってあげるよ」

どうやら彼は、今まで以上に茉莉花を甘やかそうとしているようだった。

たっぷりの蜂蜜よりも甘やかしてくれそうだからこそ、雅臣に甘えてばかりではいけないと思う。

それなのに、茉莉花は今すぐ彼に抱きつきたくてたまらなかった。

「茉莉花、もう出られる？」

「あ、うん。……あれ？　オミくん、もしかして今日も仕事なの？」

朝食のあと、雅臣に言われるがまま身支度を整えると、スーツを着た彼が姿を見せた。

「いや、今日は休み。といっても、なにかあれば連絡はくるけど」

「じゃあ、どうしてスーツなんて……」

「これから茉莉花の家に行こうと思って。あ、家って実家の方だよ」

「え？」

「ご両親にご挨拶に行く」

「えっ⁉」

彼の心はもう決まっているようで、有無を言わせずに車に乗せられてしまう。

ついさきほど確認した茉莉花のスマホには、浩人や実家からの着信が山ほどあったが、まだどう話せばいいのか悩んでいてかけ直していない。

困惑と不安でいっぱいの茉莉花に反し、雅臣は平然としている。

車から降りてもそれは変わらず、茉莉花は彼に促されて実家のインターホンを押す。すぐに顔を覗かせたのは、焦った様子の浩人だった。

「茉莉花……！　お前、今までどこに――」

浩人の視線が、茉莉花の傍にいた雅臣に向く。

直後、浩人はなにかを察したように言葉を呑み込み、「入りなさい」とだけ告げた。

「山重くんから連絡があったぞ」

彼と茉莉花をソファに促すや否や、浩人は不満げに切り出した。

「『私が至らないばかりに振られてしまいました』と。いったいどういうことだ？」

浩人が怒りをこらえているのは明らかで、浩人の隣に座る裕花は心配そうにしている。

右隣の雅臣を見ると、小さな笑みを返された。

そこで、茉莉花ははたと気づく。

まだどう説明しようか考えていなかったが、自分の心はもう決まっているのだから、迷う必要はないんだ……と。

「山重さんにお断りしたのは本当だよ」

「なぜ？　私は茉莉花のために――」

「お父さん」

眉をグッと寄せる浩人を見据え、背筋を伸ばす。

「私ね、オミくんに初めて会ったときからずっと、オミくんのことが好きなの」

「っ……。だからといって……」

「オミくんと一緒にいたいし、オミくんに傍にいてほしい」

「お前は……雅臣くんの家柄をわかってるのか？　『一緒にいたい』なんて子どもみたいな言い分で一緒にいられるような相手じゃないんだ！」

「わかってるよ。オミくんはすごい人で……過保護に育ててもらった私なんかじゃ、到底釣り合わない。でも……それでも、一緒にいたいと思うの」

茉莉花が彼の方を見れば、やっぱり優しい笑顔で見守ってくれている。それだけでとても心強くて、不安も恐怖も感じなかった。

「結婚はともかく、オミくんと一緒にいられるように努力する。もし、結果的に上手くいかなかったとしても、今もこれからも私はオミくん以外の人は愛せないから山重さんとは結婚できない」

「お前は世間知らずだから、そんなことが言えるんだ。雅臣くんのような人は、それなりの女性と結婚するものなんだよ。茉莉花みたいになにもできない子が嫁げるような家じゃない。身の程をわきまえなさい」

確かに、自分では分不相応だと思う。

甘やかされてきた茉莉花は、ゼロや一からどころかマイナスからのスタートかもしれない。

けれど、なにもしないうちから諦めるのはもうやめたい。

茉莉花は、ようやくそう思えるようになったのだ。

「百合ならまだしも、茉莉花では無理だ」

それなのに、茉莉花をずっと縛りつけてきた浩人を前に、打ちのめされそうになる。

「とにかく今すぐに山重くんに謝罪して、婚約の話を進め――」

「他人の私が口を挟んで申し訳ありません。ですが、茉莉花はもうなにもできない子どもじゃありませんよ」

俯きそうになったとき、言葉が出てこなくなった茉莉花に手を差し伸べるように、雅臣がきっぱりと言い切った。

「どんな風に生きるのか、茉莉花はもう自分で決められます」

「雅臣くん、申し訳ないが、この件に関しては君の意見は聞けないよ。君は赤の他人だろう？　茉莉花になにかあったら、私たち親が守るしかないんだ。そうなる前に、しっかりと道を示してあげなければ――」

「お言葉ですが、それはあなた方のエゴです」

「なっ……！」

「俺と一緒にいると、茉莉花は少なからず鷹見のしがらみや苦労を背負うことになります。もちろん全力で守りますが、茉莉花自身にも頑張ってもらわないといけないことはある。ときには、傷つき苦しむこともあるかもしれません」

「だったら、なおのこと……！」

「でも、茉莉花は弱くない」

立ち上がった浩人に、雅臣が真剣な眼差しを向ける。

「自分の足で歩いていけるひとりの大人の女性なのに、父親を思うあまり自分の足で歩くことを諦め、苦しんでるんです。これでは茉莉花もあなたも幸せにはなれない」

力強い言葉に、茉莉花の鼻の奥がツンと痛んだ。

茉莉花はずっと、自分自身を弱くてなにもできない人間だと思っていた。

それは間違っていなくて、家族や同僚に訊けば茉莉花と同じ答えが返ってくるだろう。

けれど、雅臣は違った。

こんな茉莉花を、『弱くない』と……。『自分の足で歩いていける大人の女性』だと思ってくれていた。

「あなたの保護下で働くことが、茉莉花にとってどれほど肩身が狭いかわかりますか？　上司や同僚から、茉莉花がどんな風に思われるか考えたことがありますか？」

「そ、れは……」

「どれだけ居心地が悪くても笑顔で耐え抜いてきたのは、あなたのことが大切だからです。幼い頃に自分の身体が弱くて心配をかけてきた分、父親を……ご両親を安心させてあげたいから、ひとりで苦しみに耐えてきたんです」

茉莉花の気持ちをわかってくれていたのは、やっぱり彼だけで。

まるで、茉莉花の心の中を代弁するように、茉莉花の苦しみや葛藤が滔々《とうとう》と語られていく。

「そんな茉莉花が弱いはずがない。弱く見えるのなら、それは茉莉花が本当の自分を見せていないか、あなたたちが茉莉花のことをわかっていないだけです」

浩人は言葉を失くしたように黙り込み、裕花も顔を強張らせていた。

「もう茉莉花を解放してあげてください。あなたの愛は、ただ茉莉花の心を縛りつけるだけの鎖でしかありません。そんなものは茉莉花のためにはならない」

「君になにがわかるっ……！　私たち夫婦がどれだけ茉莉花のことを――」

「おふたりが茉莉花を想ってることは、俺にだってわかります。なぜなら、俺も茉莉花のことがなによりも大切だからです」

こぶしを震わせる浩人にも、雅臣は落ち着いて言葉を返す。

「俺は茉莉花を愛してます。そして、茉莉花も俺を想ってくれてます」

紡がれた迷いのない想いが、茉莉花の心をそっと包み込んでいく。

「だから、茉莉花と結婚させてください」

彼はまるでずっと前からこうすることを決めていたように、浩人と裕花を真っ直ぐに見つめたまま告げた。

「……以前言った通りだ」

程なくして零された声は、ひどく重々しかった。

「雅臣くんは信頼に足る男だが、茉莉花に君の家柄は重すぎる。そんな苦労はさせられない。茉莉花がなにもできないのは事実なんだ……」

そして、どこまでも頑なな浩人の考え方は変わらない。

いっそ悲しくなるほどで、茉莉花にはそんな父親が痛々しくも思えてくる。

「仮に今はなにもできなくても、これからひとつずつ覚えていけばいいだけです。ときには失敗するかもしれませんが、そういうときにも支えるために俺がいるんです」

それでも、雅臣は決して折れなかった。

茉莉花のことを心から信じている……と言わんばかりに。

だからこそ、自分も彼に恥じない人間でいたいと、茉莉花は強く思った。

「お父さん」

呼びかけた声は、思っていたよりもずっと穏やかなものだった。

「私ね……今までちゃんと言えなかったけど、本当はお兄ちゃんやお姉ちゃんみたいに仕事がしたいの。部署のみんなが残業してるのに私だけ定時に帰るとか、いてもいなくても変わらない存在としてただ会社にいるだけなんて恥ずかしいし、すごく情けない」

浩人の姿がなんだか小さく見えて泣きそうになったが、茉莉花は深呼吸をして浩人を射抜くように見つめた。

「こういう本音は言っても仕方がないと思い込んで、もうずっと言わずにきた」

浩人の作った檻《おり》の中で生きるしかないと、諦める癖がついていた。

両親を悲しませたくなくて、子どもの頃に何度も泣いていたふたりの顔が脳裏に焼きついていて、またあの頃のように傷つけるのが怖かった。

「でも、それは間違ってたって思う。どんなに取り合ってもらえなくても、ちゃんと全力でぶつかればよかった。私はいつからかお父さんのせいにして、ずっと甘えてただけだった。こんな風になるまでそんなことにも気づけなかったの……」

だから……茉莉花は、自分ひとりが感情を押し込めていればいいと思っていた。

けれど、こんな考え方はきっと間違っている。

「それに気づかせてくれたのはオミくんだった」

本当の意味で茉莉花が幸せになれなければ、結局は茉莉花を大切に思ってくれている両親の心を傷つけてしまうだろう。

今ようやく、そのことに気づいた。

「いつかお見合いするってわかってたから、オミくんへの気持ちを何度も消そうとしたの。でも、結局は好きになるばかりで、想いは消せなかった。オミくんをたくさん傷つけたけど、私はやっぱりオミくんがいいの」

両親には悪いと思うが、もう今までみたいに自分の意志を押し殺すのはやめた。

「だから、オミくんの傍にいるためなら、苦労だって喜んでする。努力も惜しまないし、もっと強くなる。今認めてもらえなくても、認めてもらえるまで諦めないよ」

覚悟を決めてしまえば、本音を伝えるのは思っていたよりもずっと簡単だった。

怖がって、諦めて、逃げていたから言えなかっただけで……。口にしてしまえば、おかしくなるほどなんてことはなかった。

こんなことができなかったなんて、本当に情けない。

ところが、雅臣は『よくできました』と褒めるように微笑んでいた。その優しい顔を見ていると、茉莉花からも自然と笑みが零れた。

「そうか……」

ぽつりと零した浩人が、力なくソファに腰を下ろす。

「父さんは、茉莉花を苦しめてただけだったんだな……」

傷ついたような表情に、胸の奥が痛んで涙が込み上げてきたけれど……。

「お父さんが私を思ってくれてるのはわかってるよ。ただ、ちゃんと向き合えなかった私も悪いんだよ……」

それをグッとこらえ、首を横に振った。

「いや……確かにお前を縛りつけていたのは父さんだ。茉莉花がこんな風に思ってるなんて知らなかった。いつまでも小さな頃のままの茉莉花だと思って、父さんが守ってやらなければいけないと……」

「お父さん」

「父親失格だ……。本当にすまない……」

浩人がショックを受けているのは明白で、隣に座っている裕花の目には涙が浮かんでいる。

茉莉花はそんなふたりを見て、喉の奥がグッと締めつけられて熱くなった。

「雅臣くん」

「はい」

雅臣が真剣な面持ちで答え、浩人を真っ直ぐ見つめた。

「約束は約束だ。ふたりが望むのなら、私はもう反対はしない」

その言葉に驚いた茉莉花は瞠目し、唐突すぎる状況に思考が追いつかない。

戸惑いを隠せずにいると、浩人が雅臣と茉莉花を交互に見て苦笑を零した。

「雅臣くんとの約束だった。茉莉花が自分から雅臣くんといることを望めば認める、と。だが、茉莉花は父さんが決めた通りに生きていくと信じてたし、彼の意志が通ることはないと高を括ってた。茉莉花のことをわかっていなかったのは、父さんの方だったよ……」

知らない間に交わされていた約束に、茉莉花は驚愕《きょうがく》でいっぱいになる。

いったい、いつそんな話をしたのだろう……と不思議でならない。

肩を落とす浩人になにも訊けずにいると、雅臣が柔和な笑みを浮かべて息を吐いた。

「茉莉花はご両親が好きで、本当に大切なんです。だから、悲しませたくなくて本心を言えなかった。でも、これからは聞いてあげてください」

「……そうだな」

罪悪感を滲ませながらも微笑む浩人に、茉莉花も笑ってみせる。

遠回りをしてしまったが、今度は一から向き合えばいいのだ。

だって、茉莉花たちは互いを大切に思い合っている家族なのだから。

「山重くんには父さんから謝っておく。茉莉花はなにもしなくていい」

「その必要はありませんよ」

「えっ？」

きっぱりと言い切った雅臣に、両親と茉莉花の怪訝そうな声が重なった。

茉莉花たちを見た彼は、口元だけに微かな笑みを湛える。

「茉莉花と結婚する気でいながら、三人もの女性と付き合ってるような男です。入籍後も遊ぶ気でいるようでしたし、そこを突けば謝罪なんて必要ないでしょう」

「そんなことまで調べていたのか……」

「はい。万が一にも茉莉花に振られた場合、茉莉花が俺を差し置いてどんな男に嫁ぐのかと気になりまして。もちろん、事実を知った瞬間に茉莉花への想いを諦める気は一切なくなりましたし、ついでにあいつをこの世から消してやりたくなりましたが」

スラスラと話す雅臣の目は、ちっとも笑っていない。

いつの間に調べ、いつから知っていたのかはわからないが、彼の表情の裏にある怒りと不満はちっとも消化できていないようだった。

「雅臣くんには負けるよ。まったく……君はいつからこうするつもりだったんだ」

彼は浩人の疑問に瞳を緩めただけで、浩人も答えを求める気はないようだった。

重苦しかった空気は少しだけ和らぎ、裕花が涙を拭って明るい笑顔を見せる。

「お昼、過ぎちゃったわね。クリスマスだからって張り切ってたくさんご馳走を作ったから、よかったら食べて行って。雅臣くんも一緒にどうかしら？」

「ありがとうございます。では、お言葉に甘えさせていただきます」

雅臣が頷くと、浩人と裕花が安堵の笑みを見せた。

今年のクリスマスが終わりに近づいていく中で、茉莉花はようやくひとつの壁を乗り越え、そしてこれからまたなにかが変わっていく予感がしていた――。

四　愛執　Side Masaomi

怒濤《どとう》の展開を見せたクリスマスから、約三週間が過ぎた。

タカミステーションホテルの海外進出は、順調に進んでいる。

年明け早々、ロサンゼルスにホテルがオープンしたばかりだが、早くも四か月先まで宿泊予約が埋まった。

雅臣も一週間ほど現地に行っていたが、評判も上々だ。手応えもしっかりと感じているし、このままいけば収益も安定するだろう。

三か月後に控えたフランスとイタリアでのオープンのあとには、ヨーロッパはもちろん、アジアにも進出していく。

すでに着工に入った場所もあり、今は新たに候補地を探しているところだ。

とはいえ、タカミステーションホテルの海外事業部に雅臣が関わるのは、イタリアのホテルがオープンするまで。

そのあとは、ようやくタカミホテルの国内事業部の業務だけに集中できるようになる。取締役就任からずっとタカミステーションホテルの海外進出に関わってきたため、少しばかり名残惜しくもある。

一方で、タカミホテルの国内事業部取締役としてやりたいことは数え切れないほどあり、早くそちらに力を注ぎたい気持ちも強かった。

雅臣はそうして仕事に励む傍ら、茉莉花との結婚に向けての準備も始めている。

裕人には早々に報告し、年明けには彼女の両親に年末の非礼をしっかりと詫《わ》び、改めて結婚の許可をもらうために挨拶に行った。

浩人と裕花は心の整理がつき始めていたのか、クリスマスのときよりも表情は柔らかく、茉莉花に対する態度にも今までよりもずっと信頼がこもっていた。

裕人は驚いてはいたものの、雅臣の想いを察していたようで、『心のどこかではこうなる気がしてた』と苦笑いを見せた。

そして、三が日の間には雅臣の実家にも茉莉花を連れて行き、祖父母と両親に彼女を会わせて結婚するつもりであることを伝えた。

もともと、両親は雅臣の意志を尊重していたため、特に不安はなさそうではあった。

しかし、予想以上に茉莉花を歓迎してくれたのは嬉しい誤算だった。

『雅臣は一生独身でいる気かと思ってた』と言う耕哉に、母——祥子《しょうこ》も頷き、ふたりの気を揉ませていたことを知ったが、それゆえに喜びも大きかったのだろう。

『オミくんのご両親に反対されても頑張るね……！』

そんな風に強がっていた茉莉花も、雅臣の両親の態度に安堵の笑みを浮かべていた。

無事に互いの両親の許可をもらった今は、式場を探しているところである。

クリスマスイヴの夜、茉莉花から希子との婚約について訊かれたときには雅臣は耳を疑ったが、そもそも一度もそんな話は聞いていなかった。

しかし、茉莉花自身は希子本人から婚約の話を聞かされたのだという。

あのときは自分が知らないところであらぬ誤解を生んでいたことに動揺し、もしそれがきっかけで悪い方に事が転がっていたら……と想像してゾッとした。

婚約の件は念のために耕哉に確認したところ、やっぱり知らないようだった。

つまり、万里小路が勝手に目論んでいたのだろう。あの親子ならそういう行動に出るのも頷ける。

万里小路は以前から雅臣に希子を勧めていたし、パーティーなどでふたりと顔を合わせたときには周囲を牽制するような態度も見受けられ、彼女の方も初対面の頃から満更でもない様子だった。

だからといって、やっていいことと悪いことがある。

なによりも、希子が余計なことを吹き込んだせいで茉莉花が傷つき、たとえ短い間でも思い悩んだというのが、無性に腹立たしい。

鷹見グループとの関係を築きたがる会社や人間は、五万といる。

そういった人間はこぞって万里小路と似たようなことをしているが、雅臣に言わせればすべて無意味だ。

雅臣は何年も茉莉花しか眼中になかったし、彼女以外との結婚など考えていなかった。

両親も祖父母も、雅臣のプライベートに関しては寛容で、口出しは一切してこない。

親戚の中には万里小路のような人間もいるが、総帥である耕三がそれを良しとしないため、強引な態度に出る者はひとりもいない。

そんな状態の中、雅臣に付け入る隙があるはずがないのだ。

そもそも、秘書という肩書きだけはあるものの、ろくに仕事もせずに親の財産で遊び歩いてばかりいる希子のような女性にはなんの魅力も感じない。

それが悪いとは言わないが、少なくとも雅臣の心は一ミリも惹かれない。

もっとも、相手がどんな女性でも、雅臣は茉莉花にしか興味がないのだけれど。


一月下旬の週末。

「茉莉花、来月上旬のパーティーに同伴してくれる？」

「え？　それって、鷹見グループの創業記念パーティーだよね？」

銀座にあるレストランの個室でディナーを堪能したあと、雅臣が茉莉花に尋ねると、彼女はコーヒーカップを持ったまま目を丸くした。

「そうだよ。今年は一五〇周年だから色々とあってね。できれば、茉莉花には俺のパートナーとして出席してほしいんだ」

「でも……」

戸惑いを隠さない素直さに、雅臣からふっと笑みが漏れる。

茉莉花が困惑しているのは、まだ雅臣との結婚自体に戸惑っているからだ。

恋人になったとはいえ、若い彼女にとっては結婚が現実的ではないのかもしれない。

クリスマス以来、話がとんとん拍子に進んでいるのと、付き合ったばかりということもあって、気持ちが追いつかない部分もあるのだろう。

「オミくんは私でいいの？」

「パーティーの話？　それとも、結婚の話？」

言い淀んだ茉莉花に、雅臣が瞳を緩めてみせる。

「お互いのことはよく知ってるし、両家の両親の許可も得たんだから結婚するのになんの問題もないだろ？　ついでに言うと、順番が違ったせいで、俺はもう茉莉花の身体の隅々まで知ってる。あとは、戸籍上で茉莉花を俺の妻にするだけだよ」

「もう……」

にっこりと笑う雅臣に、彼女が赤面する。

「パーティーについては祖父の意向だから、むしろ胸を張って出席してくれないと困るかな。俺の妻になるんだから、堂々と隣にいてよ」

「うん……。上手く振る舞えるかわからないけど、頑張るね」

「ありがとう。じゃあ、そのときにはこれをつけていてほしいんだけど」

グレーのテーブルクロスの上に置いたのは、小さな箱。

それを開けるよりも早く、茉莉花が瞠目する。中に鎮座している指輪を見せた瞬間、彼女の瞳に涙が浮かんだ。

「っ……」

「プロポーズがあんな感じで、そのあとは半ば勢いで両親たちに挨拶に行ったからすっかり遅くなったけど……左手の薬指にはめてくれる？」

フランスの老舗ジュエリーブランドでデザインしてもらった、一点もの。

世界でたったひとつ、雅臣が茉莉花のためだけに作らせたエンゲージリングだ。

もうずっと前から、ブランドもデザイナーも決めていた。

彼女が二十歳のとき、憧れのブランドとして名前を挙げた日から。

オーダーしたのは、茉莉花に最初にプロポーズした直後だった。

鷹見の名前を出せばすぐに受けてくれたが、急いで作ってもらうための交渉にはさすがに少々手間取った。

それでも、雅臣はどうしても彼女に世界でひとつだけの指輪を贈りたかったのだ。

「やだ……どうしよう……」

涙が止まらない様子の茉莉花に、愛おしさが込み上げてくる。

「オミくんが私と一緒にいてくれるのならもうなにもいらない、って思ってたのも本当なのに……すごく嬉しくて、っ……」

「俺が茉莉花につけていてほしいんだよ。俺のものだ、って証でもあるから」

上手く言葉にならない彼女の瞳が、幸せそうにたわむ。

「うん……」

「仁科茉莉花さん」

雅臣は、絶え間なく突き上げてくる愛おしさを抱えて、茉莉花を見つめた。

「全力で幸せにするから、俺の傍でずっと笑っていてください」

「はい」

彼女が花が綻ぶように微笑み、また涙で頬を濡らす。

左手を出すように言えば、白くて華奢な手が差し出された。

細くしなやかな薬指に、愛と誓いを込めて指輪をはめる。

前面だけ蔦《つた》のように絡む片方はプラチナ、もう片方にはプラチナ部分すべてにメレダイヤが敷き詰められ、中心には四つの爪で固定されたダイヤモンドが輝いている。

華やかでありながら柔らかさと繊細さを兼ね備えたフォルムは、雅臣の想像よりもずっと茉莉花によく似合っていた。

幸福感を滲ませる彼女が、これ以上ないほど嬉しそうに破顔する。

その笑顔を見ているだけで幸せで、雅臣の心は穏やかな温もりで満たされた。

＊　＊　＊

ちらちらと雪が舞う、二月上旬の土曜日の夜。

数日前に創業一五〇周年を迎えた鷹見グループの記念パーティーが開かれ、タカミホテルのパーティー会場では二百名を超える出席者たちが談笑していた。

ラグジュアリーブランドに作らせたオートクチュールのドレスを纏う茉莉花は、華やかな装いの女性たちの中でひときわ美しかった。

雅臣は、自分の隣にいるのに彼女に向けられる男性陣の視線が絶えないことに、密かに苛立っていたほどだ。

そんな中で茉莉花をひとりにさせるわけにはいかず、壇上に上がるタイミングで小倉をつけた。

彼女の隣には誰も立たせたくないが、招待した仁科の家族のもとには諸事情で行かせるわけにいかず、不本意ながらも小倉が適任だったのだ。

耕三と耕哉の挨拶が済み、マイクの前に立つ。

「皆様、本日はお忙しい中お集まりいただき、誠にありがとうございます。さきほど当グループの会長と社長の言葉にもありました通り、皆様の温かいご支援のおかげで鷹見は創業一五〇周年を迎えることができました」

あれほど面倒に感じていた挨拶も、今日は億劫ではない。

「鷹見グループは今後もタカミホテルを基盤に、引き続きタカミステーションホテルや輸入事業を拡大するとともに、投資や融資も積極的に行ってまいります」

自分にとってなによりも大切な報告をするためだと思えば、むしろ笑顔でいられた。

「そして、本日はもうひとつご報告がございます」

壇上近くに控えさせている小倉の隣にいる茉莉花が、雅臣の方を真剣な眼差しで見ている。

彼女と目が合った瞬間、雅臣は頬が緩みそうになった。

「私事ではございますが、このたび私、鷹見雅臣は、かねてよりお付き合いしていた女性と婚約いたしました」

それをこらえ、平静を装った笑みで告げる。

一瞬静まり返ったあと、一気に拍手と歓声が沸き上がり、どこからか悲鳴のような声も聞こえてきた。

「本日は皆様にもお披露目させていただきます。茉莉花、おいで」

目を真ん丸にしていた茉莉花は、小倉に促されても足を踏み出せない。

驚きや戸惑いが全部顔に出ている彼女が可愛くて、うっかり抱きしめたくなった。

茉莉花は、少しの間を置いてハッとしたように小倉に頷き、こちらへ向かってくる。

緊張の面持ちながらも背筋はしっかりと伸び、歩く姿は凛としていた。

壇上から下り、彼女をエスコートしてマイクの前に戻る。

「ご紹介いたします。婚約者の仁科茉莉花さんです」

茉莉花の腰に手を添えれば、彼女は肩を小さく震わせながらも丁寧に頭を下げた。

「これからは彼女とともに生き、そしてこれまで以上に鷹見の発展のために力を尽くす所存です。未熟なふたりではございますが、今後とも変わらぬご支援をいただけますよう何卒よろしくお願いいたします」

深々と一礼した雅臣に倣うように、茉莉花も再び腰を折る。

緊張しているとは思えないほど堂々と真っ直ぐに招待客たちを見つめる彼女の横顔に、思わず見入ってしまいそうだった。

万雷の拍手が沸き、温かな歓声に包まれる。

茉莉花はホッとしたように微笑み、雅臣は彼女とともに壇上から下りた。

「このたびはご婚約おめでとうございます」

しばらくして声をかけてきたのは、万里小路と希子だった。

「ありがとうございます」

動揺と悔しさを滲ませる万里小路の隣で、彼女も不満をあらわにしている。

雅臣にはそんな顔をされるほど親しくした覚えはなく、むしろ希子への怒りの炎は未だに静かに燃えている。

「万里小路社長。本日はありがとうございます」

そこへ声をかけに来たのは耕哉で、傍らに立つ祥子はどこか含みのある笑みを見せた。

「鷹見社長……！　このたびは創業一五〇周年とご子息のご婚約、誠におめでとうございます」

「ありがとうございます。万里小路社長の日頃のご支援には大変感謝しております」

「いいえ、とんでもございません！　しかし、雅臣社長に素敵な方がいらっしゃったなんて……。傷心する女性が多いでしょうね」

「いやいや、私たちは息子が素敵なお嬢様を連れて来てくれて安心しました。どこかでは政略結婚のような話があったそうですが、少なくとも私は今の時代にはそぐわないと考えていたんですよ。いったい誰がそんな噂を流していたのだか」

耕哉の言葉に、万里小路と希子の顔色がサッと変わる。

「そ、そんな輩が……！　世の中には身の程知らずの者がいるのですね！」

いったいどの口がそれを言うのか……と、ため息が漏れそうになる。

しかし、さすがの万里小路も彼女も、正式に婚約を発表したとあっては覆ることはないということはわかっているようだった。

「いやぁ、本当に信じられません！　雅臣社長が選んだ女性を差し置いて、けしからん人間ですね。わたくしどもは心よりお祝いいたします！　なあ、希子！」

「……ええ、もちろんです」

万里小路にしてみれば、自身と万里家具の保身に走りたいはず。

わかりやすく態度を変える姿に、雅臣の脳裏には今後の付き合いを考え直そうかと過った。

雅臣の視線に気づいた耕哉と祥子が、一瞬だけ意味深な笑みを浮かべる。

どうやら、ふたりも勝手に持ち上がっていた婚約の件で怒っていたらしい。

同じ思いでいる雅臣も、このまま見過ごしてやるつもりはなかった。

「本当に、くだらない噂を流す者がいて困ったものです。そのせいで、危うく大切な人を失うかもしれないところでした。ですが、大事に至らなくてよかったです」

雅臣が万里小路に一歩近づき、軽く屈んで口を開く。

「色々な意味で、ね？　私は、祖父や父のように甘くはありませんから」

肩を強張らせた彼から離れたあとには、何事もなかったように微笑みながらも視線で訴えてやった。

万里小路も雅臣の意図に気づいたらしく、繰り返し首を大きく縦に振っている。

ここまで保身に走られるといっそ清々しさすら感じるが、万里家具との今後の付き合いはしっかりと見直そうと密かに決めた。

そんな中、茉莉花は意外にも希子のことはもう気にしていないのか、彼女に睨まれても笑顔で受け流していた。

『会社で肩身が狭くても笑顔で過ごすようにしてる』と言っていただけのことはある。

その表情は雅臣から見れば明らかに繕ったものだとわかるが、希子はたじろいでいるようだった。

浩人にはあんな風に言ったが、意外と自分もまだまだ茉莉花のことをわかっていないのかもしれないな、と雅臣は小さな苦笑を零してしまう。

その後、パーティーは滞りなく進み、予定よりも少し遅れて終わりを迎えた——。

＊＊＊

桜が蕾をつける、三月中旬。

満を持して、雅臣と茉莉花は同棲《どうせい》を始めた。

雅臣はタカミステーションホテルのフランスとイタリアのオープンに向けて忙しく、職場での特別扱いがなくなった茉莉花も慌ただしい日々を送っている。

早朝に家を出て夜遅くに帰宅する雅臣と、残業をするようになった彼女。

当然、会う時間はこれまで以上に限られ、今後はさらにすれ違いが生じてしまいそうだったため、籍を入れる前に一緒に住むことにしたのだ。

茉莉花は、今までは頼まれることがなかった業務にも関わるようになり、帰宅後にはまるで新人のごとく勉強している。

残業の日ですら嬉しそうにしているのはおかしくもあるが、茉莉花が生き生きしているのは喜ばしく、そんな彼女をできる限り応援したい。

反して、家の中でくらいは茉莉花を独占したい雅臣は、少し寂しくもあった。

今夜は久しぶりにゆっくりできるというのに、茉莉花は料理中にはパワーポイントの動画を観ていたかと思うと、今はノートパソコンと向き合っている。

お風呂上がりでいい香りがする彼女を前に、見事なおあずけを食らっていた。

「茉莉花」

「……うん」

「そろそろ寝ない？」

「ちょっと待って。まだもうちょっとやりたいことが……。あ、オミくんは先に寝てていいよ？」

以前はあれだけ『オミくん』と連呼してくれていたのに、今や雅臣たちの立場は逆転している。

それでも、「じゃあ待ってるよ」と微笑んでみせるのは、一回りも年上の男のプライドである。

茉莉花はしばらく待ってもノートパソコンの前から動かず、彼女が雅臣を見たのは声をかけてから一時間が過ぎた頃だった。

「あれ？　オミくん、まだ起きててくれたの？」

「茉莉花と一緒に寝たいからね」

「待たせちゃってごめんね！　オミくん疲れてるのに……」

「じゃあ、癒して」

雅臣は、茉莉花を抱き上げてベッドに運び、有無を言わせずに覆い被さる。

「えっと……余計に疲れない？」

「全然。むしろ、明日は休みだから、朝までだってできるよ」

「あっ……朝……？」

にっこりと笑う雅臣に、彼女の口元が引き攣る。

「冗談だよ」

「オミくんが言うと、冗談に聞こえないよ」

「お望みでしたら、朝までご奉仕しましょうか？」

「……ッ！　遠慮します……！」

頬をかあっと染めた茉莉花が、両手で雅臣の胸元を押す。雅臣はその手を左手で摑んで一纏めにし、彼女の頭の上で固定した。

「オ、オミくん……？」

「放置プレイのお返しにたくさん感じさせてあげるよ」

「待っ――」

柔らかな唇はキスで塞ぎ、食むように甘やかすようにくちづける。

戯れのような行為を繰り返せば、キスに弱い茉莉花はすぐに大人しくなった。

舌を搦めれば吐息を零し、雅臣を映す大きな瞳はあっという間に潤んでいく。

清純そうな顔をしてこんなにも色香を振りまくなんて、本当にずるい……と思う。

雅臣は少女の頃の彼女を知っているからこそ、目の前の光景とのギャップに脳がクラクラと揺れ、理性が簡単に溶かされてしまう。

茉莉花が愛おしくて、ずっと腕の中に閉じこめておきたいほどに大切で。想いは未だに日に日に膨らみ、絶えず募っていく。

彼女を抱くたびに満たされて、けれどまたすぐに欲しくなって、本当にキリがない。

一緒にいるだけで嬉しくて幸せなのも本心なのに、欲深くなっていくばかりだ。

これはもう、愛情というよりも執着や愛執に近いものではないか……と感じることもあるが、どうしたって茉莉花が愛おしくてたまらないのだから仕方がない。

雅臣は、甘ったるく自分を誘惑する彼女とひとつに溶け合うさなか、それはこれからもっと強くなっていく気がしていた——。

エピローグ

朝からまばゆい太陽の光が降り注ぐ、八月上旬。

茉莉花は鷹見の本家に足を運び、祥子と雅臣の祖母――ハツに鷹見家のことを教わる日々を送っていた。

「お中元やお歳暮をくださった方へのお礼状は、すべて手書きでね。少し古い慣習に思うでしょうけれど、やっぱり手書きの方が心が伝わるというのはあると思うの」

ハツの言葉に茉莉花が笑顔で「はい」と頷くと、ふたりが優しい笑みを浮かべた。

鷹見家に送られてきたお中元は、山のようにある。

フルーツ、焼き菓子、ワイン、入浴剤、タオル、お茶、コーヒー。どれも桐《きり》の箱のような綺麗な容れ物に入っており、なにかのお祝いかと思うほど。

当然、高級ブランドの名前が入ったものばかり。

それらをひとつひとつ確認してお礼状を書くのは、鷹見家の妻の仕事なのだとか。

「来年の創業記念パーティーのお礼状も、私たちと一緒に茉莉花ちゃんにも書いてもらうことになるし、こういった機会は年に何度かあるから、今日はお礼状の書き方をしっかり覚えてね」

　そう言った祥子も、きっと今の茉莉花のように教わってきたのだろう。

　茉莉花はふたりに色々と教わりながら、ハツから『私たちとお揃いなのよ』とプレゼントされた老舗ブランドの万年筆を紙に走らせた。

　雅臣と籍を入れたのは、茉莉花の二十五歳の誕生日だった六月八日。

　区役所に行ったあと、彼が予約してくれていた銀座にあるタカミホテルの最上階のフレンチレストランとエグゼクティブスイートルームで、ふたりきりで過ごした。

　浩人からの特別扱いがなくなったことによって、入籍後も雅臣とすれ違いつつも仕事に勤しんでいたが、先月末で仁科フーズを退職した。

　彼は『ずっと仁科フーズで働いていていいよ』と言ってくれた。

　茉莉花もそうしたいと思っていたし、今まで中途半端な働き方しかできなかったからこそ、そうするべきだとも思っていた。

　けれど、ハツや祥子と顔を合わせて何度か話すうちに、〝鷹見家に嫁ぐ〟ということに対して深く考える機会が生まれて……。茉莉花もふたりのように、夫である雅臣を支えていくべきだと思い至ったのだ。

『無理しなくていいんだよ。できることは協力してくれると嬉しいけど、茉莉花が仁科フーズでちゃんと働きたいと思ってたことはわかってるから』

『前はそうしたいって思ってたけど、今はオミくんが一番大事だからオミくんの役に立てる生き方がしたいの。無理なんてしてないよ』

だからこそ、茉莉花は気遣ってくれる彼に笑顔で言い切ることができた。

雅臣はいつでも茉莉花の気持ちを優先してくれるが、茉莉花の選択を聞いたときには喜色を浮かべてお礼を言ってくれた。

物心ついた頃からずっと、鷹見グループを背負う覚悟を持っていた彼にとって、それは茉莉花が想像するよりも遥かに嬉しいことだったのだろう。

そう感じた茉莉花は、自分の選択を後悔することはなかった。

ひとつ残念だったのは、『せっかくこれから仲良くなれると思ったのに』と茉莉花の退職を惜しんでくれた同僚ができたこと。

退職の時期が同僚との距離が縮まり始めた矢先のことだったため、たとえ社交辞令であってもそんな風に言ってもらえて嬉しかった反面、寂しさを抱いた。

ただ、その同僚とは連絡先を交換し、一度ランチに行った。

ときどき連絡も取り合っていて、今では友人のような関係に近づいていっている。

仁科フーズを辞めるのは寂しかったが、喜ばしいこともあったのだ。

＊　＊　＊

お盆が過ぎ、八月も終わる頃。

「今日がなんの日か知ってる？」

ベッドの中にいた茉莉花は、微睡みそうになりながらも雅臣を見た。

ついさきほどまで彼に抱かれていて、身体にはまだ上手く力が入らない。

思考も鈍くて、突然の質問の答えを考える気力もあまりない。

雅臣と身体を重ねたあとはいつも、こんな風に心も身体もふにゃふにゃになってしまう。

「わからない？」

「うん……。なんの日？」

彼が唇の端を持ち上げ、茉莉花の耳元に顔を近づけてくる。

「俺が茉莉花を初めて抱いた日」

低く囁かれた瞬間、一瞬で茉莉花の顔がボッと熱くなった。

「どうしてそんなこと覚えてるの……」

羞恥心が膨れ上がり、頭が一気に冴える。

「抱きたくてたまらなかった好きな女をようやく抱けたんだ。忘れるわけがないよ。それに、茉莉花の処女をもらった日でもあるんだから」

「やめてっ……！　そういう言い方しないで……っ！」

「どうして？　あの日の茉莉花は、初めてのことに緊張してるのにすごく上手に感じてくれて、俺は本当に嬉しかったよ」

恥ずかしげもなく胸の内を語る雅臣の瞳は、悪戯な弧を描いている。

「なんなら、今からあの夜を再現しようか」

「えっ……？」

茉莉花が目を見開いたときには、視界いっぱいに彼の顔が映っていた。

もう眠りたいのに、幸せそうな笑顔を見せる雅臣には絶対に敵わない。

優しいキスを落とされれば、あとは彼の思うまま。

茉莉花は抵抗することもなく、心も身体も優しく溶かされていくしかなかった。

甘苦しい快感の中で、初めての夜の記憶が鮮明になっていく。


はじまりは、アルコール混じりのたったひとつの嘘。

微熱に侵された唇で交わしたファーストキスを、今もよく覚えている。

あの夜に交わしたキスは、嘘つきで、正直で、まるで甘美な毒のようだった。

けれど、あの夜には雅臣も本音を隠していた。

茉莉花をたしなめたはずの彼のキスは、最初からずっと優しかった。

唇を重ねれば甘い熱を感じる今と同じように、あの夜のキスを思い出せばそこには確かに雅臣の想いが秘められていた――と今ならわかる。

意地っ張りだった茉莉花と、少しだけ不器用だった彼。

茉莉花のお腹に新しい命が宿ったことを知ったふたりが涙混じりに喜び合うのは、あともう少しだけ未来のこと――。

番外編　世界で一番幸せな朝の景色

あちこちで、異国の言葉が飛び交う。

複数の言語が交わされる場にいる茉莉花は、ここが日本だとは思えなくなりそうだった。

タカミホテルのパーティー会場を貸し切って行われているのは、タカミステーションホテルの海外進出五周年を祝う式典である。

各国にあるタカミステーションホテルの総支配人を始め、国内外の重役や筆頭株主、関係会社はもちろんのこと、タカミホテルのＶＩＰなどが招待されている。

つまり、この場にいるのは世界的に有名なメーカーやラグジュアリーブランドの関係者ばかりであり、中には油田を持つ者もいるという。

そんな人間ばかりが集まったパーティー会場は、内装や料理の絢爛《けんらん》豪華さもさることながら、招待客の装いも海外セレブのように華やかだった。

今日の茉莉花は、鮮やかな青色のドレスを身に纏っている。オフショルダーの上半身はシンプルだが、ウエスト部分からあしらわれているチュールのような柔らかな素材にはジャスミンの花の刺繍《ししゅう》が施され、とても美しい。

歩くたびにふわりと揺れるスカートはまるで躍っているようでもあり、茉莉花がパーティー会場に現れた瞬間、小さな歓声が上がったほどだ。

それもそのはず。このドレスは、雅臣が鷹見御用達のブランドに作らせた一点物である。

茉莉花が戸惑っていると、彼に『俺の妻として出席するんだから当然だよ』と綺麗な笑顔で返されてしまった。

まさかお揃いのバッグまで作らせるとは思っていなかった茉莉花だが、結婚して五年ほどが経てば雅臣がこういう行動に出るのもまったく予想できなかったわけじゃない。

今夜、サロンでヘアメイクをしてもらった茉莉花がこのドレスを着てみせると、彼は満足そうに瞳を緩めていた。

『こんばんは、素敵なレディー。よろしければ、一杯いかがですか?』

茉莉花が煌《きら》びやかな雰囲気に呑まれそうになっていると、不意に男性から声をかけられた。

美しい碧《へき》眼に、艶のあるライトブラウンの髪。手足が長く、ラグジュアリーブランドのスーツを美しく着こなしている。

年齢は、二十代後半から三十代前半といったところだろう。何語かわからないが、差し出されたカクテルグラスを見れば、お酒を勧められていることは察した。

『それとも、誰かを待ってる?』

英語で断ればいいのか判断できずにためらっていると、さきほどよりフランクな声音になった彼が明るい笑みを浮かべた。

雅臣は、急ぎの電話が入ってしまい、五分ほど前にこの場を離れた。つまり、自分でどうにかしなければいけない。

『ごめんなさい。夫を待っているんです』

茉莉花は息を小さく吐き、ゆっくりと英語で返した。

『そうなの？　君、結婚してるんだ？』

すると、英語で返答した男性の目が真ん丸になる。茉莉花は、微笑を浮かべて左手の薬指を見せた。

そこには、婚約指輪と結婚指輪が重なっている。ふたつの指輪のダイヤモンドが、美しい輝きを放っていた。

『ええ。夫は、今――』

「茉莉花」

再び話し始めたとき、背後から穏やかな声に呼ばれた。茉莉花の頬が自然と綻び、話の途中であるにもかかわらず振り向いてしまう。

「オ……雅臣さん」

いつも通りに呼びそうになって、慌てて言い直す。背後にいた雅臣は、瞳を柔らかくたわませて茉莉花を見たあとで男性に目を向けた。

『アルテュール。来てくれて嬉しいよ』

『雅臣！　君は人気者だから、今日は話せないかと思ったよ』

親愛のハグを交わすふたりの傍で、茉莉花はなんとなくフランス語だと察する。

「茉莉花、彼はアルテュールだ。フランスにあるタカミホテルのインテリアを任せてる会社の子息だよ」

雅臣が茉莉花にそう説明し、再びアルテュールの方を向いた。

『アルテュール、彼女は茉莉花だ。俺の最愛の妻だから、今夜は諦めてくれ』

『彼女が？　嘘だろ？　いったいいくつ離れてるんだ？』

『十二歳だ』

『十二歳？　てっきり二十代前半かと……』

『ははっ、それは残念だったな。君より年上で人妻だよ。可愛い子どももふたりいる』

茉莉花には話の内容はわからないが、アルテュールが驚愕しているのはわかった。

『仕方ない。雅臣の妻を口説くわけにはいかないから、他を当たるよ』

『そうしてくれ。茉莉花だけは渡せないからね』

『はいはい。茉莉花、さっきは失礼したね。いつか君がフランスに来ることがあれば案内するよ』

するりと取られた手の甲に、軽くくちづけられる。人懐っこい笑顔につられて、茉莉花はなにを言われているかわからないのに笑みを浮かべてしまった。

アルテュールは雅臣にも一言かけると、颯爽《さっそう》と立ち去った。

「アルテュールさん、最後になんて言ってたの？」

「茉莉花には、いつかフランスに来ることがあれば案内するって。俺には、可愛い奥さんと仲良くね、って」

社交辞令だとわかっているが、『可愛い』という言葉に茉莉花の頬がほんのり染まる。茉莉花は、それを誤魔化すように続けた。

「じゃあ、どうして驚いてたの？」

「茉莉花を自分と同い年くらいだと思ってたみたいだ」

「えっ？　違うの？」

「彼は二十四歳だよ。茉莉花の方が年上だと知って驚いたらしい」

「そうなんだ……」

茉莉花が素直に目を瞬かせていると、雅臣が茉莉花の腰をそっと抱き寄せた。

「それより、俺が少し離れるとすぐに声をかけられるのは、やっぱり困るな」

「一応、夫がいますって言ったよ？」

「うん。困った顔して断ってる茉莉花も、すごく可愛かった」

耳元で囁かれ、茉莉花の頬がぶわっと熱くなる。アルテュールに褒められたときの比ではない速度で、茉莉花の顔が真っ赤になった。

「そういう顔すると、今すぐキスしたくなるんだけど」

「オミくんっ……！」

困り顔で微笑まれて、茉莉花はあたふたしてしまう。声は潜めたが、動揺は隠せていないと自覚していた。

「わかってる。ちゃんと我慢するよ、今はね」

悪戯な瞳が茉莉花を見つめ、甘い声が耳元で落とされた。そこに込められた意味を察することくらい、もう茉莉花にもできる。

「そのドレスを脱がせるの、すごく楽しみにしてるんだ」

「っ……」

大勢の招待客がいる中でそんなことを言った雅臣は、平然とした笑顔でいる。それはいつもの彼のものではなく、タカミホテルの国内事業部取締役としての表情だ。

「そのためにもあと少し頑張るよ」

前を見据えた雅臣の視線の先には、ＶＩＰが大勢いる。

茉莉花は小さく頷くと、動揺を押さえ込みながら彼の肘に手を添え、招待客たちの輪の中に入っていった――。

帰宅すると、五十代前半の女性が雅臣と茉莉花を出迎えた。

「おかえりなさいませ。龍臣《たつおみ》くんと茉菜花《まなか》ちゃん、いつも通りの時間にお休みになりました」

彼女は、二卵性双生児の子どもたちを預かってくれるベビーシッターだ。

茉莉花は仕事こそしていないが、鷹見の妻として方々に出向いたり本家で作業をしたりするため、家を空けることが多い。

また、今夜のようなパーティーに同伴するときには帰宅が遅くなる上、まだ幼い子どもたちを長時間ああいう場に連れ出すのは難しい。

そういったときのために、ベビーシッターを雇っているのだ。

彼と茉莉花が口々にお礼を言えば、ベビーシッターは龍臣と茉菜花の今日の様子を伝えてくれる。子どもたちはお利口にしていたようで、茉莉花はホッとした。

彼女を送り出したあと、雅臣と茉莉花は子ども部屋の様子を見に行った。

ベッドガードに囲われた二台のベッドでは、小さな天使たちがすやすやと眠っている。

「よく眠ってる」

「うん。明日は遊園地に行くから、早く寝なきゃって思ったんじゃないかな」

今日は土曜日。

もうすぐ四歳になる龍臣と茉菜花は幼稚園に通っているが、せっかくの休みの日に留守番を言い渡され、がっかりした様子だった。

そこで、彼が『明日は遊園地に行こう』と約束したのだ。

大喜びする龍臣と茉菜花に茉莉花が『遊園地でたくさん遊ぶために早くねんねしててね』と言うと、ふたりはいい返事をしていた。

ベビーシッターの話では、興奮しながらもいそいそとベッドに入ったそうだ。その様子を想像するだけで、笑みが零れてしまう。

「起きてるふたりに会えなかったのは残念だけど、泣かずに待っててくれたみたいでよかったね」

「ああ、そうだね」

遺伝とは不思議なもので、龍臣は雅臣に、茉菜花は茉莉花によく似ている。彼と茉莉花の子どもの頃の写真と見比べると、それこそ瓜《うり》二つと言えるほど。

だからなのか、とにかく可愛くて愛おしくて仕方がない。

子どもたちが笑っていても泣いていても、怒っていても拗ねていても、つい頬が綻んでしまうのだ。

もちろん、育児には大変なことも多く落ち込んでしまうときもあるが、子どもたちからはそれ以上の幸せをもらっている。

「明日は子どもたちをしっかり甘えさせてあげないといけないな」

「うん」

雅臣と茉莉花は、龍臣と茉菜花の頬にキスをすると、子ども部屋を後にしてリビングに行った。

「オミくん、先にお風呂に入って。疲れてるでしょ？」

「俺は平気だよ。茉莉花こそ、今日は長丁場だったし、疲れただろ？」

「そうでもないよ。最近は少し慣れたのかも」

初めてのパーティーから数えると、鷹見が主催しているものも招待されたものも何度目かわからないほど出席している。最初こそ緊張してばかりだったが、場数を踏むごとに少しずつそれなりにこなせるようになった気がしていた。

「確かに、茉莉花はよく頑張ってくれてる。最初は挨拶だけで精一杯だったけど、最近は英語で交流もできるようになってきたし、本当にすごいよ」

彼もそう思ってくれているようで、褒められた茉莉花は頬を綻ばせた。

「英会話の先生と、オミくんが特訓してくれてるおかげだよ」

週に一回、家にイギリス人講師を呼んでいるだけではなく、事あるごとに雅臣も英会話を教えてくれる。

講師よりも厳しい彼は、間違えるたびにキスや愛撫をしてくる〝おしおき〟付きのレッスンにとても力を入れている。

おかげで、茉莉花は快感を与えられるにつれ、英会話がどんどん上達していった。

もっとも、雅臣の場合は、心底愉しんでいる様子なのだけれど。

「じゃあ、一緒に入ろうか。茉莉花はまだ体力が残ってそうだし、俺は茉莉花のドレスを脱がせたいし、ちょうどいいと思わない？」

それらしい言い方につられるように頷きそうになった茉莉花だが、ハッとして首を横に振った。

「明日の朝も早いし、子どもたちが起きてくるかもしれないから……」

「ふたりが起きたとしてもカメラがあるから気づけるよ」

「でも、オミくんは運転しないといけないし、私たちも早く寝——っ」

言い訳を紡ぐ茉莉花の腰が抱き寄せられ、唇は彼に塞がれてしまう。

チュッとくちづけられたあと、啄むように唇を甘ったるく食まれる。それを数回繰り返されると、茉莉花はうっとりと瞼を閉じていた。

雅臣は、まるで茉莉花の心情を読むように柔らかな唇を舌先で割り開き、押し入ってくる。

熱い舌が茉莉花の歯列を優しくたどって上顎をくすぐってくると、もう抵抗しようなんて気にもならない。

茉莉花は自ら舌を差し出し、触れた彼の舌と絡め合った。

「ん、っ……はっ」

濃密なキスに、体温が上がっていく。最初から激しい愛欲を感じさせる性急さにドキドキして、舌をくすぐられるたびに下肢がきゅうっと震えた。

「ダメだ……。今夜はもう、茉莉花が欲しい」

唇が離れると熱っぽい目で見つめられ、茉莉花の鼓動が大きく高鳴る。

最近の雅臣は、以前にも増して色香が溢れているから本当に困る。四十路過ぎとは思えないほど若く見えるのに、こういうときの彼は実に艶麗なのだ。

けれど、すでに同じ気持ちでいた茉莉花は、子どもたちのことを気にしながらも小さく頷いた。

「いい子だ」

低い声音に、腰がズクズクと疼いた。

茉莉花の反応に瞳を緩めた雅臣が、今度は背中を撫でてくる。

それだけで茉莉花の唇からは吐息が漏れ、手早くドレスのファスナーを下ろした彼にされるがまま、自らも目の前の上質なジャケットに手をかけた。

繊細なドレスがフローリングに無造作に落とされ、下着も剝がれていく。

茉莉花も雅臣のベストを剝いで、ネクタイを抜き取り、シャツのボタンも手早く外しにかかったけれど……。

「あっ……！」

茉莉花の肌の上を滑っていた骨ばった手が双丘の突起をキュッと摘まんだ瞬間、思わずシャツから手を放してしまった。

「茉莉花、手を止めないで」

低く囁きながらも、彼の愛撫はどんどん激しくなっていく。

立ったままの茉莉花の胸の頂を指先で丁寧にいじり、茉莉花が一番感じる方法で責めてくる。しかも、唇や舌まで巧みに使って小さな果実を嬲り始め、右手は太ももを何度か往復したあとであわいをなぞった。

「あんっ……ふぅっ……」

すぐに脆弱な花芽をくすぐられ、茉莉花の膝がカクンと崩れそうになる。

快感に喘ぐ茉莉花は、どうにか両脚に力を入れて雅臣の服を剝いでいく。手が震えてスムーズにできなかったせいで、彼のシャツとスラックスを脱がせた頃には茉莉花の蜜口はすっかり濡れそぼっていた。

「悪い、茉莉花。今日は待てない」

雅臣の方も、すっかり準備が整っている。ボクサーパンツに覆われた雄芯は天を仰ぎ、早くも窮屈そうだった。

「うん……。来て……」

彼が興奮していることに、茉莉花の胸の奥が戦慄く。待ち切れないのは茉莉花も同じで、自分からキスをして誘惑した。

「……本当に、茉莉花は相変わらず俺を困らせる」

言うが早いか、雅臣が茉莉花をソファに押し倒す。ふたりでなだれ込むようにして横になると、秘孔に雄刀の先端が押し当てられた。

グッと力が込められ、彼が挿入《はい》ってくる。まだ解されていない隘路は普段ほど柔らかくないのに、あっという間に楔を呑み込んだ。

「あんっ……！」

甘苦しい感覚でいっぱいなのに、すぐに律動が始まる。激流のような強さと痺れに襲われて、息も上手くできなくなりそうだった。

あっという間に快感がさらなる快感を呼び起こし、そう間を置かずして高みへと押し上げられる。

茉莉花が果てても、彼はまだ獰猛《どうもう》な欲を纏ったままで……。何度も甘やかな喜悦を与えられ、茉莉花を追い詰めていく。

恍惚《こうこつ》の表情で茉莉花のナカを堪能していた雅臣も、やがて限界を感じたように眉根を寄せ、奥歯をグッと噛みしめた。

「茉莉花……っ！」

愛おしさが溢れる声に茉莉花の心はときめき、彼しか見えなくなる。

「あっ、やぁっ……！　オミ、くんっ……」

次の瞬間、ふたりの身体が同時に大きく震え、法悦の彼方へと昇り詰めた——。


どこからか愛らしい声が聞こえてくる。

「マーマ！」

「ママ〜」

重怠い意識が覚醒した茉莉花が瞼を開けると、龍臣と茉菜花に顔を覗き込まれていた。

「ママ、おちたぁ？」

「おちたねぇ。ママ、おはよぉ」

寝室のベッドに乗っているふたりが、我先にと言わんばかりの勢いで茉莉花に抱きつく。

「おはよう、龍臣、茉菜花」

茉莉花は子どもたちを抱きとめ、ふふっと笑った。

「パパがねぇ、ママおこちてって」

「ゆーえんちいくから、ママごはんよって」

まだ拙い口調でしてくれる説明が、愛おしくてたまらない。

寝ぐせだらけのふたりの髪を優しく撫で、「うん。ありがとう」と微笑んで起き上がった。

ベッドから下り、龍臣と茉菜花と手を繋いでリビングに行く。廊下にまで漂っている香ばしい匂いから、雅臣が朝食の準備をしてくれているのだと察した。

「おはよう、茉莉花」

「オミくん、おはよう。寝過ごしちゃってごめんね。朝ご飯、ありがとう」

「いいよ。それに、茉莉花の睡眠時間を奪ったのは俺だからね」

悪戯っぽく瞳を緩めた彼が、茉莉花の耳元で「昨日も可愛かったよ」と囁く。茉莉花の頬がボッと熱くなったが、子どもたちの手前、必死に平静を装った。

「そういう顔すると、また今夜も寝かせてあげられないよ？」

「っ……！　オミくん！」

動揺する茉莉花に、雅臣がクスクスと笑う。龍臣と茉菜花は意味がわからないはずなのに、彼につられるように楽しそうな笑い声を上げていた。

「もう……」

恥ずかしさに唇を尖らせたくなって、相変わらずな雅臣に困って。けれど、笑顔でいる三人を見ていると、茉莉花の心は穏やかな幸福感でいっぱいになっていく。

目の前に広がっているのは世界で一番幸せな朝の景色だ……なんて感じた茉莉花からも、春の陽だまりのように柔らかな笑みが零れ落ちた――。

END

あとがき

蜜夢文庫様では、はじめまして。桜月海羽です。

このたびは、『嘘と微熱～財閥御曹司は嘘つき姫を一途な愛で満たし蕩かす～』をお手に取っていただき、本当にありがとうございます。


本作は、第十五回らぶドロップス恋愛小説コンテストで『パブリッシンググリンク賞』を受賞し、二〇二四年七月に同レーベル様から電子書籍化していただいたものです。

実は、らぶドロップス恋愛小説コンテストは三度目の挑戦でした。

二度の最終選考落選の経験を経て「次は王道のＴＬ小説で直球勝負しよう！」と決めた本作で念願の受賞に至り、とても嬉しかったことを今でもよく覚えています。

電子書籍化に続き、こうして新たに蜜夢文庫様でも刊行していただけることになった今、三年間諦めずに挑戦し続けてよかったと改めて感じています。

茉莉花は、父親の呪縛に囚われ続けていたことによって頑固な一面もあったので、もしかしたら少しだけ共感しにくい部分があるヒロインだったかもしれません。

ですが、雅臣を想い続ける姿には共感していただけたらいいな……と思っていました。

包容力と一途さを見せた雅臣は、内心では独占欲と執着でいっぱいのヒーローでしたが、茉莉花への無償の愛はこの先もずっと大きくなっていくのは間違いありません。

番外編では、そんなふたりの幸せな未来と茉莉花の成長を書き下ろしましたので、今回の刊行を機にさらに改稿した本編と併せて楽しんでいただけていましたら幸いです。


最後になりますが、らぶドロップス版に続いてお世話になりました担当編集者様、素敵なご縁をくださった蜜夢文庫様、本当にありがとうございました。

表紙と挿絵を描いてくださいました、篁ふみ先生。繊細で美麗なイラストを、そしてイメージ以上に素敵なふたりを描いていただき、心よりお礼申し上げます。いつかご縁をいただけたら……と思っていたため、篁先生にご担当いただけてとても嬉しかったです。

そして、いつも応援してくださっている皆様と今これを読んでくださっているあなたに、精一杯の感謝を込めて。本当にありがとうございました。

またどこかでお目にかかれますよう、今後とも精進してまいります。

桜月海羽

ひねくれ魔術師は今日もデレない
愛欲の呪いをかけられて

山冨［漫画］／西條六花［原作］

〈あらすじ〉
王立魔術研究所に勤めるアロア・ポーチは、周囲から〈銀の悪魔〉と恐れられる天才魔術師ディキ・メルシスと唯一平気で喧嘩できる負けず嫌いな一般研究員。ある日、古代魔法帝国の遺跡から見つかったという謎の彫像が彼らのところへ持ち込まれる。目にした途端、その彫像に触れたくてたまらなくなるアロア。そして、アロアとディキが彫像に触れると、なぜかディキが甘い言葉を囁きながらやさしく抱きしめてくる。どうしちゃったの！？　と焦る心とは裏腹に、アロアの体もディキを求めて熱く疼き出し…！？

〈原作小説〉
絶賛発売中！

恋愛天国パラダイス

オトナ女子に癒しのひととき♪
胸きゅん WEB コミックマガジン !!
Kindle にてお求めください。

絶賛連載中！「少年魔王と夜の魔王 嫁き遅れ皇女は二人の夫を全力で愛す」「ひねくれ魔術師は今日もデレない　愛欲の呪いをかけられて」「処女ですが復讐のため上司に抱かれます！」「私を（身も心も）捕まえたのは史上最強の悪魔 Dr. でした」「溺愛蜜儀　神様にお仕えする巫女ですが、欲情した氏子総代と秘密の儀式をいたします！」「添い寝契約 年下の隣人は眠れぬ夜に私を抱く」「王立魔法図書館の［錠前］に転職することになりまして」

ムーンドロップス作品
コミカライズ版！

〈ムーンドロップス文庫〉の人気作品が漫画でも読めます！

お求めの際はお近くの書店または電子書店にて。

どんな要求にも喜々として応じるワンコ騎士×
ビッチぶっていても実は奥手な女魔王

女魔王ですが、生贄はせめてイケメンにしてください

三夏［漫画］／日車メレ［原作］

〈原作小説〉
絶賛発売中！

〈あらすじ〉

ルチアは魔王国を治める若き女魔王。魔王国に攻め入ろうとした人間の国・タウバッハを撃退し、賠償交渉の場を設けるが、タウバッハの使節団の不誠実な態度に苛立ちが隠せない。そんな使節団のなかに、一際目を惹くひとりの騎士を見つけたルチアは、勢いでその騎士・ヴォルフを男妾に指名する。人間側への脅しのつもりだったが、何故かヴォルフに快諾され…！？

毎晩、彼から甘い言葉と快楽を捧げられながら女魔王として経験豊富に振舞おうとするルチアだけど、実は…？

「わたくしが処女だなんて、人間の男に悟られてはならない・・・！！」

蜜夢文庫 作品コミカライズ版！

〈蜜夢文庫〉の人気作品が漫画でも読めます！
お求めの際はお近くの書店または電子書店にて。

溺愛蜜儀 ～神様にお仕えする巫女ですが、欲情した氏子総代と秘密の儀式をいたします！～

黒田 うらら［漫画］／月乃ひかり［原作］

〈あらすじ〉
七神神社のパワースポット“伝説の泉”が突然枯れ、以来、神社では不幸な出来事が続けて起きた。泉を復活させるには、神社の娘・結乃花と氏子総代の家柄である唯織が秘儀を行う必要があるという。唯織は結乃花が９年前に振られた初恋の相手。秘儀の夜、結乃花の待つ神殿に現れた唯織は、危険なオーラを放っていて――。

悩める新人 MR はツンデレドクターに翻弄される！

私を（身も心も）捕まえたのは史上最強の悪魔 Dr. でした

氷室桜［漫画］／連城寺のあ［原作］

〈あらすじ〉
製薬会社の新人 MR 理子は、営業先の病院で悪魔（デーモン）と呼ばれている外科医と出会う。しかしこの男・大澤は、数ヵ月前、友人の結婚式に車で向かっている途中で具合が悪くなった理子を介抱し、一夜を共にした相手だった。冷ややかな態度をとりながら、時間を見つけては強引に理子と逢瀬を重ねる大澤。二人でいる時は、とても優しくて……。私って、ただのセフレ？ それとも……。

〈蜜夢文庫〉最新刊！

執着系社長の重くて甘い愛にお腹いっぱいです！

奥手なドクターは突然のプロポーズに困惑する

水城のあ［著］
neco［画］

大手菓子メーカーの常駐産業医である28歳の彩花は、ある日重役フロアに急病人がいるので来てほしい、と連絡を受け向かう。幸い重病ではなく過労と寝不足による貧血だったが、その病人はなんと会社社長の桜庭大和だった。ゆっくり休む必要があるというのにこのあとも仕事を続けようとする彼に、彩花は思わず大声を出して説教をしてしまう。翌日、昼休みに大和の秘書・江崎が現われ、大和からだと言ってバラの花束を差しだされて困惑していると、さらに次の日には社食のビュッフェに誘われて大和と昼食をとることになった彩花。すると大和はいきなり「結婚を前提にお付き合いしていただけませんか？」と言い出して……。

恋愛遺伝子欠乏症
特効薬は御曹司!?

漫画：流花
原作：ひらび久美（蜜夢文庫 刊）

「俺があんたの恋人になってやるよ」地味で真面目なOL 亜莉沙は大阪から転勤してきた企画営業部長・航に押し切られ、彼の恋人のフリをすることに……。

社内恋愛禁止
あなたと秘密のランジェリー

漫画：西野ろん
原作：深雪まゆ（蜜夢文庫 刊）

第 10 回らぶドロップス恋愛小説コンテスト最優秀賞受賞作をコミック化！　S 系若社長×下着好き地味 OL ――言えない恋は甘く過激に燃え上がる！

堅物な聖騎士ですが、前世で一目惚れされた魔王にしつこく愛されています

漫画：小豆夜桃のん
原作：臣桜

聖騎士ベアトリクスは、聖王女の巡礼に同行していたが、道中魔物の群れに襲われ辿り着いた先は魔王城だった…人間界を守るため魔王と契約結婚!?

〈蜜夢文庫〉と〈ムーンドロップス文庫〉
ふたつのジャンルの女性向け小説が原作です

毎月15日配信

〈月夢〉レーベル

〝原作小説〟絶賛発売中!!

ショコラティエのとろける誘惑
スイーツ王子の甘すぎるささやき

漫画：櫂
原作：西條六花（蜜夢文庫 刊）

姉と同居するため田舎町から出てきた日に、痴話げんかに巻き込まれ、有名ショコラティエの青柳奏佑と出会った23歳の一乃。【女性不信なイケメンショコラティエと、都会も恋も不慣れな純粋女子のスイートラブストーリー。

詳細は蜜夢/ムーンドロップス X　@Mitsuyume_Bunko

本書は、電子書籍レーベル「らぶドロップス」より発売された『嘘と微熱　財閥御曹司は嘘つき姫を一途な愛でみたし蕩《と》かす』を元に、加筆・修正したものです。

★著者・イラストレーターへのファンレターやプレゼントにつきまして★
著者・イラストレーターへのファンレターやプレゼントは、下記の住所にお送りください。いただいたお手紙やプレゼントは、できるだけ早く著作者にお送りしておりますが、状況によって時間が掛かる場合があります。生ものや賞味期限の短い食べ物をご送付いただきますと著者様にお届けできない場合がございますので、何卒ご理解ください。

送り先
〒160-0022　東京都新宿区新宿 1-36-2　新宿第七葉山ビル 3F
(株) パブリッシングリンク　蜜夢文庫 編集部
〇〇（著者・イラストレーターのお名前）様

嘘と微熱
財閥御曹司は嘘つき姫を一途な愛で満たし蕩《と》かす

２０２５年3月１８日　初版第一刷発行

著……………………………………………… 桜月海羽
画……………………………………………… 篁ふみ
編集…………………………… 株式会社パブリッシングリンク
ブックデザイン…………………………… しおざわりな
（ムシカゴグラフィクス）
本文ＤＴＰ………………………………… ＩＤＲ

発行………………………………………… 株式会社竹書房
〒102-0075　東京都千代田区三番町８－１
三番町東急ビル６Ｆ
email：info@takeshobo.co.jp
https://www.takeshobo.co.jp
印刷・製本………………………… 中央精版印刷株式会社

■本書掲載の写真、イラスト、記事の無断転載を禁じます。
■落丁・乱丁があった場合は、furyo@takeshobo.co.jp までメールにてお問い合わせください
■本書は品質保持のため、予告なく変更や訂正を加える場合があります。
■定価はカバーに表示してあります。
© Miu Sakurazuki 2025
Printed in JAPAN